SOUL SPEECH

소울 스피치

운명을 바꾸는 말, 세상을 바꾸는 말

소울 스피치-운명을 바꾸는 말, 세상을 바꾸는 말

남복희 지음

초판 인쇄 2023년 04월 10일
초판 발행 2023년 04월 15일

지은이 남복희
펴낸이 신현운
펴낸곳 연인M&B
기 획 여인화
디자인 이희정
마케팅 박한동
홍 보 정연순
등 록 2000년 3월 7일 제2-3037호
주 소 05056 서울특별시 광진구 자양로 73(자양동 628-25) 동원빌딩 5층 601호
전 화 (02)455-3987 팩스 02)3437-5975
홈주소 www.yeoninmb.co.kr
이메일 yeonin7@hanmail.net

값 18,000원

ISBN 978-89-6253-555-6 03810

SOUL SPEECH

남복희 지음

소울 스피치를
나누는 순간
에너지가 순환되고
충전된다

소울 스피치

운명을 바꾸는 말, 세상을 바꾸는 말

소울 스피치가 이루어지면 새롭고 즐거운 감정이 일어나고 온전한 평화가 이루어진다. 상생의 에너지가 샘솟고 선한 의욕이 생긴다. 그래서 가득 채워지는 느낌을 받는다.

영혼이
담긴 말

운명을
바꾸는 말

세상을
바꾸는 말

연인M&B

책을 내면서

앞서거나 먼저 간 이의 과거가 나의 현재이고 나의 현재는 누군가의 미래가 될 수도 있겠지요. 우리는 영향을 주고받으며 서로 연결되어 있습니다. 그렇게 삶에서 만났거나 만나게 될 모든 분들에게 정중히 인사를 드립니다. 덕분에 배우고 깨닫는 즐거움이 있습니다.

주변에 더불어 살아가는 분들과 방송을 통해 만난 훌륭한 분들의 삶에서 빛나는 것을 정리하고 특히 그들의 언어를 탐구했습니다. 가치 있고 좋은 말을 가리다 보니 그 영향력이 몸과 마음에 스며들었습니다. 말이 곧 삶이니 말 잘하는 방법에 대해 얘기한다는 것은 의미 있는 삶에 대한 관심이어서 조심스럽기도 하지만 또한 흥미롭습니다.

성품이 선한 가족들과 깨달음을 이룬 할아버지의 영향으로 좋은 언어 환경에서 성장했습니다. 때문에 초등학교(당시는 국민학교) 저학년 때부터 웅변을 하고 아나운서와 프로듀서로 방송 일을 하면서 말의 영향력에 대해 남다른 관심을 갖게 되었습니다. 말이 사람을 만들기도 하고 삶의 방향을 알려 주기도 한다는 생각에서입니다.

말재간만 부린다고 말을 잘하는 것이 아니다 보니 삶을 바로 세우기까지 시간이 걸렸습니다. 실수하고 넘어지고 상처 주거나 고통받기도 하면서 깨우치고 실천하는 것을 나누고 싶습니다. 글을 쓰고 보니 부족함이 보이고 말이 장황하여 줄이고 버리는 데도 시간이 들었습니다. 그리고 나서도 주제넘은 문체로 하여 아예 덮을까 하기도 했습니다.

그런데 어머니가 기뻐하실 일을 하고 싶어 다시 꺼내들었다가 정작 어머니를 보내드리고 나서야 마무리가 되었습니다. 어머니 가시는 길에 '메신저'라는 단어를 툭 받아들었습니다. 아마도 살아실제 자식 도리 제대로 하지 못한 자책을 위로해 주시는 어머니의 선물이 아닐까도 여겨집니다. 내 삶의 의미나 역할이 무엇일까에 대한 절실한 물음과 고뇌에 대한 답을 얻었으니 누군가에게는 도움이 되지 않을까 하는 마음으로 꺼내 놓습니다.

학력이 대단치 않아도 하시는 말씀마다 꽃처럼 고운 팔십 중반의 고모님과 바른말을 가르쳐 주시고 말씀대로 살고 계신 존경하는 이

계진 선생님이 '잘했다 네 말이 맞다.' 하시거나 '그래 일리 있는 말이네.' 하는 글이길 감히 바라봅니다.

삶으로나 말로나 저는 그 어느 중간쯤 아니면 그보다 낮은 곳에서 여전히 모르는 것이 더 많은 키 작은 어른일지 모릅니다. 하지만 주위에 말만 좀 바꾸면 더 좋은 삶일 수 있을 분들에 대한 애정으로 부족한 대로 영혼을 담은 글을 내어놓습니다. 누군가에게는 편하게 읽히고 즐겁고 향기롭게 말하는 시작이 될 것도 믿어 봅니다. 부디 이 책을 만나는 분들 모두 이전보다는 조금 더 괜찮은 삶이시길 기원드립니다.

당신의 위대한 삶에 인사 올립니다.

2023년 새봄

남복희

차례

2

평화롭고 자연스러운 흐름타기

SOUL SPEECH

3

고마운 사람 감사한 마음

SOUL SPEECH

4

행운을 믿으면 운이 좋아진다

SOUL SPEECH

5

사랑한다고 말하는 순간 사랑이 생긴다

SOUL SPEECH

6 어른도 큰다

SOUL SPEECH

1

즐거운 영혼
행복한 스피치

SOUL SPEECH

소울 스피치

손으로 다른 사람의 팔을 잡아당기면 끌려온다. 몸을 움직이는 물리적인 힘의 작용이다. 말에 의해서도 타인을 움직일 수 있다. 움직임을 요구하는 내용 때문만이 아니라 말 자체에 움직임이 가능하도록 하는 에너지가 작용한다.

말에 담긴 에너지는 몸과 영혼을 움직이는 힘이 있다. 이같은 말도 글을 보거나 말로 듣는 순간 생각이 자극을 받고 그 힘이 생각과 마음, 영혼에 닿는다. 자극 에너지의 정도와 그것의 크기를 받아들이는 자신의 상호작용에 따라 어떻게 얼마만큼 흔들릴지가 달라진다. 말의 힘은 가하는 쪽과 수용자의 선택이 결부되어 영향력의 정도가 정해진다.

에너지를 어떻게 써서 말할 것인가에 따라 말의 표현 방법이 달라진다. 생각없이 무의식적으로 흘러나오는 말, 의미 부여나 목적 없이도 습관처럼 하는 말은 '립 스피치(Lip Speech)'이다. 그리고 목적을 가지고 이성적으로 하는 말이 '브레인 스피치(Brain Speech)'다. 머리로 하는 말이다. 가슴으로 하는 말, 감정이 담긴 '마인드 스피치(Mind Speech)'는 느낌을 담거나 드러내는 말이면서 정체성이 드러난다.

그리고 영혼이 담긴 말 '소울 스피치(Soul Speech)'는 인정과 존중, 사랑의 의도가 담긴 언어다. 자기다운 솔직한 감정의 스피치로 에너지가 순환되고 새로운 에너지가 생성된다.

소울 스피치를 하면 커뮤니케이션(Communication)을 넘어 커넥션(Connection)이 가능하다. 의사 소통 이상의 결속이 이루어진다. 언어를 통해 감정이나 생각을 표현하고 전하지만 언어 습득이 되지 않은 유아와도 가능하다. 구조화된 언어가 아닌 소리에 담긴 에너지로 소통할 수 있기 때문이다. 언어의 형태가 아닌 에너지 파동으로 표현과 감지가 가능한 것이다.

아기를 낳은 친구 집에 여러 차례 방문했던 다른 친구가 비밀스런 얘기를 했다. 처음 방문했을 때 안고 일어서다가 몸이 앞으로 굽으면서 아기를 반으로 접다시피 한 일이 있었다고 했다. 그 이후 친구가 그 집을 들어가기만 해도 아기는 자지러지게 운다는 것이다. 자신을 보호하기 위해 울음으로 호소하는 것이리라. 위험 에너지를 감지하고 자신을 보호하기 위한 소리를 내는 것은 언어 이상의 메시지, 생명 보존과 삶을 호소하는 것이다.

우리가 흔히 첫인상이라고 말하는 것도 소울 에너지이다. 몸에서 발산되는 에너지의 근원은 소울이다. 이는 중력이나 태양에너지처럼 자체적으로 갖고 있는 힘의 원천이다.

인간의 길흉화복을 일월성신(日月星辰)이나 천지신명(天地神明)에게 구하는 것을 비과학적이고 비논리적인 미신이라 여긴다. 한국 고유의 민속신앙인 무교에서는 일월성신과 천지신명을 신령으로 받든다. 일월성신은 해의 신과 달의 신, 별의 신이며 천지신명은 하늘과

땅의 조화를 주재하는 온갖 신령이다.

그 신력의 실체는 행성의 에너지라 표현해도 될 것이다. 그 에너지가 인간의 길흉화복을 좌우하지는 않더라도 태양에너지가 인간의 생명 활동에 절대적인 영향을 미친다는 것은 부인할 수 없는 과학이다.

믿음이 없는 사람에게는 신앙도 실체나 의미가 없는 것으로 인식된다. 종교재판에서 지동설을 주장하거나 가르치지 않겠다는 맹세를 하고 풀려나며 갈릴레이가 "그래도 여전히 지구는 돌고 있다." 고 말한 것처럼 우리가 어떻게 생각하고 말하는가와 상관없이 지구 중심으로부터 중력이 작용하고 태양은 열에너지와 생장 에너지로 생명에 영향을 미친다.

자연의 에너지나 신의 능력은 인간에게 그리고 생명체에 와닿아야 영향력이 생긴다. 이에 대한 믿음이나 인정 여부와 관계없이 인간은 태어나거나 죽음에 이르고 삶을 영위한다. 영혼의 작용을 믿거나 믿지 않거나 관계없이 영향력이 있는 것처럼 말이다.

생각이나 감정, 느낌을 일으키는 것은 무엇 또는 어떤 힘인가? 그것을 알아차리는 것은 또 무엇인가? 특정하기 쉽지 않은 그것에 대해 「위대한 시크릿」의 저자 린다 본은 '알아차림'이라고 정의했다. 우리가 '나'라고 생각하는 그 존재는 '알아차리는 작용'이라는 것이다.

소울 스피치는 알아차림의 대화다. 어린 아기가 분명한 언어로 표현하지 않아도 뜻이 통하는 것이 소울 스피치다. 또 신앙에 대한 강력하고 온전한 믿음 안에서의 공감을 이루는 언어도 소울 스피치다. 그리고 사랑하는 사이에서의 순간 통하는 강렬한 감정과 같은 것이 소울 스피치이다.

때문에 소울 스피치가 이루어지면 새롭고 즐거운 감정이 일어나고 온전한 평화가 이루어진다. 상생의 에너지가 샘솟고 선한 의욕이 생긴다. 소울 스피치를 나누는 순간 에너지가 순환되고 충전된다. 그래서 가득 채워지는 느낌을 받는다.

외부의 에너지가 내 안의 영과 혼에 맞닿아 나로부터 새롭게 일어나는 힘의 변화, 영혼을 움직이는 대화, 에너지 파동이 화자(話者)와 청자(聽者)를 순환하는 것이 '소울 스피치'이다. 인간 본연의 진실하고 선한 에너지다. 안전하고 상생하는 에너지로 자연스럽고 아름답다.

목소리

"좋은 스피치를 위해 발성 훈련을 하겠습니다."라고 하면 갑자기 '컥 컥' 또는 '아 아' 하고 큰 소리를 내거나 "저어 나는 목소리가 안 좋아서요."라며 목소리 때문에 말을 잘 못한다고 말한다.

물론 목소리가 고우면 호감이 가기는 하지만 목소리가 좋다고 말을 잘하는 것은 아니다. 사람은 누구나 고유한 목소리의 무늬 즉 성문(목소리를 주파수 분석장치로 채취해서 줄무늬 모양의 그림으로 바꾼 그래프)이 있다. 마치 지문처럼.

음성이 처음 범인을 식별하는 단서로 이용된 것은 1660년 영국 찰스 1세 죽음과 관계된 재판에서부터이며 1927년 미국에서 과학적 연구가 시작되었다. 제2차 세계대전 중에는 미군이 적의 무전병 목소리를 분석해서 부대 이동 등을 알아내기 위해 벨연구소에 성문 연구를 의뢰했다.

1945년에는 음성을 눈으로 볼 수 있는 음성분석기가 최초로 개발되었으며 협박과 제보의 진위를 밝히기 위해 1960년 FBI가 다시 벨연구소에 음성연구를 의뢰해 도약적 연구 결과를 도출해 낸다. 우리나라에서는 1980년 음성감정 연구를 시작했고, 1987년 '원혜준 양 유괴사건' 범인 검거에 활용되면서 본격화되었다.

오디오 녹음 시스템에 목소리를 저장하면 나타나는 성문 데이터로 편집이나 믹싱작업 등을 하기도 한다. 성문은 각기 다른 고유의 특질이다. 목소리가 좋다 나쁘다의 구분보다는 개성으로 표현하는 것이 맞을 것이다.

나만의 목소리 특징을 알고 강점을 살리고 약점을 보완하는 것이 좋다. 쉿소리나 쉰소리처럼 듣기 불편한 목소리가 있기는 하지만 이 또한 기교와 유머 감각 등을 활용하면 오히려 강한 개성으로 인식되도록 할 수 있다.

고 황수관 박사의 경우 탁하면서 고음인 흔치 않은 특징이 있다. 미성이라고 할 수 없을 것이다. 하지만 특유의 유머 감각과 리듬감 있는 말투로 중독성 강한 화술을 구가했다.

또 고음에서 목소리가 뒤집어지는 듯한 단점을 재치 있게 활용하여 강점으로 승화시켰다. 그렇다고 말솜씨만으로 호감을 샀다기보다 겸손과 타인에 대한 존중감이 내재돼 있는 전형적인 소울 스피치로 많은 사람의 마음을 사로잡았다고 본다.

우선 자신의 목소리 특징을 알고 인정할 수 있어야 한다. 나의 말투를 다른 사람이 어떻게 느낄지 생각해 보고 보완하거나 변화시킬 부분에 대한 계획을 세우는 것이 필요하다.

나의 목소리 톤은 어떤지, 말의 속도는 일반적으로 인식하고 있는 평균 속도보다 느리거나 빠른지, 호흡은 적당한지, 음색은 밝은지 어두운지, 말의 리듬감은 어떤지, 녹음 시 성문이 둥글둥글게 연결되는지 뾰족뾰족하게 끊기는지 등을 구체적으로 분석해서 강점을 알고 약점을 보완하는 훈련을 한다. 우선 바르게 아는 것만으로도 변화가 시작된다.

탁하고 거칠며 어두운 느낌의 음색이라면 말을 짧게 끊어서 하고 호흡을 많이 사용하여 여유를 주며 리듬감을 살리는 것이 좋다. 그리고 표정을 풍부하게 하고 효율적인 제스처를 활용하라. 단어는 부드러운 감정어를 주로 써서 의외성을 살리는 것이 좋다. 의상은 밝고 가벼운 느낌을 살리고 스카프나 액세서리 같은 것을 활용하는 것도 방법이다.

목소리가 주는 선입견을 깨는 다양한 장치와 기교로 반전 매력을 줄 수 있다. 중저음의 느린 말투라면 단문으로 말하는 것이 좋다. 뭔가 설명하려 해도 지루함을 유발할 수 있다.

반면 밝은 음색에 높은 톤이라면 말의 속도를 느리게 하고 무게감 있는 단어나 문장(예 사자성어를 활용하거나 역사적 근거를 인용하는 등)을 구사하고 사실 전달에 비중을 두는 말을 주로 하는 것이 좋다. 통계나 숫자와 같은 지식, 정보를 전하는 말을 사용하면 된다.

평범하고 개성 없는 음색이라면 말하는 기술을 최대한 발휘해야 한다. 밋밋한 음색이지만 말재간으로 훅 들어가는 것이다. 상대가 솔깃할 만한 이슈를 던지거나 뭔가 이익이 된다고 여길 만한 관심사항으로 치고 들어가는 기법을 쓴다.

논리적인 스토리나 인상적인 이야기로 강하게 인식되는 화술을 구사하라. 말을 시작할 때 강렬한 인상을 남길 수 있는 기법이 좋다.

상황과 대상과 장소 등에 따라 다르기 때문에 딱 이거다 라고 짚기는 무리지만 가장 핫한 멘트, 유행어, 패러디, 성대모사, 인상적인 노래 등 그야말로 '어 뭐지?' 할 정도의 파격도 괜찮다. 이때 자칫 불쾌감을 주거나 어색할 수 있음을 경계해야 할 것이다. 반전이나 의외성은 웃음을 주고 신선한 자극이 될 수도 있지만 그야말로 센스가 요구된다.

좋은 말하기를 위해 내가 가진 목소리는 최고의 수단이다. 세상에 유일한 나만의 목소리를 어떻게 잘 활용할 것인지는 누구보다 내가 가장 잘 안다. 내 목소리를 아는 것은 나를 아는 것 만큼이나 간단치 않다. 나를 벗어나 나의 목소리를 객관적으로 듣고 호감을 주는 말씨를 만들 준비를 하는 것은 나와 상대를 위한 최소한의 배려다. 누구나 가장 아름답고 멋진 목소리를 낼 수 있다. 어떤 에너지를 담느냐에 따라서 가능한 일이다.

영혼의 소리

어떻게 목소리에 소울을 담느냐? 소울이 담긴 목소리가 도대체 어떤 것인가? 이미 말에는 소울이 담겨 있다. 얼굴이나 말, 몸에 영혼이 깃들어 있다. 그 당연한 본질을 드러내지 않는 트릭이나 위선, 가식, 무감정일 때 영혼 없는 말이라는 느낌을 받지만 말이다.

모든 생명에 깃들어 있는 영혼을 어떻게 드러내는가 하는 것은 그 본질, 실체를 표출하는 것이다. 사람은 다른 생명과 다르게 심중의 바람이나 의중을 다양한 방법으로 표출해 낼 수 있는데 목소리로 표현하는 것의 영향력이 강력하다.

영혼의 에너지를 목소리로 어떻게 표현할 것인가 하는 것은 어떤 삶을 살고 싶은가 하는 것과도 통한다. 목소리에서 느껴지는 에너지는 그 사람의 삶의 태도나 방향성과 비슷하다고 해야 할 것이다.

음색과 말투 심리까지를 내포하는 것으로 타고난 특질과 그것을 어떻게 표출할 것인가에 대한 자기 결정, 선택이 작용하는 것이다. 때문에 자신이 갖고 있는 신체적 특징을 알고 아름답고 품위 있게 영혼을 드러내고자 하는 의도와 노력이 있다면 좋은 목소리를 낼 수 있다.

현재 자신에게 일어나고 있는 감정, 느낌을 알아차리고 깊은 내면에서 원하는 것이 무엇인지와 결합하여 온몸을 울려서 소리를 내면 좋은 목소리가 만들어지고 그것이 영혼의 소리다.

소울의 소리를 듣기 위해 소음이 없고 빈 공간에 가부좌를 하고 앉는다. 허리를 곧게 하고 어깨를 펴서 편안히 팔을 내리고 눈을 감는다.

내가 어디에 있는지 내가 어떤 모습인지 나를 벗어나 나를 바라본다. 내 몸 밖의 시선으로 나를 바라볼 수 있으면 자유롭고 편안한 상태가 된다.

생각의 중심을 다시 내 몸 안으로 들여와 미간을 의식한다.

코어 호흡을 20회 이상 한 다음 천천히 깊게 소리 낸다. 소리를 만든다는 생각보다는 몸을 울린다는 느낌으로 코어까지 내려간 숨을 서서히 입으로 뱉어 내면서 소리를 흘려 보낸다.

코로 크게 숨을 들이쉬어 흉부를 통해 코어까지 숨이 내려가는 것을 의식하고 몸을 한 바퀴 돌아 끌어올린 숨을 내쉬면서 '아 아' 소리 낸다. 몸 한가운데 큰 통로로 숨이 들어가고 소리로 울려 나온다고 상상한다.

날숨이 줄어들 때 '암 암' 하고 소리를 마무리하며 입을 다문 상태에서 입안 가득한 소리가 두성을 내도록 하면서 송과체의 울림을 느낀다.

이어 '야'로 시작해서 '얌'으로 '어'에서 '엄'으로 '여'에서 '염'으로 이렇게 '오, 요, 우, 유, 으, 이'까지 소리 낸다.

이 중 '오 옴' 소리가 가장 깊고 넓게 몸을 울리는 것을 느껴 본다.

깊은 호흡과 함께 입 모양을 크게 하고 소리를 온몸에 채운다는 생각으로 명확하게 발음한다.

나의 소리가 온몸을 돌아 가득 퍼지는 느낌을 알아채면서 소리 내고 다시 내 몸 주위 공간을 채운다는 생각으로 발성한다.

내 안의 깊은 곳에 있는 에너지를 소리로 내보내는 것이 발성이다.

자음과 모음으로 기본 발성을 한 다음 의미를 가진 단어를 소리 내 본다. 단어의 뜻과 목소리가 영혼에 닿는다.

깊이 호흡하고 마음 안의 느낌과 감정을 알아차리면서 소리 내 말한다.

가장 바라는 것을 단어 또는 짧은 문장으로 소리 낸다. 큰 소리를 낸다는 것은 소리를 지르는 것이 아니라 깊고 넓은 울림 소리를 내는 것이다.

원하는 것을 이뤘을 때, 지금 바라는 그 상태라고 생각하고 그때의 느낌을 상상하면서 떠오르는 말을 소리 내고 그 소리를 집중해서 듣는다.

"나는 풍요롭다, 나는 즐겁다, 나는 행복하다, 나는 운이 좋은 사람이다, 고맙다, 사랑한다."와 같이 궁극적 감정 상태의 말을 21번 이상 소리 내며 자신의 목소리가 온몸에 퍼지는 것을 느낀다. 그 소리는 영혼으로부터 나와서 몸과 정신에 그리고 다시 영혼에 이른다.

영혼의 목소리는 먼저 자신에게 통하고 그리고 영혼이 열려 있는 누군가와 연결된다. 영혼의 소리로 소통하면 원하는 것을 이루게 되니 원하는 상태가 된다.

원하는 감정을 상상하고 깊은 소울의 울림으로 소리 내면 나에게 그 에너지 장이 형성되어 그 상태로 하는 말이 강하게 전달되니 이루어지는 바가 있다.

느낌

목소리는 목구멍 즉 인두의 벽과 혀뿌리를 마찰하여 내는 소리이다. 어떤 의도를 반영하거나 내세우는 의견이나 주장을 비유적으로 이르는 말이기도 하다. 사람의 발음기관에서 나오는 구체적이고 물리적인 소리라는 음성과 사람이 목구멍을 이용하여 내는 소리라는 의미의 성음이라는 유의어가 있다.

목소리 진동감은 발성할 때 생기는 목소리의 진동이 폐를 통해 체표까지 전해지는 현상으로 청진기로 진단할 수 있고 후두부에 손을 얹어도 느낄 수 있다.

성문(聲紋, Voice-print)은 주파수 분석장치를 이용해 음성을 줄무늬 모양의 그림으로 나타낸 것으로 사람마다 고유의 형상이 있기 때문에 범죄 수사의 증거자료로 쓰이기도 한다.

음색(音色)은 음을 만드는 구성 요소의 차이로 생기는 소리의 감각적 특색이다. 소리의 높낮이나 크기가 같더라도 진동체나 발음체, 진동 방법에 따라 음이 갖는 감각적 성질에 차이가 생긴다.

발성(發聲)은 목소리를 내는 것, 말을 꺼내거나 말을 하는 것을 뜻하며, 발성법은 여러 가지 발음기관을 사용하여 적당히 조절하고 훈련하는 발성 기술을 말한다.

파동(波動)은 물결의 움직임이다. 사회적으로 어떤 현상이 퍼져 커

다란 영향을 미치는 것을 파동이라고도 하고 심리적 충동이나 움직임도 파동으로 표현된다. 사람의 말은 공기 중에 물결처럼 퍼져 다른 사람의 생각이나 마음에 영향을 미친다.

파동설(波動說)은 어떤 언어 환경에서 언어 혁신이 일어나면 점차 세력을 얻어 물결처럼 퍼지면서 다른 언어에 영향을 미치는 현상을 의미한다.

느낌은 어떤 대상이나 상태, 생각 등에 대한 반응이나 지각으로 마음속에 일어나는 기분이나 감정을 의미한다.

음색이나 목소리의 특징은 이야기를 들을 때 느낌으로 전해져서 인상(人相)으로 정의되는데 듣는 사람에 따라 다르고 같은 대상에 대해서도 때와 환경에 따라 달리 정의되기도 한다.

그래서 말의 효과나 가치는 가변적이다. 누군가에게는 긍정적인 반응을 얻을 수 있는 말이 다른 누군가에게는 부정적 결과로 이어지기도 한다.

절대적으로 좋은 말이나 모두에게 언제나 좋은 말은 쉽지 않다. 상대적인 느낌까지 다 책임질 수 없기 때문에 완벽한 말에 대해 한마디로 정의할 수 없지만 효율을 높이는 방법은 분명 있다.

좋은 소리를 내고 효과적인 언어를 구사하는 연습과 함께 이야기 상대에 대한 배려나 그에게 맞는 말을 하는 것은 당연하고 훌륭한 인격이나 인품 함양도 갖춰야 하니 말을 잘한다는 것은 훌륭한 삶의 총합이다.

상대의 심리나 더 깊게는 영혼의 에너지를 알고 이해하려는 태도는 상대에게 전해지기 때문에 그 같은 에너지 발산이 이야기의 흐름을 긍정적으로 이끌 수 있다.

이 모든 과정은 느낌으로 전해지고 전달받는다. 그 느낌은 정직하고 순수하다. 선한 느낌을 만들고 이끄는 힘이 대화의 성패를 좌우할 수 있다.

수직 상승 변화

사물의 모양이나 성질이 바뀌어 달라지는 것, 변화! 이 얼마나 흥미로운 일인가. 그렇다. 변화는 모양이나 성질이 달라지는 것이다.

그것을 시도하는 것은 그래서 즐겁기도 하지만 두려울 수도 있다. 변화 앞에 망설이거나 변하지 않을 이유를 찾는 건 사물의 모양이나 성질을 바꾸기 위해 얼마나 수고로울지를 알기 때문이다. 힘들고 싶지 않음은 당연하다. 그리고 바뀌는 것에 대해 받아들일 준비가 되어 있지 않기 때문이기도 하다.

보거나 듣거나 만지거나 만나는 것, 이제까지의 삶에서 접하지 않은 어떤 것을 알게 되는 것이 변화의 시작이다. 새로운 단어, 익숙하지 않은 모습, 낯선 세계 그것이 무엇이건 세상을 살면서 늘 이전에 만나지 않은 것을 만나게 되어 있다.

오늘 바람은 어제의 바람이 아닌 것처럼 오늘 접하는 어떤 것도 이전의 것이 아니다. 그러니 새롭고 낯선 것이다. 그것을 만났을 때 선택해야 한다. 관심이 가는 것을 선택하고 그리고 상상한다. 그것을 내 것으로 하는 것, 그것을 향유하는 것, 내가 그것이 되는 것. 상상만으로 이미 즐겁고 신나지 않은가. 만나고 상상하고 그리고 말한다.

"아, 저걸 내 것으로 하고 싶다."
"저것을 내 것으로 할 것이다."
"저건 내 것이다."
"저게 나다."
"나 이런 사람이다."

저항이 따른다 변화에는. 모양이나 성질을 바꾸는 데 어찌 순조롭기만 할까.

수상스키 대회를 처음 관람할 때 쇼킹했다.

슬라롬(slalom), 점프(jumping), 트릭(tricks) 각 종목마다 대단한 기술을 필요로 한다. 선수가 된 상상을 하면서 보니 선수의 동작에서 오는 느낌이 전이되었다. 청소년기의 동생이 그 스피디한 경기에서 얼마나 힘들고 두려울까를 상상하면서 관람하느라 온몸이 쑤실 정도였다. 그런데 정작 경기에서 부상을 입고도 동생은 그 순간을 즐겼다고 한다.

선수 생활을 했던 동생이 이후 수상스키장을 운영해 방문할 기회가 많았다. 물 위를 날듯이 미끄러지는 모습을 보며 그들처럼 스키를 타는 상상을 하는 것은 즐거웠다. 그런데 정작 물에 들어가지도 못했다. "누나 한번 타 봐 재미있어." 동생의 말에도 발을 떼기까지 시간이 길었다.

동생이 그야말로 원포인트 코칭을 한다. "내 말대로만 하면 금방 탈 수 있어." 그 말대로 하는 것이 쉽지 않았다. "어깨에 힘을 풀고 미끄러지듯이 물을 쭉 타고 올라서. 고양이처럼 부드럽게." 말뜻을 실감한 것은 물을 서너 번 먹고 어깨가 빠질 듯 아프고 난 후였다.

보트 옆으로 길게 뻗은 봉을 잡고 연습을 반복하다가 어느 순간 훅 물을 딛고 올라타는 것이 가능했다. "이렇게 올라타라는 건가." 하면서 아무런 의심 없이 배운 것을 온몸과 정신에 그대로 담아내는 순간 물 위로 올라서게 되었다.

왜 그렇게 배우라고 했는지 알 수 있었다. 물 위를 나는 기분. 직접 해 보지 않고서는 알 수 없는 희열이다. 심지어 이 정도로 재미있는 줄 알았으면 진작 할 걸 싶은 마음에 왜 더 적극 권하지 않았느냐고 탓하고 싶을 만큼이었다.

뭔가 새로운 것을 시작할 때 수상스키를 처음 타던 순간을 생각한다. 원하는 것을 시작하기까지 망설임과 주저함, 막상 선택하고도 익숙해지기까지 강한 저항과 맞닥뜨린다.

"꼭 할 필요가 있을까?" 하는 것에서부터 여러 방해요소를 만난다. 그 시간을 지나야 원하는 곳에 이른다.

변화를 원한다면 수직으로 그 흐름 위에 올라타야 한다. 그저 흐름을 타는 정도로는 부족하다. 흐름 위에 휙 올라타야 한다. 확신을 갖고 좋은 방법대로 따르면 이룰 수 있다. 몸과 영으로 오롯이 받아들여야 한다. 그것이 무엇이든.

해라어 말라어

말투에서 삶의 방향성이 드러난다. 긍정어를 주로 쓰는 사람은 삶도 긍정적이다. 다시 말하면 긍정적인 성향의 사람은 말투도 긍정형이다. 때문에 주로 가능성 있는 말을 하거나 그 같은 태도로 일하고 긍정의 방향에서 인간관계를 유지한다. 문제가 발생하면 해결 방법을 먼저 생각한다. 문제를 바라보는 시각도 다르다.

누군가는 "정말 큰일이야 미세먼지 때문에 이러다간 전쟁보다 공기오염 때문에 다 죽게 생겼어."라고 말하는 이가 있는가 하면 "머리 좋은 사람들이 많으니 해결책을 찾아내겠지." 하는 사람이 있고 또 누군가는 "환경오염 줄이는 방법을 실천해야겠어."라고 말한다.

말에서 생각을 알 수 있다. 긍정적이고 문제 해결형인 사람이 호감을 주는 것은 당연하다.

허용어를 쓰는가 금지어를 쓰는가에 따라 마인드가 긍정형인지 부정형인지 알 수 있다.

아이들을 키울 때 "하지마, 만지지마, 가지마, 늦지마!"와 같은 금지어를 주로 쓰면 듣는 것만으로도 답답함을 느낀다. 염려하거나 위해서 하는 말인데 긍정적인 반응을 이끌기 어렵다.

행동을 변화시킬 수는 있지만 자발적 변화라기보다 일시적 금지 정도의 효과인 것이다. 물론 경각심을 높이거나 급히 위험을 알릴 때의 전달력은 높다. 그러나 자의적인 행동 변화를 유도하기 위해서는 긍정형의 방향 제시로 이해나 동의를 구하는 것이 효과적이다.

특수 시설이나 접근을 제한하는 문구를 볼 때 어떤 느낌이 일어나는지를 생각해 보자. "촉수 엄금, 관계자 외 접근 금지, 불법 주차 견인 조치, 불법 쓰레기 투기 고발 조치!" 위험 예고나 경고, 경각심 고취에는 짧고 강렬한 부정어가 일시적 효과를 높일 수 있다.

"늦게 다니다간 큰일난다. 세상이 얼마나 무서운데 함부로 늦게 나다녀. 늦게 오지 마라."

가뜩이나 금지어인데 상황까지 무시무시하다. 자녀의 안전을 바라는 마음을 전하면 스스로 판단해서 행동할 것이다. 이렇게 협박과 엄포에 가까운 말로는 효과를 얻는다 해도 진정한 의미의 긍정적인 효과는 아닐 것이다.

너를 사랑해서 너의 안전을 지키고 싶은 마음이라는 느낌이 일지 않는다. 부모의 염려와 바람을 전하고 싶다면 그 마음이 담긴 표현을 하면 된다.

"늦을 만한 사정이 있겠지만 늦게 들어오면 걱정이 돼서 내가 편치 않다. 안전하게 들어오렴."

말라어를 해라어로 바꾸면 듣기 편하고 선택권이 자신에게 있다고 생각하게 되니 긍정적으로 의지를 갖게 된다.

"일을 그거밖에 못해, 뭘 배운 거야. 도무지 믿고 일을 맡길 수가 있어야지."

회사에서 상사나 대표가 그렇게 말한다면 열심히 일해서 실적을 올리고 싶은 의욕이 일어날까. "배운대로 일이 되지 않을 때가 있지. 방법을 찾아봅시다. 당신을 믿어요."라고 한다면 실수나 미흡함에 대해 인정하게 되고 의욕을 갖고 일하고 싶어진다.

나의 방향성은 어떤지 자신의 말투를 살펴볼 일이다. 주위 사람들이 나와 가까이하려고 하는지, 나와 얘기 나눌 때 즐거워하는지, 내가 전하고자 하는 말이 잘 전달되는지.

궁정어 즉 해라형 말투일 때 자연스럽고 긍정적인 대답이 돌아온다. "된다, 좋다, 해 보자, 가능하다, 찾아보자!" 등 해라어는 희망적으로 들린다.

반면 말라어 즉 부정어는 답답하고 불편하다. "가지마, 먹지마, 하지마, 듣지마, 안 돼, 못해, 도대체 왜 그러냐?" 등. 말라어는 듣는 사람만 불편하게 하는 것이 아니라 말을 하는 순간 이미 자신을 제한하고 생각과 몸을 부정 상태로 만든다.

어느 엄마가 "아이고 우리 애는 지들 아빠를 닮아서 하지 말라는 것만 골라 해요. 몸에 좋은 생과일주스 갈아 줘도 입에도 안 대고 탄산음료만 마셔 대니 속상해 죽겠어요. 마시지 마라 마시지 마라 그렇게 말해도 소용이 없네요." 소용없으라고 하는 말이니 그렇다.

"그럼 어떻게 말해야 돼요? 실컷 마셔라 그래요?" 아이의 선택에 대한 어떤 지지도 없이 지들 아빠 닮아서 하지 말라는 것만 골라 한다고 전제하니 이미 듣고 싶지 않아진다. 그런 마음으로 잘못되었다고 타박하는데 흔쾌히 "예!" 하게 되겠는가.

취향이나 상대의 의지를 이해하고 알아주는 것부터 시작하는 건 어떨까. 그다음 좋은 것을 주고 싶은 마음을 전하고.

"탄산음료 좋아하지, 엄마도 그랬어. 할머니가 이 썩는다고 못 먹게 해서 속상했단다. 그래서 한 달에 한 번으로 할머니와 약속을 했었지."

"엄마 탄산음료 많이 마시면 이 썩어요?"

"금방은 아니지만 계속 마셔서 이 썩으면 임플란트나 더 심하면 틀니 하지 뭐."

"아, 아니예요. 틀니 안 할래요."

재미있게 해라어를 쓰는데 실상은 강력한 의미의 말라어로 선택의 여지를 열어 두기 때문에 효과가 있다.

"잔디밭에 들어가지 마시오!"보다 "잔디의 새싹이 돋아나고 있어요.", "옷을 만지지 마시오!"보다 "만져 본 옷은 사 주세요."로 설득력 있는 금지어를 써도 되지 않을까. "관계자 외 출입 금지!"를 해라어로 한다면 "관계자입니까? 그럼 들어오세요." 또는 "관계 있는 분만 출입 가능!" 웬만한 말라어는 해라어로 표현하면 안 하더라도 기분 상하지 않을 텐데.

그리고 말라어도 청유형으로. "담배 그만 피워!"보다는 담배를 끊기 어려움을 공감해 주고 "건강한 당신과 오래 살고 싶다."는 말투라면 어떨까.

"공부해라!"는 해라어인데 왜 부정적인가? 그 말은 이미 말라를 내포한 말이어서 그렇다. 공부 말고 다른 건 하지 말라는. 그래서 말만큼 효과가 없다.

특히 "너를 위해 해 주는 말이야."라고 하면서 쏟아 내는 말라어가 사람 참 지치게 한다. 차라리 생각해 주지 말고 말도 하지 않는 편이 나을 수 있는데 말이다. 다 자기 감정 쏟아 내자고 하는 말이면서 포장만 그럴 듯하게 하는 걸 사람들은 다 안다.

어떻게 듣기 좋은 말만 하고 살겠냐고 할 수 있다. 그것도 그렇다. 그럼에도 불구하고 할 수 있다면 아니 기왕 할 거면 듣기 좋은 말로 하자는 것이다. 상대를 위해서만 그렇겠는가 말하는 자신을 위한 것이기 때문에 더욱 그렇다.

말라어를 해라어로 바꿔 말하면 자신의 의식이 금지에서 허용으로 변한다.

말라어를 쓸 때보다 해라어를 쓸 때 호감이 높아지고 긍정 효과도 크다. 때문에 사람이 더 따르게 된다. 누구나 긍정 에너지를 원하기 때문이다. 해라어를 주로 쓰는 사람과는 소통도 잘되고 일도 잘될 거라는 기대를 갖게 된다.

"그게 말처럼 쉽나?"

"그게 말처럼 쉽다!"

친근감을 형성하는 표현

낯선 만남에서 친근감을 형성하기 좋은 소재는 '성'과 관련한 소재의 유머다. 그러나 가장 경계할 주제 또한 성과 관련된 말이다. 잘하면 분위기를 유연하게 하고 공감대를 형성하기 좋지만 까딱 잘못하면 안 하느니만 못한 주제라 웬만하면 시도하지 않는 것이 나을 수 있다.

재미있다고 생각되어 말해도 듣는 사람은 다른 느낌을 받을 수 있다. 특히 나이차가 나거나 자신보다 어린 이성 앞에서는 성과 관련한 주제의 얘기는 삼가는 게 상책이다. 분위기를 좋게 하려는 의도에서 한 말로 성희롱에 휘말린다면 억울하지 않겠는가 말이다.

다른 성별 특징에 대해 희화하면 재미있을 것이라 생각하지만 까딱하면 상대를 비하하거나나 폄하하는 것으로 비춰질 수 있다. 여자는 어떻다거나 남자는 다 어떠어떠하다는 식의 일반화는 불쾌감을 유발할 수 있다.

"여자는 명품이라면 다 어쩌구." 또는 "남자는 예쁜 여자만 보면."이라는 식의 표현으로 억지 웃음을 유발하는 경우가 있었다. 불특정 다수, 대중이나 여러 사람을 동시에 웃게 할 목적이라면 자신의 경우를 예로 들거나 가족, 아내나 남편의 예를 드는 정도면 어떨까.

김창옥 씨가 "아버지가 그림을 좋아하셔서 사회 환원을 했다."고 말하면 도박으로 가산을 탕진한 아버지에 대한 원망보다는 아버지의 과거 좋지 않은 선택에 대한 너그러운 표현으로 웃으면서 들을 수 있다.

이럴 때도 무시하는 표현은 삼간다. 특히 신체 조건을 언급하면서 상대를 낮추는 표현은 불쾌감을 줄 수 있다. 어느 강사가 대중을 웃기려고 "아유, 제 아내는 몇 천 명 가운데 있어도, 한 오백 미터 밖에서도 금방 알아봐요. 그중 제일 못생긴 게 제 집사람이거든요 절대 헷갈리지 않아요." 웃을지는 몰라도 즐겁지 않다.

"갈비 맛없는 건 용서해도 여자 못생긴 건 용서가 안 되잖아." 알려진 강사가 한 말이어서 더욱 불편한 표정을 지으니 "어, 기분 나쁘면 못생긴 거야." 그러면서 껄껄 웃는다.

뭐 어쩌라는 건가. 정이나 말하고 싶다면 "제 아내는 너무 예뻐요 마음이. 그런데 외모까지 미스코리아면 마음놓고 일 못다녔을 텐데 장인장모께 감사하지요. 저는 안심하고 열심히 일하거든요."

왜 굳이 신체 조건이나 성을 소재로 웃어야 하는지 모를 일이지만 별 생각없이 하는 말에 불쾌하기도 하고 기분 상할 수도 있음을 염두에 둘 일이다. 꼭 필요한 말이 아니면 하지 않는 것이 말 잘하는 것이다.

"제가 신혼에 아내에게 고백을 했어요. 여보 정말 미안해. 나 사실 머리가 비었어. 그랬더니 아내가 처음에는 깜짝 놀라더군요. 그러면서 내가 당신 머리카락 보고 결혼했겠어? 돈 보고 결혼했지."

사람들이 재미있어 한다.

"이미 한 결혼 어쩌겠어요. 별 기대 안 하고 한 결혼이라며 작은 것에도 칭찬하고 만족해하더라고요 제 아내가. 그러니까 머리카락이 나더라니까요. 돈도 막 벌게 되고. 그러고 보면 아내가 한수 위예요. 힘든 일 돈 버는 일은 남편이 하게 하는 거잖아요. 말 몇 마디로 신나서 일하게 하는 건데 싫지 않아요."

불편없이 웃을 수 있다. 기분 상하지 않고 즐거움까지 준다면 그야말로 언어의 유희다. 예절을 갖춘 말은 듣는 사람의 품위를 지켜주면서 자신의 품격도 높일 수 있으니 서로 좋다. 누구도 낮추지 않으면서 대접받는 느낌까지 준다면 더 좋은 말이다.

유머, 비유, 은유, 풍자, 경험담을 말할 때 사람에 대한 존중감이 있어야 하고 자비로운 표현으로 말하는 당사자나 듣는 사람이 함께 즐거울 수 있어야 한다. 널리 인간을 이롭게 하는 말이 호감을 높이는 말이다.

어감이 즐겁다

말소리 또는 말투의 차이가 주는 느낌과 맛을 어감(語感)이라 한다. 맑은 목소리로 약간 높은 톤이라는 느낌 정도로 말하면 감정을 끌어올릴 수 있다. 평소 톤에 따라 차이가 있겠지만 평균 음계로 말한다면 파 정도이다.

거기에 즐거움을 주는 단어를 주로 쓰면서 메시지가 밝고 유쾌하면 듣는 사람의 기분을 올려 줄 수 있다. 내포하고 있는 의미가 무겁지 않고 웃음을 연상하게 하면서 소리 자체가 즐거운 단어가 있다.

아이들은 "똥!"이라고 소리 내면 까륵까륵 웃는다. 그 소리가 주는 즐거움이 있어서다. 어린 아기에게 "우루루루 까꿍!" 하면서 웃으면 따라서 소리 내며 웃는다. "방귀, 트림, 엄마!"라고 소리 내면 아이들의 표정이 환하다. 즐겁고 재미있는 느낌을 받는다. "우유, 과자!"라고 소리 내도 방싯거린다.

단어를 소리 내면서 그 소리가 주는 파동이 즐거움으로 작동하기도 하지만 소리에 담긴 느낌이 마음을 자극하여 표정과 소리 반응을 이끄는 것이다.

단어의 의미를 생각하며 소리 내기 때문에 선하고 즐거운 감정을 표현하는 단어는 그러한 파동으로 전달된다.

어른의 대화도 크게 다르지 않다. 때문에 즐거움을 연상할 수 있는 단어를 주로 구사하는 사람에게서 즐거운 느낌을 받는 것은 당연하다. 소리와 함께 감정 에너지가 즐거움을 느끼고 싶은 욕구를 충족시켜 준다.

단어도 어둡고 무거우면서 내용마저 무시무시하거나 살벌하다면 이야기를 듣는 사람은 당연히 부정적인 에너지를 전해 받는다.

사람들은 주로 하는 이야기의 일정한 패턴이 있다. 사건사고 이야기를 즐겨 하는 사람이 있는가 하면, 다른 사람의 행 · 불행에 대한 이야기를 좋아하는 사람도 있다. 그런가 하면 재미있는 이야기를 즐기는 사람이 있고, 상상력을 동원한 이야기가 많은 사람도 있다. 대체로 자신이 어떤 유형인지 알지 못한다.

만일 다른 사람이 "왜 그렇게 어두운 얘기만 골라서 하느냐?"거나 "너무 부정적으로 말하지 않았으면 좋겠다."고 하면 듣기 싫어한다. 설령 자신이 부정적인 언어 패턴을 갖고 있더라도 다른 사람으로부터 지적받는 걸 좋아하는 사람은 별로 없다.

"어? 내가 그랬나? 아, 내가 왜 그랬을까?" 하는 사람은 개선의 여지가 있다. 그런데 지적을 받거나 충고를 들을 때 변명을 한다거나 방어기제를 쓰는 사람은 변화의 의지가 없는 것이다.

누군가 나의 말투나 나의 스피치 방향성에 대해 얘기해 주는 건 좋은 기회이다. 자신을 들여다보는 계기가 될 수 있고 더 좋은 스피치를 하는 자극이 될 수 있기 때문이다. 건강한 사람은 일단 받아들인다. 지극히 개인적인 느낌이거나 취향일 수도 있지만 그 또한 의미가 있을 것이니 일단 인정해도 된다.

내가 어떻게 말하고 있나. 내 말이 어떻게 들리는가. 더 나아가 어떻게 말하고 싶은가 생각한다.

때와 상황에 따라 필요한 말이 있지만 대체로 사람은 즐겁고 유쾌하게 말할 때 더 잘 듣는다. 그렇게 말하는 사람은 먼저 자신이 즐겁고 행복하기 때문에 상대에게도 같은 에너지를 준다. 일상의 대화나 평상시 이야기를 나눌 때 나의 스피치 방향성은 어떤지를 생각해 볼 일이다.

자신에 대해 객관적이기 쉽지 않다는 전제 아래 가까운 사람이 나와 이야기하는 것을 즐거워하는지, 행복해하는지, 얘기하고 싶어 다가오는지, 얘기 나눌 때 나에게 빨려드는 걸 느꼈는지, 나와 얘기하면서 상대가 주로 웃는지 등을 떠올려 보면 짐작할 수 있다. 그보다 더 쉬운 방법은 누군가와 이야기할 때 스스로 편안하고 즐거운가를 보면 된다.

내 말의 어감은 어떤지에 대해 생각하면서 즐겁고 유쾌한 느낌을 주는 단어나 내용으로 말하라. 즐거움을 주는 단어, 웃음 짓게 하는 내용, 편안함을 주는 어감.

말하는 사람이 즐겁고 행복하면 듣는 이도 그런 느낌을 받을 것이다. 나르시즘에 빠진 지독하게 눈치 없는 경우가 아니라면 말이다.

유쾌한 어감으로 말하는 즐거움을 느낄 수 있기를 바란다.

내 안에 숨겨진 비밀

좌절하고 의욕을 잃으면 판단력도 무뎌진다. 그냥, 다, 아무튼, 난 안 되나 보다. 그러면서 포기하거나 극단을 생각하기도 한다. "내 삶은 안 풀리는 것 투성이다. 마음먹은 게 하나도 이루어지지 않는다."고 생각될 때 가장 안 풀리는 문제가 무엇인지 하나만 골라보라.

문제를 풀기 위해서는 무엇이 문제인지를 봐야 하고 한 문제씩 분류를 해야 하는데 문제에 갇혀 있을 때는 서로 뒤엉켜서 총체적으로 다 잘못된 것 같이 여겨진다. 하나씩 떼어 보면 그것이 얽힌 문제인지 아니면 정작은 별 문제 아닌 것인지 분별할 수 있다.

원하는 것을 이뤄 나가는 일도 그러하다. 그것을 향해 가는 중이거나 아직 이루지 않은 상태일 수 있는데 이미 실패로 끝난 것이라 결론짓고 포기하는 건 아닌가 잘 살펴볼 일이다. 어떤 것은 달성 시점을 너무 가까이 정한 때문에 그때에 미쳐 완성되지 않은 것일 수도 있다.

"나는 무엇을 하고 싶은가?"
"나는 무엇을 좋아하는가?"
"나는 무엇을 잘하는가?"

이 세 가지 질문이 삶이 된다. 답은 밖에 있지 않고 내 안에 있다. 내가 뭘 좋아하고 무엇을 하고 싶은지 아는 것은 나이다. 문제에 부딪히면 어떻게 풀 것인지 신은 이미 방법을 주었다.

질문하면 답이 보인다. 물으면 내 안에서 답이 올라온다. 문제 해결도 행복도 성공도 세 가지 질문과 답을 통해 찾을 수 있다. 묻고 답하고 그 답에서 다시 의문이 되는 것을 묻고 그에 또 답하고.

옳고 좋은 답을 얻으려면 질문이 좋아야 한다. 잘 물으면 좋은 답이 나온다. 자신에게 무엇을 물을지 어떻게 질문할지 잘 가려내야 한다. 가다가 막힐 때 무엇을 어찌할지도 자기 자신은 안다.

내가 모르는 건 나보다 잘 아는 사람에게 물으면 되고 그를 선택하는 것도 나이니 결국은 내가 하는 것이다. 그리고 내 선택에 기꺼이 책임을 지면 된다.

삶에 충실한 사람은 자신의 선택에 책임을 질 줄 알고 이는 원하는 것을 이루기에 더없이 좋은 방법이다. 그것이 비록 좋은 선택이 아니어도 책임을 지면 성장할 수 있으니 그 또한 좋다.

"나는 그렇게 하고 있는가?"

"그렇다!"

"나는 원하는 삶을 살고 있는가?"

"그렇다!"

"나는 성장하고 있는가?"

"그렇다!"

그러므로 나의 삶은 온전하고 평안하다. 신이 내게 주신 답을 보물찾기처럼 찾아내고 있다.

즐거운 과정이다. 고마운 삶이다.

소울 스피치면 되는가!

사랑과 자비로 소울을 정화하고 진정으로 소울로 말하면 원하는 것을 얻을 수 있을까? 먼저 '내가 원하는 것'에 대해 생각해 보자.

진실로 원하는 것인지 깊이 생각해 본다. 그리고 궁극적으로 바라는 바인지. 그때 놓치지 말아야 할 것이 그것이 나만을 위한 것은 아닌가 하는 것이다. 나만의 이익을 위해 말한다면 타인이 왜 무조건 동의해 주겠는가?

누군가와 말할 때 이기심이 느껴지면 그의 말을 잘 들어주고 그가 원하는 대로 해 주고 싶던가? 마찬가지다. 소울 스피치는 추상적이고 모호하지 않다. 체계적이고 명확한 수식과 같다. 과학적이라 말해도 지나치지 않다.

그런저런 요소를 다 계산하고 어떻게 편하게 말을 하겠는가 반문할 수 있다. 혼신을 다한 소울 스피치로도 안 되는 일이 있다면 무슨 소용인가 할 수도 있다.

그 부분에 주목해 보자. 과연 이러저러한 요소를 다 살피고 혼신을 다한 스피치를 하는가.

대화나 협의, 협상 상대자에 대한 나의 태도를 보자. 내 입장에서 상대를 보고 있지는 않은가? 상대는 그의 이익이나 입장에 주목하고 나를 대할 것이 자명한 일이다. 내 말만 듣고 상대가 내가 원하는 것을 들어줄 이유가 있겠는가. 이야기를 할 때 나는 내가 원하는 대로 되길 바라는 마음이다.

이기적으로 상대를 대한다고 나쁘거나 잘못된 것은 물론 아니다. 그런데 사랑과 자비심이 없는 대화라면 아무리 고운 말씨라 해도 상대는 에너지를 느낀다. 소울 에너지가 잘 나타나고 전해지는 방법이 바로 '말'이다.

사람은 자신의 이익이나 필요에 따라 생각하고 말한다는 기본을 인정하고 그것에 충실하면 원하는 것에 이를 수 있다. 나의 이기심을 충족하기 위해 이야기 나누려 한다면 상대에게는 어떤 이익이나 명분을 줄 것인가도 고려해야 한다. 공정성이나 합리성과 같은 추상적인 명분을 상대에게 요구하거나 기대하면서 나는 그러한가를 생각할 일이다. 나는 그가 원하는 것을 채워 주는가.

영혼을 정화하고 상대에 대한 부정적 마음을 내려놓았다 해도 온전한 사랑이나 자비심이 아니라면 원하는 결과에 이르기 어렵다.

이를 역으로 말하면 사랑과 자비심으로 하는 소울 스피치는 원하는 바를 이루는 방법이 된다는 것이다. 그 방향을 알고 무의식이 정화되고 평화를 얻을 수 있다.

시련을 통해 스스로를 깊이 성찰하게 되고 성장할 수 있는 계기가 되었으니 고통을 준 사람을 선생이라 인정하게 된다. 나를 해치려 한 사람이 나의 삶을 풍요롭게 해 줬다고 생각하는 순간 고통이 멈춘다. 그리고 고마운 사람이라 정의하니 평정심이 찾아온다.

이로써 선하고 고운 말이 샘솟으니 소울 스피치면 되는 것이 맞다. 상대에게서 무엇을 가져오거나 상대가 어찌해 주길 바라는 것이 아닌 내 안의 평화와 평정심을 갖고 편안하게 말하면 생각지도 않는 것까지 이루어진다.

말을 하는 이유와 말로써 얻고자 하는 것은 결국 다른 누군가가 내게 무언가 해 줄 것을 기대하는 것이 아니라 그를 통해 내가 무엇을 이루고자 함일 것이다.

그러니 얻을 수 있는 것은 말하는 상대에게 있다기보다는 나에게 있다. 그것을 찾아내는 것이다. 그래서 감히 큰 소리로 말한다.

"소울 스피치면 된다고."

가르치려는 말투는 가르침이 없다

"그 말 이해한다, 좋은 말이다, 그런 말을 하다니 당신 대단하다, 당신 말을 들으니 힘이 나고 즐겁다."

이렇게 반응하면서 대화의 중심을 상대에게 두면 상대는 힘을 얻고 계속 좋은 말을 한다. 그래서 더 즐거운 이야기를 하기 위해 에너지를 쓰게 되고 서로에게 유익한 대화가 이루어진다. 상대를 인정하고 북돋아 주는 사람과의 대화는 기분 좋고 더 많은 이야기를 나누고 싶게 한다.

그런데 지식이나 정보를 주고 구구절절 하는 말이 다 옳고 논리적인데도 얘기를 듣고 있자면 피로감이 몰려오고 빨리 대화를 마치고 싶어지게 하는 사람이 있다.

"아무개는 참 아는 것도 많고 옳은 말만 하는데 듣고 있으면 은근 기분 나빠지는 게 다시 얘기하기 싫더라고."

그 아무개는 자기 자신이 얘기의 중심이며 상대를 가르치려는 어투일 공산이 크다. 배우는 게 많다 해도 가르치려는 말투를 좋아하지 않는다.

"다 너를 위해 하는 얘기다."라는 전제만큼 불필요한 말도 없다. "공부해라 공부해서 남주냐?"는 충고처럼. 나를 위한 말인지 아닌지는 내가 판단할 일이기에 배려심으로 받아들이지 않는다. 그런데 상대에게 불쾌감을 주는 말투를 가진 사람은 그 같은 사실을 알아채지 못한다. 대체로 눈치도 없거나 이기적이다. 그래서 사람들이 싫어함에도 불구하고 계속 그리한다.

우월감을 갖고 있거나 오만한 사람의 어투도 불쾌감을 준다. 조건을 비교하여 우열을 가리거나 타인에 대한 존중감이 낮아도 마찬가지다. 예의 없고 매너를 지키지 않는 사람의 말투 역시 불편하다. 그런 사람이 가르치려고까지 한다면 인내심의 한계를 느낄 것이다. 자신의 말투를 모른다는 것을 모르는 게 문제다.

"혹시 나는 어떤가?"라고 들여다보거나 자신의 말투를 점검해 달라고 도움을 청하는 사람은 대체로 큰 문제가 없다. 이는 매우 정직한 연결고리다. 자신을 들여다볼 수 있는 사람은 크게 어긋나지 않거나 문제가 있어도 바로잡을 수 있다.

아이러니하게도 부정적인 영향을 주는 말투를 가진 사람은 자신을 의심하지 않는다. 그러면서 자신에 대한 잘못된 신념을 갖고 있거나 다른 사람을 지적하기 좋아한다.

무조건 가르치려고만 하는 말투는 부모나 선생님이어도 듣기 불편한데 다른 어떤 인간관계에서 가르치는 말투를 흔쾌하게 여기겠는가. "이것도 모르냐?"며 대놓고 "내가 지금 가르치는 거다."는 식의 말투라면 원하는 효과를 얻기 어렵다.

"불쾌하다."거나 "듣고 싶지 않다."고 말하지 않더라도 표정, 몸짓, 눈빛, 에너지 파동으로 심정이 드러난다. 상대에게 집중하면 안다. 상대가 나와 얘기하는 것을 좋아하는지 어떤지 도무지 모르겠다 싶다면 얘기를 삼가는 게 좋다.

최대한 적게 말하는 것이 그나마 나은 대화일 수 있다. 말이 적은 만큼 불편함을 줄일 수 있으니. 상대의 말을 들어주기만 하고서도 많이 배웠다는 느낌을 갖게 할 수 있다.

이야기를 나누는 것이 편안하고 즐거워야 좋은 대화이고 그런 분위기에서 배움이 있다. 가르치는 말에서 배우는 것이 아니라 존중하고 인정해 줘야 배운다. 지금 이런 식의 글도 대놓고 가르치려는 투의 문장으로 보일까 싶어 줄인다.

필요해서라는 명분도 순전히 저자의 생각임을 인정한다. "가르치려는 게 아니고."라는 전제에는 이미 가르치려는 의도가 노출된다. 단지 독자의 지혜로운 소울에 너그러움을 기대할밖에.

자존감을 높이는 소울 스피치

좌절 경험과 인간관계의 실패가 반복되면 자존감이 손상된다. 억울한 감정으로부터 자유롭지 않으면 자존감이 낮아진다. 이는 성인기에도 영향이 있다.

문제에 직면하지 않고 회피하게 되고 사람을 멀리하거나 정리하려 한다. 할 수 있는 일도 쉽게 포기한다. 좌절로 인한 절망감이나 소외감 억울함 등의 감정 상태를 내버려 두면 무력감으로 이어질 수 있다.

이는 스피치로 나타나고 또 스피치를 보면 그러한 감정 상태를 알 수 있다. 말끝을 흐리거나 자신의 생각이나 감정을 분명하게 말하지 못한다. 목소리가 작고 말이 왔다갔다한다. 논점이 명확하지 않고 비논리적이다. "이게 맞나? 이렇게 말해도 되나?" 하는 표현을 자주 한다. 상대의 눈치를 살피거나 소심하다. 자존감이 손상되면 성공적인 스피치가 어렵다.

자존감은 1890년 미국의 심리학자 윌리엄 제임스가 정의한 용어로 "어린 시절 가족 관계가 자존감 발달에 결정적 역할을 한다."고 주장했다.

심리학자인 캐런 호니(Karen Horney)는 "낮은 자존감이 애정 결핍과 개인적 성취에 극단적인 열망을 느끼는 성격을 초래할 수 있다."고 말한다. 오스트리아의 정신의학자인 알프레드 아들러(Alfred W. Adler)는 "자존감이 낮을 경우 열등감을 극복하기 위해 노력하고, 자신들의 강점과 재능을 발달시키기 위해 분투하게 한다."고 했다.

라틴어 EGO '나'라는 뜻의 자아는 정신분석 이론에서 지그문트 프로이트가 "성격을 실행하는 기능을 한다."고 설명하고 있다. 기억 속에 남아 있는 과거의 사건과 현재의 행위, 미래의 행동에 지속성과 항상성을 부여하며 발달된 자아는 위협 · 질병과 생활환경의 변화 등으로 인해 전 생애에 걸쳐 변화할 수 있다고 분석했다.

청소년기에 형성된 자존감이 일생을 이어 가는 것이 아니라 성인기에 강화되거나 약화될 수 있는데 성인기에는 자존감이 낮다고 평가되는 것을 대치, 동일시, 부정, 반동 형성 등의 자기 방어기제를 쓰기도 한다. 역설적으로 과시로 나타나기도 하고 불안이나 비현실적 표현 등으로 소통과 공감의 방해 요소로 작용할 수 있다.

의미 있게 생각하는 대상으로부터 인정욕구가 좌절될 때 자존감이 손상될 수 있다. 하지만 자존감이 낮아진다는 건 높일 수 있는 가능성도 동시에 갖고 있다는 것이다.

방송을 제작하거나 진행하고 20년 정도 되었을 때 몇 번의 큰 좌절을 겪고 억울한 상황을 해소하지 못하니 방송 진행이 힘들었다. 방송을 하면서 "내가 이럴 자격이 있나? 이렇게 말하면 누군가 욕하는 건 아닌가? 잘난 체한다고 하지 않을까?" 하는 생각이 말을 가로막았다. 목구멍 아래서 소리를 끌어내리는 듯했고 자꾸 말을 멈칫거리게 된다.

내 생각을 말할 때 소심해지고 말수도 줄었다. 필요한 단어가 떠오르지 않거나 급격하게 기억력이 나빠지는 느낌마저 들었다. 방송 진행을 멈추고 제작으로 전환하고 강의 요청도 거절했다. 사람 만나는 것이 싫고 그야말로 자연인으로 산속 생활을 하고 싶다는 생각마저 들었다. 일이나 사회생활을 포기하는 게 최선은 아니라는 것을 알기에 내려놓고 정리하기 시작했다.

단순하고 낮은 단계에서 생각하고 목표를 세웠다. 나를 바로 보는 게 필요했다. 무조건 억울하기만한 것인가? 나의 실수나 과실은 무엇인가? 내가 의도한 잘못이 아니라 하더라도 억울한 상황은 나로부터 비롯되었음을 보게 되었다.

인성이 고약하고 악한 사람을 만난 것도 나의 허황된 욕구가 불러들인 악연이었다. 자책하기보다 좌절감의 실체를 봐야 했다. 나의 무엇이 억울한 상황을 끌어들였는지 객관적으로 인정하지 않으면 반복될 수 있기 때문이다.

나쁜 계략에 말린 경우 왜 내게 그런 일이 일어났는가를 살펴본다. 정말 나는 아무 상관이 없는가? 그 상황에서 빠져나와 제3의 눈으로 바라보면 다른 면이 보인다. 상황을 넓게 올바로 바라보고 인정하면 억울하고 답답한 감정에서 자유로워진다. 그래서 그 시점에서 내가 진정으로 바라는 것이 무엇인지를 알고 그것을 이루기 위해 움직이기 시작하면 억울함이나 비탄에서 벗어나기 시작한다.

자신의 잘못을 인정할 수 있어야 한다. 개연성이 무엇이었는지 알아야 한다. 아무러한 잘못 없이도 억울한 일을 당하였다면 더더욱 자신에 대한 믿음과 애정을 갖고 생각을 옮겨 나가야 한다. 이때 디테일이 필요하다. 작은 것을 놓치지 말고 보잘것없는 것에서 의미나 다름을 발견해야 한다. 나와 관련되었거나 나에게 발견하는 새로움으로부터 자존감을 강화시켜 나갈 수 있다.

실패 경험으로 손상된 자존감은 성공 경험을 늘리면서 높아진다. 자아 존중감과 신뢰로 긍정적 감정을 만든다. 자기 보상이나 즐거운 일을 만드는 노력도 필요하다. 어른이 되어서는 이 같은 일에 세심하지 않은 경우가 많다. 상처받고 억울하고 좌절하면서도 그런 자신에 대해 무심하다. 외부 환경이나 물질 또는 어떤 성취가 있어야 회복되거나 만회할 수 있다고 여기기도 한다.

무엇보다 우선해서 내면의 치유와 회복이 필요하다. 기분 나쁘거나 자존심 상하는 상태를 무시하고 가볍게 넘기지 않아야 한다. 그때그때 내면의 소리에 귀 기울이고 인정해 주고 건강하게 매김하고 가야 한다. 타인으로부터 인정받기 전에 스스로 알아주는 단계가 있어야 한다. 자존감이 강하고 단단해야 너그럽고 평화로운 스피치가 된다.

의식의 중심에 닿는 스피치

직장 상사 때문에 스트레스를 받는다는 사람의 호소이다.

"업무와 관련한 지적이나 시정 요구라면 얼마든지 받아들이겠어요. 그런데 그와 생각이 다른 것에 대해 비난하거나 무시하는 말 때문에 상처를 받아요. 그렇다고 그 사람의 생각이 옳거나 좋으면 또 말을 안 해요. 구닥다리 생각을 따르라니 도저히 맞춰 줄 수가 없어요."

그의 말에 단서가 있다. 일단 그는 상사의 마뜩찮은 말투와 요구 때문에 고통받고 있다. 그리고 상사에 대한 생각이 부정적이기 때문에 관계 자체로도 어려움이 있다. 그는 이미 직장 상사의 역할에 대해 나름대로 규정지어 놓고 있다.

"잘못이 있을 경우 그것에 대해서만 시정 요구를 하면 될 것이라는 것, 또 상사의 견해에 동의하지 않고 강한 거부감마저 갖고 있다. 그리고 무엇보다 상사는 구태한 사람이라고 인식"하고 있다. 이 같은 상태에서는 상사의 태도가 긍정적으로 보이지 않을 것이 당연하다. 상대의 주 호소가 무엇인지 그리고 그에게 필요한 것이 무엇인지를 알아야 한다.

일반적으로 다른 사람과의 관계에 대한 어려움을 호소할 때 이미 필요한 것을 결정해 놓고 하소연한다. 이를테면 그냥 들어주기만 해 달라거나 위로가 필요하다, 아니면 문제 해결을 위한 묘책을 알려 달라는 등. 그런데 대체로 힘든 관계를 통해 성장하거나 깨달음을 얻고자 하는 경우는 드문대도 불구하고 하소연을 듣는 사람은 교훈적인 말을 해 주고자 한다.

"그래도 그 사람이 나이가 있는데 괴롭히려고 일부러 그러겠냐?"거나 "사회생활이 다 그런 것이니 무조건 참거나 아님 그 앞에서는 수긍하는 척하고 속으로는 무시하라."는 식의 조언은 별 도움이 안 된다. 또 위로를 하고 싶은 마음에 "나쁜 사람이네, 무조건 참지만 말고 맞서! 그 사람도 당해 봐야 해."라고 거들기도 한다.

일단 힘들다는 호소에 대해 이해해 주는 것은 필요하다. "그런 상사와 일하느라 힘들겠구나!" 그리고 지지해 준다. 결국 갈등 관계를 해소하는 것도 본인이고 문제를 풀어가는 것도 그 자신이기 때문에 문제 해결력을 지지하는 것이다. 상사와의 관계를 어떻게 만들고 싶어하는지 스스로 목표를 확인하도록 하고 건강하고 긍정적인 방향으로 나갈 수 있는 그의 의지를 강화시켜 준다.

눈물을 흘리는 사람에게 "그만 울어!"처럼 의미 없는 말도 없다. 애도가 필요한 것인지 분통한 감정을 쏟아 내고 싶은 것인지에 따라 대응이 다를 수 있겠지만 눈물을 흘리는 것은 나쁘지 않은데 왜 굳이 멈추라 하는가. 슬픔이 멈추길 바라는 마음인데 눈물을 멈추라고 말한다. 위로나 응원에 적절한 표현을 모르는 것이다.

"당신의 눈물을 보니 내 마음도 슬프다."는 공감과 위로 그리고 슬픔 뒤에 상대가 갖고 싶은 마음이 무엇인지에 대한 희망을 함께 바라볼 수 있도록 하면 좋을 것이다. 그러려면 이별로 인한 슬픔인지 상실이나 실패에 대한 아픔인지 눈물의 의미부터 알아차려야 한다.

상대나 상황에 따라 차이는 있지만 함께 울어 주거나 손잡고 토닥여 주는 것이 최선일 때도 있다. 위하는 마음은 에너지로 전해진다. 애정과 자비심을 담은 말이라면 상대의 중심에 닿을 것이고 그 말은 위로를 넘어 희망으로 전환하는 힘이 될 것이다.

말의 힘

선한 말은 느리고 영향력이 약하다고 여길 수 있다. 반면 악한 말은 강하고 빠르다고 느낀다. 악의 힘이 선보다 강해서가 아니다. 악한 일에 그만큼 에너지를 강하게 쓰기 때문이다.

선한 일이나 선한 말은 인간 본성의 표현이기 때문에 자연스럽고 큰 에너지를 쓰지 않아도 된다. 선하기 위해서 노력하는 것이 아니라 그대로 행하는 것이 선한 것이다.

그러나 악한 생각이나 악한 말에는 힘이 들어간다. 일시적으로 강하게 에너지를 쓰기 때문에 그 파동도 강하다. 거짓말을 할 때는 힘줘 말하거나 낮은 소리로 속삭이지만 속으로는 애를 쓴다.

독사는 자신의 독으로 죽지 않지만 독사에 물리면 위험하고 생명을 잃을 수도 있다. 독을 품고 있는 사람은 어떨까. 생존에 위협을 느낄 때 만들어 내는 독은 스스로를 지켜 주지만 분노나 미움으로 만드는 독은 자신도 상하게 한다.

독을 품는 것은 자신의 생각에 해로움을 담는 것이다. 몸과 정신이 독의 영향을 받는 것인데 자신에게조차 해로운 독을 다른 사람을 향해 말이나 폭력으로 쏟아 내면 어떻겠는가?

악한 감정이 담긴 공격에 대해 선하게 반응하기 어렵다. 때문에 악

순환이 될 수 있다. 독을 담은 말을 던지고 그것이 다시 독한 말로 돌아온다면 결국은 더 강한 부정으로 자신을 해치게 되는 것이다.

미움이나 불신, 증오로 상대에게 상처를 줄 의도가 일어날 때는 침묵이 가장 좋은 말이다. 침묵의 에너지도 언어처럼 파동을 일으킨다. 그래서 의식적 침묵은 자정작용이나 해독작용을 한다.

부정적인 감정이지만 상대를 공격하는 데 쓰지 않겠다고 마음먹는 순간 자기 안에서 독이 사그라지기 때문이다. 거품이 부글거릴 때 찬물을 부으면 꺼지기 시작하는 것과 같은 이치다.

비난하고 흉보고 탓하는 말을 할 때는 일상적인 다른 말을 할 때보다 더 큰 힘을 쓰게 되어서 듣는 사람에게 그만큼 강한 영향을 주고 스스로도 에너지가 고갈된다.

옛말에 "간신은 충신보다 더 충성스러워 보인다."고 했다. 충신은 그것이 진심이니 그저 자연스러우면 되지만 간신은 충신처럼 보이기 위해 더 많은 노력을 기울이고 힘을 쓸 것이기에 그렇다. 진실을 말할 때는 자연스럽게 하면 되지만 거짓말을 할 때는 진실처럼 보이기 위해 수를 쓰고 힘을 들인다.

말은 이미 힘이다. 에너지이기 때문에 무엇인가를 변화시킬 수 있다. 열에너지가 고체를 액체로 액체를 기체로 변화시키는 것처럼 말의 에너지는 생명을 가진 것의 성질을 변화시킨다.

그 말의 에너지는 생명의 가치에 대한 인정이 있을 때 더 강해진다. 어떤 생각을 담은 말인가가 그 에너지의 온도차를 만들어 낸다. 선하고 바른 의도를 담으면 따뜻한 변화를 만들어 낸다.

말맛

명절을 앞두고 대형 마트에서 장을 봤다. 설음식으로 갈비를 해 왔던 터라 재료를 샀다. 보통은 집 근처 정육점에서 고기를 샀는데 대형 마트의 싼 가격에 유혹되었다. 품질이 떨어질 것을 염려하여 부재료와 양념을 많이 넣게 되었다.

평소보다 신경써서 고기 손질을 하고 조리에도 시간과 정성을 더 했다. 아들이 군에 가 있으니 함께 먹지는 못하지만 평소 좋아하던 생각을 하며 조리했다. 감탄과 칭찬을 아끼지 않아 요리에 공들인 보람을 안겨 주곤 하던 아들이다. 딸은 "엄마가 어떤 음식을 해 줘도 그냥 맛있게 먹어 주는 거야."라고 말하지만 아들의 입맛이 무던한 것만은 아니다.

요리를 맛있게 먹어 주기도 하지만 맛있어 하기 때문에 더 잘하게 된다. 요리하는 수고를 알아주고 솜씨를 제대로 인정해 준다는 생각에서다. 내가 요리를 잘하는 것이든 아들이 음식을 맛있게 먹어 주는 것이든 아무튼 아들을 위한 요리는 신난다.

갈비를 요리하면서 알게 되었다. 아무리 강한 양념을 하고 요리에 정성을 들여도 재료의 품질을 바꿀 수 없다는 것. 양념을 많이 하고 오래 조리한다고 맛이 나는 게 아니다.

말도 그렇다. 화려한 미사여구나 기교로 포장하고 그럴 듯하게 들리도록 장치를 쓸 수는 있지만 본질을 가리거나 바꿀 수는 없다. 말의 본질은 진실이고 더 본질적인 것은 인성이다.

그 사람의 사람됨이 말로 나타나는 것이라 말재간을 부려도 본연의 성품은 드러난다. 그러나 하기는 해야 한다. 정성이 담긴 만큼은 나아지는 것이니 냄새로 양념으로 조금은 미혹시킬 수 있다.

좋은 스피치 기술을 훈련해서 발음이 정확하고 언변이 좋아도 사람됨이 좋지 않으면 그 말은 공허하게 들린다. 말의 제맛이 안 나는 것이다.

누구에게 말할 때, 누구와 말할 때 말이 편하거나 하고 싶은 말을 마음껏 하게 되나를 생각해 볼 일이다. "아, 엄마는 요리에 뭘 넣으시는 거예요? 제대로 맛이 나네요."라고 말해 주는 아들을 위해서는 요리에 최선을 다한다. 그리고 결과도 좋다.

대화를 나눌 때 상대가 편하게, 제대로 말할 수 있는 분위기를 만드는 것 그것 또한 말 잘하는 능력이다. 가치를 인정해 주고 노력이나 마음씀을 알아주고 그리고 더 나은 모습으로 북돋워 주면 상대는 진실되게 자신의 가치를 나타내려 한다.

상호작용이다. 요리 맛을 알아주고 요리하는 수고를 인정해 주는 사람에게 더 좋은 요리를 해 주게 되는 것처럼.

나의 말맛을 알아주기를 바란다면 먼저 상대의 말을 맛있게 들어주라. 맛있다고 말해 주고 맛을 내느라 애쓰는 노력도 알아주라. 말이 통하는 사람과는 말이 맛있다. 내 말도 그의 말도.

말맛을 아는 이와의 말은 춤을 춘다.

지금 나의 생각이 나의 미래다

현재의 삶은 과거 나의 생각과 말과 행동의 결과이다. 그리고 지금 어떤 생각을 하고 무슨 말을 하며 어떻게 행동하는가가 나의 미래다. 과거와 현재와 미래는 하나로 연결되어 있다. 연속적으로 이어지지만 현재의 선택에 따라 과거와 다른 미래를 살 수 있다.

과거에 했던 선택을 돌아보고 그 결과인 현재를 객관적으로 바라보면서 원하는 미래를 맞기 위해 지금 어떤 선택을 하는가가 중요하다. 살고 싶은 미래, 원하는 삶을 생각하고 그것에 대해 말하고 그리고 그 미래를 지금 행하면 된다.

미래는 아직 내게 오지 않은 시간과 공간, 사람이지만 그것을 대하는 나의 태도는 지금 가능하다. 아직 일어나지 않았지만 내가 원하는 것을 상상하고 그것을 이뤘을 때의 감정을 느낀다면 미래는 이미 와 있는 것이다. 따라서 원하는 삶을 지금 살 수 있으니 미래와 현재는 동일 선상에 있다. 원하는 것을 이뤘을 때의 감정을 앞당겨 느끼면서 그에 필요한 상황이나 환경을 만들어 나간다.

나의 선택으로 이루어지는 것과 내 선택과는 상관없이 펼쳐지는 삶에서 내가 할 수 있는 것에 대해서만큼은 최선의 선택을 할 일이다. 적어도 지금 내 몸과 내 삶의 저변은 내가 선택해 온 것이다. 이는 너무나 멋진 일이다. 왜냐하면 나의 미래를 지금 내가 선택할 수 있는 것이니 그렇다. 과거로 오늘을 산다는 걸 알았다면 오늘은 현재를 살고 그리고 미래를 살 수 있다.

부자로 살기를 원한다면 부자로 생각하고 부자로 말하고 부자로 살면 된다. 부자가 어떻게 생각하고 말하고 행동하는지를 알고 그렇게 하면 그 순간부터 부자의 삶이다. 그리고 미래에 그 모습이 되어 있을 것이다. 누구나 부자로 살기를 원할 텐데 왜 지금 다 부자로 살지 못하는가 묻는다면 과거의 나를 돌아보면 된다.

내가 반드시 부자로 살 것을 믿고 그 믿음대로 생각하고 말하고 행동하였는가? 그것은 지금 역시 유효하다. 원하는 것을 생각하며 말하고 행동하면 그것이 내 것이 된다. 그 생각과 말에 그리고 행동에 의심이나 만약 또는 혹시 라는 단서가 붙지는 않는지 볼 일이다. 망설임이나 핑계, 불신이 있다면 그것대로 삶이 되기 때문이다.

의심 없는 믿음 지속적인 강한 생각 그리고 생각과 일치하는 말, 그에 합당한 행동이 따른다면 그대로 된다. 현재의 삶의 부족하고 만족스럽지 않은 것이 있다면 그것조차 과거에 나의 선택이었다. 행동은 즉시적으로 나타나기 때문에 부인할 수 없지만 생각과 말 역시 상당한 영향을 미친다.

내가 지금 생각하는 것, 내가 지금 하는 말, 내가 지금 행동하는 것은 그대로 미래로 연결된다. 그 미래 어느 즈음에 과거가 돼 있을 지금을 돌아보면 그대로 이어지거나 현실화되었다는 걸 알게 될 것이다. 그러니 우리는 현재를 살면서 동시에 미래를 살고 있는 것이다.

원하는 것을 생각하라. 강하게 지속적으로 그것을 말하라. 그리고 말한 대로 행동하라. 그것이 삶이다. 그것은 나의 과거이자 현재이고 미래다. 누구나 원하는 삶을 살 수 있다. 의식과 무의식이 같은 말과 행동을 한다면.

지금 원하는 삶을 살고 있지 않다고 해도 최적의 시간을 맞는 것이다. 과거의 생각과 말과 행동이 현재를 만들었음을 인정하고 바로 그 시점부터 새롭게 시작하면 된다. 나의 의지와 관계없는 삶이라도 책임지면 된다.

강한 타인의 힘이 나에게 작용한다면, 세상의 에너지가 나를 흔든다면, 그것대로 인정하고 나로서 할 수 있는 최대한의 생각과 말과 행동을 하는 것이다. 그것이 내가 원하는 곳으로 나를 이끄는 힘이다. 나답게 나로 산다.

선언

선언하라.
지금 벗어나고 싶다면 크게 외쳐라.
바로 그것을.
지금 원하는 것이 있다면 소리쳐라.
원하는 것을.

"자유다. 나는 자유다!"
"부자다. 나는 부자다!"
"좋다. 나는 지금 즐겁다!"
"인간. 나는 인간이다!"
"완전하다. 나는 완전하다!"

선언은 '회의나 경기 따위에서, 의장이나 심판이 회의나 경기의 시작 및 종료, 중단, 규칙 위반 여부 따위의 진행에 관련된 사항을 구성원 전체에게 공개적으로 알림'을 말한다.

선언은 이미 그 자격이 있는 사람이 하는 것이라는 전제가 있다. 맞다. 내가 원하는 것을 선언할 자격은 다른 누구도 아닌 바로 나에게 있다. 선언은 내가 간절히 원하는 것에 대해 내 자신과 확정하는 것이다. 그러니 처음은 혼자 해도 좋다.

이제부터, 바로 이 순간 나는 이것이다 라고 선언하는 것이다. 그리고 다음으로 그 선언을 다른 사람 앞에 외쳐라. 나는 내가 원하는 것을 이룰 테니 방해하지 말라고 그렇게 알라고 그리고 협조하라고 크고 단호하게 외쳐라.

선언의 주체인 내가 구성원이나 선언과 관련된 이들에게 분명하게 알리는 것이다. 내 선언을 알아야 할 사람들에게 나는 이런 사람이다, 또는 이제부터 나는 이러할 것이라고 분명하고 확고하게 알리는 것이다.

누구보다 먼저 내가 스스로 확실하게 알아야 한다. 내가 원하는 것이 무엇인지 어떤 사람일 것인지. 그래서 나는 이것이라고 외치는 순간 나는 그 에너지가 된다. 그리고 나의 선언을 듣는 이들이 나에 대한 생각 에너지를 바꾸게 된다.

선언은 가장 쉽고 빠르게 원하는 바를 이루는 말이다. 그 영향력은 선언에 대한 스스로의 믿음과 듣는 사람들의 동의에 의해 현실화된다. 확신을 갖고 외쳐라, 선언하라. 나는 이제부터 아니 바로 지금 이 순간 내가 간절하게 원하는 '그것'이라고.

과거의 어떤 일로 괴롭다면 선언하라. 더 이상 나는 과거에 묶여 있는 사람이 아니라고. 그러니 과거의 그 사슬을 끊는다는 선언을 하라. 과거는 현재와 미래의 발전과 행복을 위해 필요한 것이지 나를 가로막는 장벽으로 작용할 수 없다.

내가 원하는 것을 가로막는다면 그 과거와의 완전한 단절을 선언하라. 그것은 어떤 기억이나 경험일 수도 있고 사람일 수도 있다.

단절하거나 버릴 것을 크게 외치고 그리고 그 대상과 주변이 알도록 선언하라. 나를 외치고 내가 원하는 것을 선언하면 나는 그것이 된다.

행사의 시작이나 새로운 것의 시작은 '이제부터 하겠다'는 선언, 즉 그 말을 통해 비로소 시작된다. 내가 되고자 하는 것, 내가 이루고자 하는 것, 내가 진정으로 원하는 것은 나의 '선언'으로 시작된다.

품위 있는 말

고급스러운 단어, 저급한 단어가 따로 있는가? 품위 있는 말이 있고 격이 떨어지는 말이 있는가? 있다. 말하는 사람의 품격인가? 언어의 품격인가? 화자의 품격도 있고 말의 품격도 있다.

두 가지가 같이 가는 경우가 대부분이지만 경우에 따라서는 구분이 되는 경우도 있다. 듣는 사람에 따라 평가가 다소 다를 수는 있다. 그러나 누군가의 말을 들으며 열에 일곱여덟이 공감하는 격이라는 것이 있다.

영국의 로열패밀리는 대중 앞에서 절대로 쓰지 않는 단어가 있다고 하지 않는가? 이는 영국의 인류 사회학자 케이트 폭스가 영국 일간지 데일리메일에 공개한 분석 결과이다. 윌리엄 왕세손과 케이트 왕세손비 그리고 이들 대변인의 언어적 특징을 분석한 내용이다. 상류층으로서 지켜야 할 격식과 품위, 타인에게 모범이 되는 건전한 언어 습관을 갖기 위한 노력의 하나로 쓰지 않는 단어가 분류되어 있다는 것이다.

Mummy의 비격식 표현 Mum과 Daddy보다 가벼운 표현인 Dad는 쓰지 않는다. Toilet도 천박한 말투로 인식되어 쓰지 않고 Loo나 Lavatory를 쓴다. 상대의 말을 되물을 때도 Pardon 대신에 What이나

Sorry로 Portion 대신에 Helping을, Perfume이나 Fragrance를 Scent로 바꿔 쓴다. Lounge 대신 Drawing room, Sitting room, Living room을 쓴다.

우리말에도 사장되거나 언급하지 않는 단어들이 있다. 욕설이나 은어, 비속어, 성적 연상을 불러일으키는 단어나 표현도 품위를 떨어뜨릴 수 있으니 삼가는 게 좋다.

틀린 표현은 아니지만 부득이 쓸 필요가 없는 말이 있고 조금 다르게 표현해서 정중하고 격조 있어 보일 수도 있으니 언어의 선택이 결국 그 사람의 품격이 될 수 있다. 품격 있는 언어를 쓰면 품위 있는 사람으로 비춰지고 품위 있는 사람은 품격 있는 말을 한다.

생명에 대한 존중감이나 타인에 대한 배려심이 있는 사람의 언어는 품격이 있다. 그리고 단어나 어휘가 지닌 의미와 예의 있는 표현에 대해 알고 가려서 하면 품격 있는 사람이 된다.

때문에 품격 있는 말을 하는 사람과의 대화는 즐겁다. 품격 있는 언어를 쓰면 말하는 행복감이 있다. 말로써 품위를 높일 수 있다는 건 고마운 일이다. 품격을 갖춘 말씨는 삶을 풍요롭게 한다. 말을 어떻게 하고 또 어떤 말을 듣는가에 따라 삶의 질이 달라진다.

일신상의 이익을 쟁취하려 다른 사람에게 손해를 끼치거나 탐욕이나 향락 따위를 추구하는 사람은 말에서 그 생각과 태도가 드러나기 때문에 품격을 느끼기 어렵다.

말의 품격은 삶의 태도, 생각, 소울의 품위이다.

말 잘하는 사람

—3백 명의 인터뷰이의 강점

긍정적이다.

잘 웃는다.

방법이 있다고 생각한다.

괜찮다고 말하고 그렇게 행동한다.

솔직하고 일관성이 있다.

직관력과 공감력이 높다.

균형 감각이 있다.

진지하지만 무겁지 않고 경쾌하지만 경솔하지 않다.

자기 주도적인데 이기적이지 않다.

자기 관리를 잘한다.

이해력이 깊다.

여유 있다.

상대의 감정을 잘 알아차린다.

패션 감각과 제스처가 세련되다.

상황대처 능력이 빠르고 적절하다.

전문성이 있고 자신의 분야에 능력이 있다.

독자적으로 일한다.

창의력과 순발력이 뛰어나다.

문제 해결력이 탁월하다.

준비를 잘한다.

기대감을 갖게 하거나 설렘을 준다.

바른말을 하는데 고지식하지 않다.

언행이 일치한다.

발음이 정확하고 표준말을 쓴다.

안전한 스피치 톤을 유지한다.

쉽고 자연스럽게, 편안하게 말한다.

안정된 발성을 한다.

유머 감각이 있다.

말하기보다 듣기를 많이 한다.

상대의 말을 받아 주고 지지해 준다.

칭찬과 격려를 잘한다.

위로하지만 동정하지 않는다.

자신의 감정을 잘 알고 적시적으로 자기 개방을 한다.

지형지물, 사람 등 주변 상황을 적절히 대화에 활용한다.

금지어를 지양하고 긍정어를 쓴다.

즉시 사과하고 고맙다는 말을 잘한다.

식견이 넓고 지식이 많아도 상대에게 어울리는 언어를 구사한다.

구체적이고 신뢰성 있는 표현을 한다.

간결하고 유쾌하게 말한다.

비유, 은유, 유행어가 센스 있다.

크게 말하고 정확하게 전달한다.

비전과 희망을 이야기한다.

말의 주제나 메시지가 명확하다.

상대의 기분을 살피면서 상황에 맞는 말을 한다.

사과에 인색하지 않고 상대를 높이는 말을 한다.

자유자재로 분위기 전환을 한다.

감정교류를 잘해서 침묵도 지루하거나 불편하지 않다.

지적하지 않고 가르치려 하지 않는다.

다른 사람의 강점을 잘 알아차린다.

자비심 깊고 타인에 대한 존중감이 강하다.

인품이 좋고 언어의 품격이 있다.

강한 에너지를 갖고 있으며 스피치 에너지 순환이 자유롭다.

말에 향기가 있고 아름다움이 느껴진다.

즐겁다. 본인이 즐겁고 함께하면 즐겁다.

아무튼 매력 있다.

웃음, 울음

웃음은 좋은 스피치다. 경계심 없는 인간의 순수한 감정 상태를 드러내는 것이다. 그래서 라포(친밀감, 신뢰 관계) 형성에 좋은 방법이다. 대화의 흐름에 따라 자연스럽게 웃음이 나오는 것이라 생각할 수 있지만 긴장감을 해소하거나 이야기의 흐름을 부드럽게 할 필요가 있다면 의도적인 웃음도 필요하다.

웃음은 그리스어로 '겔로스(gelos)'이고 어원은 '헬레(hele)'로 '건강(health)'이라는 의미다. 즐거움, 만족스러움, 우스움 등의 느낌일 때 표정이나 소리, 행동으로 표현된다.

웃음도 하품처럼 전이가 빠르다. 대화에서 상대가 웃으면 저절로 따라 웃게 된다. 그리고 웃으며 이야기하면 호감이 높아진다. 웃으면 예뻐 보인다는 것도 일리가 있다. 웃고 있으면 악의가 없어 보이고 인간 본연의 순수한 감정이 드러나기 때문에 좋다는 감정으로 연결된다.

기뻐서 웃는 것이든 철학자들의 말대로 웃음으로써 기쁜 것이든 웃음은 행복이라는 감정과도 이어진다. 즉 웃으며 이야기하면 행복감이 느껴진다. 말의 소재가 웃음을 내포하고 있어야 할 것이라 생각할 수 있지만 다른 관점에서 볼 일이다.

이미 마음 안에 즐거움, 행복함, 여유가 있으면 이야기에 웃음이 묻어난다. 그러므로 웃긴 얘기가 따로 있는 것이라기보다 마음 담긴 웃음을 얼마나 표현하는가의 문제이다.

상대에게 그리고 나에게 웃을 마음이 담겨 있으면 슬픈 소재로도 웃으며 이야기할 수 있다. 어떤 대화든 즐겁고 행복할 수 있다는 것이다. 슬퍼서 우는 것이 아니라 울어서 슬퍼지는 것이라는 말처럼.

칸트는 좀 다른 웃음을 이야기한다. "기대가 무로 돌아갈 때 웃음은 나온다."는 칸트의 웃음 주장도 우습다. 웃음은 관대하고 포용력이 있다.

웃음에 대한 한국어식 의성어 '하하, 호호, 히히, 허허, 푸하하, 크크, 킥킥, 껄껄, 낄낄, 껙껙, 헤헤, 후후, 흐흐' 그리고 요즘 문자메시지에에서 늘 쓰이는 'ㅎㅎㅋㅋ' 등을 소리 내 보면 웃음이 이미 우리 안에 가득 들어 있음을 느낄 수 있다.

글로 소리로 표정으로 내 안의 웃음을 꺼내고 그렇게 올라온 웃음이 다시 내 안으로 들어가 웃음 에너지를 채운다. 그리고 누군가와 함께 웃으면 그 에너지가 증폭된다.

울며 와서 웃으며 살다가 울음 속에 떠나는 것이 인생이라면 적어도 삶은 웃음이라는 얘기다. 탄생과 동시에 터트리는 울음은 슬픔이 아닌 생존을 확인하고 알리는 통보다.

눈물에는 순수한 인간의 심연 즉 생존에 대한 울림이 있다. 눈물이 언어로 쓰일 때 감성이 자극되는 건 당연한 반응이다. 눈물은 설명이 필요없는 본능적인 공감의 언어다.

또 어린아이들의 웃음은 잔뜩 받아 놓은 선물처럼 숨김없이 삐져 나온다. 대단히 웃을 일이 있어야 웃는 것이 아니다. 작은 변화나 자극, 새로움에도 아이는 웃음으로 반응한다.

인간에게는 다른 어떤 감정보다 웃음이 풍부하다. 이 웃고 싶은 욕구를 자극하고 건드려 주면 더 풍부해진다. 좋은 대화, 굿 스피치는 울음과 웃음이다. 울음으로 공감하고 웃음으로 통하며 충만하다. 내 안에 웃음이 가득 들어 있음을 기억하라. 어린아이처럼 자신 안에 들어 있는 웃음을 잘 꺼내 쓰면 좋은 말이 된다.

2

평화롭고 자연스러운 흐름타기

SOUL SPEECH

호흡 훈련

숨을 들이쉬고 내쉬는 것을 호흡(呼吸)이라 함을 모르는 이는 없을 것이다. 설령 몰라도 살아 있는 사람은 다 호흡을 한다. 이 호흡의 또 다른 사전적 의미는 '산소를 이용해서 영양소를 분해하여 생명 활동에 필요한 에너지를 얻는 과정'이라고 되어 있다.

생명 에너지를 얻는다는 부분에 주목한다. 좋은 스피치를 위해서 바른 호흡과 발성, 발음 훈련이 필요하다. 호흡 훈련을 할 때는 장소나 사람들을 가려 한다. 호흡을 통해 기가 전해지기 때문이다.

호흡 훈련을 하면 몸과 마음이 변한다. 호흡 훈련으로 생각을 멈추거나 비우고 무의식과 만날 수 있다. 호흡이 깊고 자유로우면 스피치도 안정감이 있으며 신뢰를 높인다.

호흡을 바르게 하기 위해서는 먼저 바른 자세를 한다. 호흡 훈련은 앉은 자세와 선 자세로 또는 누워서 하는 방법이 있다. 앉은 자세는 가부좌를 하고 척추를 바르게 세운다.

어깨를 들어올렸다가 툭 내리는 동작을 서너 번 하면서 양어깨 끝을 아래로 자연스럽게 내리고 턱을 조금 당긴다. 옆에서 보면 얼굴이 정면이라기보다 약간 아래로 숙인 듯한 모습이고 눈은 위로 살짝 치켜뜬 듯한 정도이다.

사방의 에너지를 흡수한다는 느낌으로 코로 숨을 크게 들이키는 동시에 가슴을 벌리면서 몸의 정가운데 통로로 아랫배 코어까지 쑥 내린다. 이때 아랫배를 앞으로 불룩 내미는 것처럼 숨을 가득 코어에 담는다.

훈련 초기에는 숨을 아랫배에 담아 배를 불룩 내민 상태에서 하나, 둘, 셋을 세고 배를 당기면서 주욱 끌어올려 입으로 후하고 내뱉는다.

숨이 코로 들어와서 가슴과 배를 지나 코어까지 이르렀다가 코어에서 뒤로 한 바퀴 돌아 몸통으로 올라와 입으로 훅 빠져나가는 과정을 따라가면서 매순간을 느낀다.

이 과정이 편안해지면 코로 숨을 들이켰다가 다시 코로 내쉬기를 한다. 맑고 신성한 공기가 코를 통해 호흡기로 가슴, 단전까지 내려갔다가 다시 올라와 코로 나가는 과정을 반복한다.

처음 호흡 훈련을 할 때는 10회, 20회, 횟수를 정해 놓고 천천히 시간을 늘려 나가는 것이 좋고 한 번의 호흡은 20분 정도까지가 적당하다.

호흡의 흐름이 끊기거나 코어까지 내렸다가 올리는 것이 무엇을 의미하는지 와닿지 않을 수 있다. 또 주변 소음이나 시선 등으로 방해를 받을 수도 있다. 호흡 전에 호흡 흐름에 대한 이미지를 떠올려 시뮬레이션을 해 보고 천천히 한 동작 한 동작에 집중하며 시도한다.

호흡이 자유롭게 진행되면 머리가 텅 빈 듯한 상태로 상념이나 번뇌가 소멸되고 숨의 흐름만을 느끼게 된다.

선 자세에서 호흡 훈련을 하려면 가벼운 스트레칭을 한다. 몸의 긴장을 풀고 근육이완을 할 수 있는 동작을 한다.

목 돌리기, 어깨 근육 풀기, 허리 근육 이완 무릎구부렸다펴기 등 무리하지 않은 동작으로 몸의 긴장을 풀고 몸이 부드럽고 동그랗게 된다는 느낌을 만든다.

다음으로 양발을 어깨 넓이보다 조금 넓게 벌리고 엄지발가락이 약간 바깥쪽으로 향하게 해서 안전하게 선다. 어깨를 위로 치켜올렸다가 툭 떨구는 동작을 서너 번 하여 어깨를 편안하고 자연스럽게 한다.

가슴은 앞으로 내민다는 느낌으로 확 편다. 척추를 반듯하게 펴고 턱은 약간 당긴다. 앉은 자세의 호흡과 마찬가지로 코로 큰 숨을 들이켜서 가슴, 코어까지 밀어내린다.

처음에 이것이 무슨 의미인지 잘 모를 때는 숨을 들이켜고 가슴을 열면서 통과시키고 아랫배를 의식적으로 쑥 밀어낸다. 아랫배를 불룩 내밀면 숨이 끌려 내려간다. 단전에 있는 숨을 몸 안에서 등 뒤쪽으로 돌려 위로 올린 다음 입이나 코로 후 뿜어낸다. 속도는 편안함을 느끼는 정도로 한다. 개인차가 있으므로 자신에 맞게 하면 된다.

호흡에 집중하면서 숨이 몸을 타고 흐르는 것을 느낀다. 호흡은 맑고 순한 공기가 나의 몸을 한 바퀴 돌고 나가는 것이다. 코로 들이켜서 단전까지 내려갔다가 입으로 나가는 것이지만 정수리와 발끝까지 숨의 영향이 미친다.

일정 기간 의식적으로 호흡을 하다 보면 숨이 들어와서 몸을 통과해 나가는 과정이 물 흐르듯이 자연스럽게 이루어진다. 그리고 호흡 외에는 어떤 잡념도 떠오르지 않는다. 호흡이 편안해지면 호흡과 발성을 연결한다.

발성 훈련

발성 연습에 들어가면서 먼저 간단한 스트레칭과 얼굴 근육 풀기를 한다. 입을 크게 벌리고 턱을 좌우로 밀면서 얼굴과 입의 긴장을 풀어 준다. 호흡할 때의 바른 자세로 숨을 깊이 마셨다가 내뱉으며 소리를 낸다.

척추를 바르게 세우고 턱을 약간 당긴 상태에서 몸 중앙에 큰 통을 세웠다고 의식하고 코로 숨을 들이마셔 몸의 통로로 코어까지 내렸다가 다시 끌어올리면서 숨과 함께 소리가 흘러나오도록 한다. 숨과 소리의 흐름을 느끼면서 발성한다.

몸과 마음이 연결되어 있고 바른 자세가 좋은 소리를 내는 기본이다. 바른 자세가 반드시 긍정적인 감정을 유도하지는 않지만 그 같은 모습은 보는 사람과 스스로에게도 자신감과 강인함을 느끼게 하는 효과가 있다는 것을 국제학술지 『심리학회보』에서 밝히고 있다. 슈퍼히어로의 자세를 떠올리면 쉽게 이해할 수 있을 것이다. 척추를 바르게 하면 호흡이 수월하고 호흡과 함께 소리가 몸을 통해 울려 나오기 원활하다.

온 몸통을 울려 나오는 '오 오 옴, 오 오 옴' 밖으로 나가다가 입을 다물고 '음' 하는 소리가 입속에 가득한 상태에서 두성으로 울리게 소리 낸다. 그리고 입을 위아래 좌우로 크게 크게 움직이며 자음과 모음의 바른 소리를 낸다.

기역 니은 디귿 리을 미음 비읍 시옷 이응 지읒 치읓 키읔 티읕 피읖 히읗 쌍기역 쌍디귿 쌍비읍 쌍시옷 쌍지읒. 자음과 모음을 자유롭게 합성하며 빠르거나 느리게 소리 내기를 반복한다.

	ㅏ	ㅑ	ㅓ	ㅕ	ㅗ	ㅛ	ㅜ	ㅠ	ㅡ	ㅣ
ㄱ	가	갸	거	겨	고	교	구	규	그	기
ㄴ	나	냐	너	녀	노	뇨	누	뉴	느	니
ㄷ	다	댜	더	뎌	도	됴	두	듀	드	디
ㄹ	라	랴	러	려	로	료	루	류	르	리
ㅁ	마	먀	머	며	모	묘	무	뮤	므	미
ㅂ	바	뱌	버	벼	보	뵤	부	뷰	브	비
ㅅ	사	샤	서	셔	소	쇼	수	슈	스	시
ㅇ	아	야	어	여	오	요	우	유	으	이
ㅈ	자	쟈	저	져	조	죠	주	쥬	즈	지
ㅊ	차	챠	처	쳐	초	쵸	추	츄	츠	치
ㅌ	타	탸	터	텨	토	툐	투	튜	트	티
ㅋ	카	캬	커	켜	코	쿄	쿠	큐	크	키
ㅍ	파	퍄	퍼	펴	포	표	푸	퓨	프	피
ㅎ	하	햐	허	혀	호	효	후	휴	흐	히

자음표 모음표를 순서대로, 대각선으로, 위 아래로, 자유자재로 합성하며 소리를 낸다. 글자, 단어, 문장을 정확하게 소리 내면서 자신의 목소리를 듣는다.

바른 자세로 서서 소리를 내면서 손을 목, 가슴, 배에 얹고 진동을 느껴 본다. 그리고 정수리에 손을 얹고 코어 소리를 내며 울림을 느껴 본다.

호흡과 발성에 집중하다 보면 자신의 내면을 들여다보고 느낄 수 있다.

발성 연습은 바른 자세에서 큰 소리로 하고 일정 기간 3개월에서 6개월 정도 한다.

몸 안에 들어 있는 소리를 몸 밖으로 끌어내는 연습이지만 영혼을 울린다는 생각으로 소리 낸다.

발음 연습

한글이 창제될 때 정해진 발음 규칙과 이후 공공의 약속으로 정한 바 대로 소리 낸다. 자음과 모음을 강세나 억양, 성조에 실어 음성으로 정확하게 목소리로 표현하는 것을 발음이라 한다.

영어의 발음기호를 보고 약속된 소리를 내기 위해 연습하는 것처럼 국어도 정확한 발음법이 있으니 정확하게 소리 내는 연습을 한다. 영유아기 주 양육권자의 말과 주위환경으로부터 듣는 소리에 영향을 받아 말하는 유형이 형성된다.

그런데 듣거나 말하기만으로 언어 습관이 만들어지는 것은 아니다. 상호작용이 많은 영향을 준다. 주고받는 작용에 따라 말을 잘하게 되거나 그렇지 않을 수 있다. 이미 형성된 언어 습관이라 하더라도 어떤 영향을 어떻게 받는가에 따라 달라질 수 있다.

"어, 저 친구 전에는 자기 생각도 제대로 말 못하고 어정쩡한 태도였는데 어떻게 저리 바뀌었어?" 다양한 이유로 말투가 바뀌고 말씨도 달라지지만 무엇보다 말하는 태도가 달라지면 말의 변화를 크게 느낀다.

아무튼 제대로 발음하기 위해서는 정확한 발음을 알아야 한다. 일반적으로 써 오던 말이어도 발음이 틀린 경우가 있으니 책이나 포털사이트의 국어사전을 통해 올바른 발음을 확인하면 좋겠다.

앵커나 기자, 아나운서도 발음 공부를 지속적으로 한다. 연기자들도 공부를 많이 한다고 알고 있다. 방송에서 아나운서나 앵커의 발음을 들으면서 자신의 발음과 다르다 싶으면 확인을 해 보고 정확한 발음을 따라해 본다. 일상 대화 시에도 장음과 단음에 대해 정확하게 구분해 말하면 전달력을 높일 수 있다.

발음이 부정확하거나 분명하지 않은 경우 말의 전달력은 물론 신뢰가 떨어질 수 있고 그 사람에 대한 평가도 긍정적이지 않게 된다. "말투 하나로 사람을 함부로 보느냐."고 할 수 있다. 그렇다.

발음이 정확하지 않고 어휘 선정이 미숙하거나 부정확하다고 사람의 가치가 낮아져서야 되겠는가 만은 스스로도 다른 사람을 말투나 어투로 평가하기도 하지 않던가. 거듭 말씀드리거니와 말은 단순히 의사 표현을 넘어 말이 곧 그 사람이라 평가되기도 한다.

말이 차지하는 비중이 크다. 발음과 어휘력에 따라 말을 듣는 느낌이 다를 것은 당연하다. "방송하는 것도 아니고 뜻만 통하면 됐지 뭐 그냥 웃고 떠들 때까지 그런 거 따져 가면서 말해야겠냐?"

따져야 한다. 잘못된 발음을 시비 걸자는 것이 아니라 정확한 발음에 관심을 갖자는 것이다. 바른 발음에 바른 뜻이 담긴다. 소울을 전하는데 엇비슷하거나 대충일 수 있겠는가. 제대로 바르게 소리 내고 의미까지 정성껏 담아내야 나를 나답게 보일 수 있다.

말은 온몸과 마음으로 하는 것이다. 그렇다면 정확한 발음은 너무나 기본적이다. 취학 전 그리고 초등학교 저학년 때 정도 우리말에 대한 읽기 소리 내기를 연습하던가. 다 안다고 생각하고 이만하면 되었다고 여길 수 있지만 다시 세세하게 바른 소리를 내다 보면 즐거움이 있다.

아나운서 과정 아카데미에서 '우리나라'도 제대로 발음하지 못하는 사람이 많다는 얘길 들었다. '대한민국'을 대함밍국처럼 대충 소리 낸다는 것이다. 연습하면 바른 소리를 낼 수 있는데 왜 그리 게으르게 발음하느냐고 안타까워했다.

우리나라는 대한민국이다. 바르게 소리 내면 나라도 바로 선다. 은유적인 표현이지만 바른말을 하면 올곧은 사람이 된다.

좋아하는 글을 소리 내 읽는다. 특별하게 생각하는 문구, 드라마나 연극, 영화의 인상 깊은 대사를 큰 소리로 읽는다.

시나 수필, 신문의 사설, 뉴스를 글의 느낌을 살려서 큰 소리로 읽는다. 차츰 글의 내용에 맞는 감정을 넣어서 리딩한다.

아름다운 글로 소울 발성 연습을 하라.

좋은 것 같아요

"지금 기분이 어때요?"

"네, 맛있는 음식을 먹고 좋은 사람들과 함께하니 기분이 좋은 거 같아요."

"갑자기 비보를 들으니 슬픈 거 같아요."

자기 기분이나 감정을 표현하는데 "좋은 거 같거나 슬픈 거 같다."고 말한다. 어떤지 확실하게 알지 못하겠다는 의미는 아니다. 좋거나 슬픈 감정에 대해 그대로 표현하면 왠지 너무 직설적일 듯 싶고 딱히 그렇다고 말하기는 다소 무리가 있다 싶어서 조금 완화하는 뜻에서 그렇게 표현하기도 한다. 적절하지 않은 '그런 것 같다'는 어미처리는 미숙하거나 아마추어로 비춰진다.

비슷한 것 같다거나 그건 좀 아닌 것 같다거나 '같다'가 쓰이는 곳은 많지만 자신의 느낌이나 생각, 감정에 대해 표현할 때는 적절하지 않다. 특히 공식적인 자리에서나 언론을 통해 인터뷰할 때 그 같은 표현으로 설득력을 떨어뜨리는 경우가 있다. 부적절한 '같다'의 어미 때문에 앞의 말을 잘 하고도 어설퍼 보인다.

운동선수들이 좋은 기록을 내고 경기에 이겼을 때나 개인이 성과를 거뒀을 때도 "이렇게 좋은 결과를 얻은 것은 주위 분들의 도움이 있었기 때문에 가능했던 것 같아요." 뭐 이 정도 가지고 시비냐 할 수도 있을 것이다. 그보다는 "주위 분들의 도움으로 좋은 결과를 얻을 수 있었어요."라는 표현이 고마움에 대한 뜻을 더 잘 전하면서 겸손함도 느끼게 한다. "승리해서 기분이 좋은 것 같아요."는 "승리해서 기분 좋습니다."로 하면 된다.

단호하거나 명쾌한 감정 표현이 다소 교만해 보일 수 있어 영광을 누리지 못하는 다른 사람에 대한 배려의 표현으로 어미를 흐리는 심리일 것이다. 또 나만 좋아하는 것이 상대적으로 다른 사람의 마음을 상하게 할까 봐 마무리를 약하게 하는 사람도 있을 것이다.

왼쪽인지 오른쪽인지 정확하지는 않지만 왼쪽으로 알고 있었다면 왼쪽인 것 같다고 말할 수 있다. 분명하거나 정확하다고 여겨지지는 않지만 어느 한쪽일 가능성에 무게를 두고 말할 때 적절한 표현이다. 이러저러한 것 같다.

그러나 내 감정을 표현할 때, 내 기분을 말할 때, 나의 생각을 표현할 때, 누구나 인정하는 사실을 전할 때는 있는 그대로 그렇다고 말하는 것이 자연스럽다. 내 감정이 "이런 것 같다거나 저런 것 같다."고 하는 것은 안 하니만 못한 말이다.

"하고 싶은 말을 하니 속이 시원한 것 같다?"
적절치 않은 것 같지 않은가.
"하고 싶은 말을 하니 속 시원하네요."

말 맺음

말끝을 흐리면 아무리 좋은 말을 했어도 효과가 줄어든다. 자신감 결여로 보여 신뢰를 떨어뜨린다. 단지 언어 습관 정도라고 여길 일이 아니다. 결정장애가 있다거나 자신의 감정을 명확히 인지하지 못하는 경우 말끝을 흐린다. 또 타인에게 거부당한 경험이나 심한 반박으로 인한 트라우마가 작용하는 경우도 그렇다.

눈칫밥을 먹고 자라서 스스로 말 마무리를 못한다는 이도 보았다. 스스로 어떤 결정을 내리기 전에 양육권자가 선택하고 결정해 줘서 자신의 몫이 없었던 경우도 그럴 수 있다. 자존감이 낮거나 자신 없어 보이는 정도로 비춰지면 그나마 다행인데 뭔가 숨기는 것이 있거나 솔직하지 못한 사람으로 오인될 수도 있으니 이는 고치는 것이 좋다.

만일 주위에 누군가에게 그런 버릇을 바로잡아 주고 싶다면 지적하는 방식이면 곤란하다. 이미 부정적인 감정 경험으로 말끝을 흐리는 사람에게 당신이 그런 나쁜 버릇이 있으니 고치라고 말하는 건 상처에 소금을 뿌리는 격이다.

"내가? 내가 언제 그랬냐."라고 인정하려 들지 않거나 "이 정도야 뭐 누구나 갖고 있는 버릇 중 하나 아닌가."라며 방어기제를 쓰거나 "뭐 어때 누굴 욕하는 것도 아니고 내 습관인데 누가 뭐래."라며 아예 차단하려 할 수 있다.

아는 것 그리고 인정하는 것이 행동 수정의 시작인데 이를 거부한다면 고칠 의지가 없는 것이다. 또는 다시 번복할지 모른다 싶은 거다. 그럼에도 설득에 어려움이 있거나 말이 내 의도대로 전달되지 않은 경험을 했다면 바꿔 볼 필요가 있지 않겠는가?

비판이나 평가에 약한 것이 자존감의 문제라고 해도 그것까지 인정한다. 평가나 조언은 조심스럽다. "당신은 다 좋은데 왜 말끝을 흐리지?" 내게 그런 버릇이 있다면 불편해도 일단 인정해 보라. "맞아 내가 그렇지." 내 말버릇을 인정하는 말을 하는 순간 나의 에너지가 바뀌는 것을 느껴 보라. 그리고 말을 할 때 "내가 말끝을 흐리는 버릇이 있지."를 생각한다.

이는 동시에 고치겠다는 의지로 작용한다. 어미를 흐리는 이유에 접근할 수 있으면 좋지만 그렇지 않더라도 괜찮다. 말을 마무리하기 전 잠깐 텀을 두고 맺음말을 생각한 다음 말에 힘을 준다. 습관이 바뀔 때까지 마지막 말을 또렷하게 마무리한다.

평소 수필이나 논설 등의 글을 소리 내 읽는 연습을 한다. 전체 글을 또박또박 정확하게 발음한다. 특히 맺음말을 끝까지 정확하게 읽는다. 그리고 거울을 보고 혼잣말로 대화를 연습한다. 이때 결론 혹은 결언, 주제 등을 먼저 말하는 연습을 한다.

왜냐하면 보통은 말미에 결론을 얘기하거나 주제어를 명확히 표현하는데 말끝을 흐리는 습관이 들어 있는 경우는 이것을 먼저 언급하면 말을 맺는 것에 대한 부담이 줄어든다.

편안하게 얘기할 때는 트라우마의 방해를 덜 받는다. 그리고 평소보다 천천히 말한다는 생각으로 차분하게 이야기를 풀어 가면 좋다. 하나하나 엉킨 실타래를 풀어낸다는 기분으로 말한다.

누군가와 대화하기 전에 대화 장면을 연상하면서 머릿속에 그림을 미리 그려 보는 것도 방법이다. 내가 할 말을 떠올리면서 예행연습하듯이 해 본다.

생각한 말을 제대로 전달하는 경험이 쌓이면 버릇도 고치게 된다. 정이나 말 마무리가 힘들다면 말미에 의도적으로 질문을 하는 것도 방법이다. "내 생각에 그 문제는…." 마무리가 흐려진다면 호흡을 다듬고 "제 말 이해하셨나요?" 질문은 말끝에 힘을 주게 되기 때문이다.

또는 하고자 한 말의 핵심 단어를 끝에 한 번 더 말한다. 문장이 어려우면 단어로. "사람을 믿는다는 게 어쩌고저쩌고 그러니 신뢰, 신뢰!" 그러면 상대는 "신뢰가 중요하지요." 하면서 강조하는 말을 귀담아 듣는다. 그렇게 받아 주면 자신 있게 말을 이어 갈 수 있다.

누군가를 만나기 전, 공식석상에 나서기 전, 대화를 하기 전에 스스로에 대한 칭찬과 격려를 한다.

"괜찮다, 괜찮다."
"나는 괜찮은 사람이다."
"좋다, 행복하다."

"말을 잘할 수 있다."
"나는 말을 잘하는 사람이다."

자신을 북돋우며 자신감을 갖고 편안하게 말할 수 있는 마음의 상태를 만든다.

무엇보다 지금 이 글을 읽고 있는 당신은 말을 잘하는 사람이다. 방법을 알아 버렸기 때문에 잘할 수밖에 없다. 스스로에 대한 믿음이 말보다 앞서 상대를 설득한다. 몸과 이미지로 그에게 에너지를 건네는 것이기 때문에 그렇다.

믿으시라 자신을. 그리고 격려하라 스스로를.

"나는 멋진 사람이다!"

온전하게 말의 끝을 완성하라.

신나는 대화

내 말을 듣는 상대가 즐거워하면 말하는 것이 즐겁다. 내 말을 경청하고 공감해 주면 계속 이야기를 나누고 싶어진다. 좋은 대화는 즐거움 이상이다. 말을 잘하고 말을 잘 받아 주면 서로 잘 통한다는 생각에 신난다. 신나는 감정은 새로운 욕구를 솟아나게 한다. 신바람은 다른 뭔가를 하고 싶도록 하는 힘이 있다.

얘기를 나눌 때 신나게 하는 사람을 떠올려 보자. 그의 무엇이 나를 신나게 했는가? 내가 하는 말마다 맞장구를 쳐주고 적극 동의해 줬을 것이다. "응 그래 그래, 맞아, 정말? 대단한데, 와 당신 멋있다, 그렇구나, 맞는 말이야, 정확하네, 완벽해." 박자를 맞춰서 적절하게 반응하면서 나를 북돋아 주는 것으로 나의 존재를 인정한다고 느꼈을 것이다. 바로 그거다. 나도 그렇게 해 주면 된다.

사실 상대의 말을 적극 그리고 적절하게 받아 주고 방청객 리액션을 해 주는 것은 상대를 신나게 해 주는 것 같지만 나 자신의 에너지를 밝게 향상시키는 것이다. 상대의 이야기에 담긴 에너지 파동을 같은 주파수로 받고 다시 나의 에너지를 얹어 돌려 주기 때문에 에너지가 순환하면서 긍정 파동이 확장된다.

그것을 대화 상대가 함께 느끼면 에너지가 증강된다. 주변에 이야기 나누는 것으로 신나게 하는 누군가가 있어야 한다. 말하면서 신나고 듣고만 있어도 신나게 하는 사람이 있어야 한다. 삶의 균형을 유지하는 에너지가 되기 때문이다.

몸이 아플 때나 어떤 문제에 직면할 때 생각나는 사람, 별 시답잖은 얘기로 깔깔거리거나 말하고 나면 속이 후련해지는 그 사람이 있는가? 있어야 한다. 없다면 내가 먼저 그 사람이 되어 주라.

아무런 이해관계를 따지지 않고 속없이 말을 들어준다. 무조건 당신이 옳다고 무작정 당신의 말이 즐겁다고 아무튼지 간에 어쩜 그렇게 말을 잘하냐고 띄워 주고 올려 주고 안아 준다. 신나서 다 털어 놓고 말하게 되고 그것으로 힘을 받아 다시 삶으로 걸어가게 해 주는 것이 얼마나 즐거운 일인가.

"너하고 얘기하면 왜 이렇게 속없이 웃게 되는지 모르겠다. 아주 그냥 신난다니까!"

좋은 사람은 말해서 알고 말하지 않아도 알기에 신나게 한다.

"네가 신나니 나도 신난다!"

외발자전거를 타기 시작하면서 아이들은 홀로서기를 배운다.

"이제 혼자서도 자전거를 잘 타네. 어이구 대단하네!"

"뭘요, 이 정도쯤이야."

인정받으면 신난다. 그리고 더 잘하고 싶어진다. 신나는 말, 신나게 하는 사람은 그렇다.

어른이라고 크게 다르지 않다.

"자료 정리를 마쳤네. 완벽한데!"

"뭐 다른 것도 할 일 있으면 주세요. 제가 할게요."

인정하고 믿어 주면 그 역시 완벽하게 해 낼 것이라는 각오까지 하면서 신난다.

말은 사람을 춤추게 한다. 삶의 리듬을 부여하고 의욕을 일깨운다. 신나는 대화로 신나는 인생이면 좋겠다. 가능하다. 이 같은 글을 쓰니 신나고 읽으면서 신날 것을 상상하니 신난다.

균형감과 평정심

사물에 대하여 한편으로 치우치거나 기울지 않고 고르게 바라보는 감각을 균형감이라고 하고 감정의 기복없이 평안하고 고요한 마음을 평정심이라 한다. 스피치나 인간관계에서 더없이 요구되는 항목이 바로 균형감과 평정심이다.

어른이라 함은 균형감과 평정심을 유지하며 사사로운 감정에 크게 흔들리지 않아야 하겠지만 실상은 한편으로 치우치는 경우가 많다. 생각이나 삶의 태도가 한쪽으로 기울면 타인과의 갈등은 차치하고라도 자신이 고단하다.

그런데 기울어 있음을 자각할 수 있으면 균형을 잡을 수도 있겠지만 대체로 치우쳐 있는 경우 스스로 인지하지 못하거나 아예 객관적으로 보려 하지 않는다. 조금 벗어날 때 느낄 수 있어야 하고 그때는 다시 돌아오기도 쉽다. 그런데 아예 빗겨나면 회복 탄력도 떨어지거니와 원래의 자리로 돌아오는 것도 그만큼 힘들다.

가까운 사람과 갈등이나 이해 부족 때문에 불편할 때가 균형감을 확인할 수 있는 기회이다. 대체로 상대에게서 원인을 찾기 쉽지만 먼저 자신을 들여다봐야 한다. 관점을 그가 나와 다른 것이 아니라 내가 그와 다르다는 생각에서 출발한다. 내가 한쪽으로 치우친 건 아닌지 내가 벗어난 건 아닌지. 내가 옳다고 생각하고 있는 것, 내가 알고 있는 것은 그야말로 내 관점이고 내 믿음이다.

아는 만큼 보고 보는 만큼 아는 것이다. 내가 경험한 범위 안에서 만들어진 것이기에 다른 지식과 경험을 갖고 있는 사람은 나와 다른 생각과 다른 말을 하는 것이 당연하다. 나를 먼저 돌아보는 것만으로도 불편함이 줄어든다.

나의 생각과 시선이 균형을 잡으면 타의에 의한 자극에 유연할 수 있다. 즉 다른 사람 때문에 괴롭거나 고통스러운 것으로부터 가벼울 수 있고 사람에 대한 견해도 여유가 생긴다.

젊은이들은 "어른이 어른답지 않다. 생각이 고루하거나 아집에 사로잡혀 다른 사람을 인정하려고 하지 않는다."며 답답해하고 나이 든 사람은 "젊은 사람들이 뭘 알겠냐, 인생을 살아 봐야 알 수 있으니 어른들의 경험을 가볍게 생각하면 안 된다."면서 못 미더워한다.

이 같은 견해차에서는 연장자가 이미 경험해 봤으니 젊은 생각을 이해하고 살펴 주는 것이 좋겠지만 실상은 나이와 상관없이 개인의 소양에 따라 다르다. 자기만의 방향으로 왔기 때문에 나이가 들었다고 해서 넓게 많이 안다고 하기 어렵고 그 때문에 오히려 편견이나 아집에 빠질 수 있다. 가치관이나 소신이라고 하는 것도 까딱 균형을 잃으면 고집이 된다.

스스로 균형감이 있는지를 어떻게 알 수 있는가? 과연 평정심을 유지하고 있는가를 어찌 알 수 있는가? 다른 사람에 대해서 혹은 어떤 사안에 대해 부정적 감정이 일어난다면 균형감이 깨졌거나 흔들리는 것이다. 그것으로 인해 특정한 감정으로 치우쳐 있다면 평정심이 흔들린 것이다. 정의나 애국심과 같은 옳고 그름을 논할 수 없는 절대적 가치에 대해서는 논외로 한다. 그것이 침해를 당했다면 당연히 감정이 흔들려야 하기 때문이다.

일상에서 다른 사람의 말을 들으며 화가 난다거나 다른 사람의 행동으로 하여 부정적인 감정이 일어난다면 균형감이나 평정심에 대해 생각해 볼 일이다. 이 균형감과 평정심이 흔들리면 성공적인 대화가 어렵다. 균형이 깨진 상황에서 상대로부터 원인을 찾고 또 상대에게 방법을 얻으려 한다. 이미 깨진 그릇에 물을 부으면서 채워지지 않아 애태우는 것과 같다.

이유야 어떠하든 자신의 상태를 보고 그리고 자신에게서 방향을 찾는 것이 빠르다. 화가 나거나 흔들리는 것은 자신이므로 지금 내 감정 상태가 어떤지, 무엇에 흔들리는지, 나의 감정이 어디로 향하고 있는지를 알아야 한다. 그리고 다음으로 내가 무엇을 원하는가에 솔직해야 한다.

대화를 통해 내가 원하는 것이 무엇인지를 놓치지 말고 그곳으로 가기 위해 필요한 것이 무엇인지를 찾는다. 거기에 더해 내가 원하는 것과 상대가 바라는 것이 어떤 것인지까지 알 수 있다면 어떤 말이 좋을지 알 수 있다.

이때 헛갈리지 않아야 할 것이 있다. 내가 원하는 것이지 절대적인 진리나 가치, 정의와 같은 거창한 철학이 아니라는 것. 흔히 의견차나 논쟁에서 궁극의 정의감이나 진리 따위를 위해 다투는 양 허세를 부르기 때문에 하는 말이다.

일상적인 대화에서의 목표는 대체로 자신의 이익이다. 자신이 원하는 것을 얻기 위해 이야기를 하고 있음에도 대단한 무엇인가를 이루려는 것처럼 포장한다면 해결점을 찾기 어렵다. 이해되지 않거나 동의가 어렵다고 해서 상대가 나쁘거나 틀렸다고 말하기보다 나에게 불이익을 주는 말에 대해 솔직해지는 것이 좋다. 또 상대가 이익을 침해당했거나 자존감에 손상을 입었다고 여겨서 분노한다면 오히려 얘기가 쉽다.

욕심이 과하지 않으면 대화의 균형감을 유지할 수 있다. 자신의 감정 상태를 알고 부정적인 감정에 사로잡히지 않으면 평정심을 가질 수 있다.

균형감과 평정심을 유지할 수 있으면 좋은 대화가 가능하다. 협상이나 설득이 필요한 때라면 더욱이 균형감과 평정심이 요구된다.

매력적인 단어, 한 문장으로 승부를 건다

한 시간 강의를 듣고 남는 것이 얼마나 될까? 한 권의 책을 읽고 나서 떠올리는 것은 무엇일까? 누군가를 만나고 한참 얘기하고 돌아설 때 무엇을 기억하는가? 한 단어, 한 문장이다.

"얼굴이 삶이다!"
"정직하기만 해도 인생 성공한 거다!"
"작은 것이 큰 것이다. 작은 것을 놓치지 말라!"

긴 강의의 결론, 그 한마디만 남는다. 그 말을 하기 위해 많은 이야기를 쏟아 내는 것인데 딱 끌리는 한마디가 없다면?

"아, 그 사람 느낌이 좋네!"
"더 얘기하고 싶다!"
"또 만났으면 좋겠다!"

만남 뒤 상대에 대한 정의는 짧고 간결하다. 비즈니스에서는 신뢰와 희망을 줘야 하고 이성을 만나서도 믿음과 기대감을 줘야 한다. 그 말이 그 말인 것 같은 건 모든 인간관계에서의 원칙은 같다는 얘기다.

사람을 만나면서 "이만하면 됐다!"보다 "다음에는 어떨까?"를 생각한다. 내일을 기대하며 살기 때문이다. 심지어 오늘 별로였다면 다음에는 다르길 바란다.

찰나를 살면서 영원을 꿈꾸는 것처럼 관계에서도 단어 하나 얻을 것인데 온 세상을 줄 것처럼 말한다. 누군가와 만날 때 명쾌하고 확실한 단어 하나 갖고 나설 일이다. 조금 더 길어지면 한 문장 잘 살리면 된다.

문자메시지를 보낼 때도 매력적인 한 문장 또는 의미 있는 한 단어로 마음 전하기에 충분하다. 한꺼번에 이것저것 다 쏟아 내려 하기보다 강력한 한마디를 찾을 일이다.

SNS나 영상들에서 쏟아 내는 말들 가운데 자연스럽고 편안한 표현이 눈길을 사로잡는다. 자극적인 썸네일은 실망감을 주는 일이 많다. 호기심만 자극하고 내용이 허술해서다.

매력 있는 한마디로 고객이 되고 구독자가 되고 파트너가 되거나 특별한 관계가 되기도 한다. 한마디로 확 잡아끌었다면 설명이나 이어지는 내용도 성의를 다할 일이다.

"오빠 믿지!"는 신뢰를 유도하는 선언적 멘트고 "별을 따다 줄게."는 기대나 희망을 갖도록 하는 말이다. 그래서 시대를 초월해 작업 멘트로 쓰인다. 이 정도 말에 책임감 운운하거나 희망고문이라 비난할 사람은 없을 터이므로.

"한마디로 승부를 걸라!"

딱 듣고 싶은 말, 쏙 박히는 표현, 감성을 자극하는 멘트, 간결하고 임팩트 있는 한마디, 여유와 희망을 주는 말에 마음이 움직인다.

치얼 업(Cheer Up)

중고등학교 때 보통은 선생님이나 학원에서 써 준 원고로 웅변대회에 출전하곤 했는데 나는 내 원고를 직접 썼다. 글짓기 대회 수상 경력을 나름 인정받은 터였고 대부분의 대회에서 좋은 성과를 냈다. 고등학교 때 한번은 선생님이 직접 원고를 써 주셨다. 수상을 예측한 선생님의 이유 있는 투자였던 것 같다. 그런데 막상 대회에 나가 보니 주최 측에서 제시한 주제에서 크게 벗어난 내용을 준비했던 것이다. 엉뚱한 말을 해야 하는 것이니 당연 포기를 해야겠다고 했지만 선생님은 완강했다.

연단에 오를 때까지 망설이다가 계단을 오르며 준비된 원고를 한쪽으로 집어던졌다. 취지와 다른 얘기를 한다는 것이 내키지 않았다. 그리고 마이크 앞에 서서 잠시 생각하다가 솔직하게 말했다. 다른 주제로 준비해 왔기 때문에 앞의 연사들의 웅변을 들으며 느낀 것을 토대로 나의 생각을 얘기해 보겠노라 전제하고 차분하게 말하기 시작했다. 즉석에서 생각을 정리하며 말해야 하기 때문에 소리지르거나 과한 제스처를 쓸 일도 없었다. 그저 한 고등학생의 의견을 제시하는 정도의 스피치는 당시 소리지르고 단상을 쿵쿵 치는 등의 웅변 틀을 완전 벗어난 것이다. 때로는 잠깐씩 생각하느라 짧은 침묵도 있었지만 오히려 주목을 끌기도 했다. 그리고 전혀 예

상치 못했던 최고상을 받았다.

이후 나의 원고를 던지는 애드리브가 웅변대회 퍼포먼스로 유행처럼 번졌고 '새세대 청소년 말하기 대회'라는 새로운 형식의 연설 경연이 생겼다. 위기에 솔직한 나의 고백은 마치 전략적으로 준비된 새로운 형태의 웅변이라는 오해까지 받았다. 그 대회에서 그리고 주위 사람들로부터는 인정받았지만 시키는 대로 따르지 않았다는 이유로 웅변반 담당 선생님에게는 미움을 샀던지 이후 대회 출전 등에 제한을 받게 되었다.

심리전 방송 아나운서로 심야 프로그램을 진행할 때 인민군 하전사가 내 방송을 듣고 귀순했다고 해서 화제가 되었다. 진급을 앞둔 상사가 포상을 양보해 달라고 하여 동의했지만 그는 목적을 이루지 못했고 큰 성과가 있었음에도 해당 프로그램에서 교체되었다. 당시로서는 어느 부분에 나의 잘못이 있는 건지 알 수도 없고 답답했다.

공무원 생활에서 이해하거나 납득하기 어려운 일이 많았다. 창의적인 기획과 업무 혁신으로 성과를 내고도 정당한 평가는 고사하고 오히려 불이익이 돌아오거나 원치 않는 인사이동 등으로 이어졌다. 시키는 것만 하라고 강요하는 상사도 몇 있었다. 성실하게 열심히 일하고 업무 성과나 실적을 내야 하는 게 당연하다고 여기는 것이 왜 무리수인지 알 수 없었고 부당한 요구나 정의롭지 않은 일에 동조하지 않는 것으로도 위태로워진다는 것을 납득할 수 없었다.

무엇이 어디에서 잘못된 것인가? 물이 너무 맑으면 물고기가 살지 못한다는 말로 적당히 흙탕물이 될 것을 제안하는가 하면 탐욕이나 욕망을 정당화시키려는 자들이 버젓이 행세하는 것을 견디기 힘들었다. 그들이 쉬이 몸집을 키우고 부정적인 영향력을 행사하는 것을 지켜볼 수밖에 없는 것에 무기력해졌다. 그런데 정작 중요하게 여겼던 정의나 정직을 창으로 만들어 공격하는 사람 앞에 속수무책이었다. 왜 그런 일이 일어나는가. 나와는 전혀 관련 없이 일어나는 일인 것인가?

아니었다. 자신 안의 부정 에너지나 불안이 비슷한 에너지로 연결되는 것이다. 상대나 세상에 대해 갖고 있는 부정감정이 아이러니하게도 그 같은 에너지로 자신에게 돌아온다. 아인슈타인의 "우주를 우호적인 곳으로 보느냐 적대적으로 보느냐에서 인생에서 가장 중요한 결단이 나온다."는 말과도 통하는 것이다. 타인에 대한 평가나 비판이 정의인 줄 알지만 그것은 이미 나의 에너지의 일부가 되어 버린다. 대부분의 사람이 악인이라고 평가하는 사람도 특정인에게는 선의로 대하거나 좋은 영향을 주는 것은 바로 그 상대가 보내는 에너지의 방향이 그같이 작용하는 때문이다.

수고하고 잘하고도 원치 않는 결과로 이어지는 데는 그 저변에 작용하는 심리와 방향성에 대해 들여다볼 일이다. 나는 아니지만 타인이나 세상이 부정적이라고 여긴다면 내게 돌아오는 에너지가 그러할 것도 염두에 둬야 할 것이다. 그 이치를 알면서부터 달라지는 것을 느꼈다. "저 사람들은 도대체 왜 저러지?"에는 답이 없다. 그러므로 내가 어떤 선택을 할 것인가에 방법이 있다. 물론 다른 사람이나 주변 상황에 대한 바른 판단은 필요하지만 그다음은 비판이나 불평이 아닌 나의 선택으로 이어져야 한다.

나의 에너지 방향성은 정직하게 나에게로 돌아온다. 시간이 걸리거나 내가 바라는 그 시간은 아닐지 모르지만 반드시 온다. 그러니 계획대로 되지 않는다 해도 상처받거나 좌절할 일이 아니다. 억울하거나 불편한 상황에서 배울 것이 더 많다. 그로부터 더 나은 것으로 연결되도록 나의 강한 흐름을 만들고 그 위로 올라타면 된다.

그랬다. 불편한 경험과 부당한 일을 겪으면서 껑충껑충 뛰어넘을 수 있었다. 그때 그 일들이나 그 사람들이 아니었으면 알지 못했을 깨달음을 얻게 되었으니 참으로 고마운 일이고 감사한 사람들이다. 내가 나로서 바로 서 있으면 누구도 나를 침해하지 못한다. 부당한 일을 당했거나 자존감에 상처를 받았다면 성장하기에 좋은 기회인 것이다. 좋아질 것이고 성장할 것이라는 확신은 삶의 중심으로 이끈다. 때문에 다 괜찮다. 혹 괜찮지 않아도 괜찮다. 깨어 있는 사람은 반드시 더 좋아질 것이다. 자신을 믿고 그 믿음대로 나아갈 일이다.

소소한 좌절이나 상처가 나의 생존을 강하게 했다. 그것으로 주저앉지 않을 수 있으면 더 좋은 시간으로 이를 것이므로 지금 인정받지 못해도 지금 즉시 성취하지 않아도 괜찮다.

"당신 지금 괜찮다. 치얼 업! 힘내라는 말에는 힘이 들어 있다. 그러니 치얼 업, 힘내시라."

이룸

많은 사람들이 성공을 향해 달린다. 성공한 사람이 높이 평가되니 성공 단어도 대접을 받는다. 성공하지 못하면 실패한 것인가. 잘못산 것인가. 가치가 없는 것인가. 성공에 의문을 품으면 성공하지 못해 불평하는 것인가.

"그럼 뭐하누 소고기 사 먹겠지."라는 개그가 있었다. 일하면 뭐하누 소고기 사 먹겠지, 돈을 벌면 뭐하누 소고기 사 먹겠지. 결국 돈 벌어 잘 먹고 잘 살려는 것 아니겠냐는.

큰돈을 벌겠다거나 명예를 얻겠다는 목표가 아니면 솔직하지 못한 것으로 평가하기도 한다. 세상에는 돈 벌고 출세하는 방법을 알려 주는 책과 성공담이 넘쳐난다. 먼저 이룬 사람들의 노하우는 좋은 안내서가 된다. 고마운 일이다. 혼자만 알고 있지 않고 널리 알려 주려는 수고로움.

그런데 돈 버는 성공 노하우가 주목받는 건 유감이다. 돈 버는 걸 싫어할 사람이 있겠는가? 목표를 이루는 것을 좋아하지 않을 사람이 있겠는가? 그럼에도 불구하고 성공이라는 말에는 경쟁해서 앞서간다는 치열함도 있고, 하고 싶은 거 참고 하기 싫은 것도 해야 하는 불편한 전제도 들어 있다.

성공신화를 이뤘다고 알려진 셀럽의 강의를 듣다가 중간에 화장실에서 만난 중년 여성이 넋두리를 한다. "저는 그만 가려고요. 듣고 있는데 제가 형편없는 사람 같아서요. 저는 그냥 애들 잘 키우고 고만고만 늙어 가면 되겠다 싶었는데 아무래도 잘못 산 거 같아요." 그의 한숨에 애잔함이 느껴지는 건 남의 얘기 같지 않아서일 것이다.

성공 노하우가 "와우, 저렇게 하면 성공하겠구나!" 하고 각오를 다지는 자극이 되지 않는 건 성공하고 싶지 않아서가 아니다. 사람은 저마다 부여하는 삶의 의미가 다르고 살아가는 속도도 다르다. 삶에서 그때그때 원하는 것을 이루는 정도여도 의미나 가치가 있지 않을까.

남에게 피해 주지 않고 제 앞가림할 정도의 사람으로 키우고 싶은 엄마가 "아, 나는 루저였나 보다!"라고 자책하지 않아도 되는 정도는 성공 축에 들 수 없는가. "나는 집 있고 요양원 들어갈 정도의 돈 있으면 된다고 생각했는데 제 삶이 한심한가요?" 하는 사람에게 "원하는 대로 이루면 되지요."라고 말하는 게 무능함인가?

모두가 화려한 성공을 꿈꾸지는 않는다. 모두가 재벌이 되거나 유명인이 되지도 않지만 새 옷 사는 것 정도로도 즐겁고 유명인에게 박수를 보내 주는 것으로도 괜찮은 사람이 있다.

우리 사회가 성실에서 경쟁 그리고 성공과 행복으로 달려가면서 그것을 달성한 사람보다 그렇지 않은 사람들의 상실감에는 무심하다. 핫한 지역의 아파트를 사고 골프와 크루즈 여행을 할 수 있어야 행복한 삶이 되는 것은 아니다.

언제나 "행복하다!"고 외칠 수 있어야만 좋은 삶인가. 행복과 성공 강박에 오히려 소외감이 느껴질 수도 있다. 남들에게 내세울 만해야만 온전한 삶은 아니다. 자기다움으로 원하는 것을 이루어 나가는 정도여도 괜찮지 않을까. 뜻한 만큼 되지 않고 계획대로 결과를 얻지 않아도 바라는 것을 향해 가는 것으로 좋은 삶을 이룬다고 생각해도 될 것이다.

내세울 만한 부와 명예가 아니어도 좋은 친구가 있는 삶, 가족과 더불어 오곤조곤한 삶, 뭐 그러저러한 이유로 나름대로의 평화를 이루는 것 그것이어도 좋지 않은가.

선하고 아름다운 정서를 놓치지 않고 부정적이거나 나쁜 일에 치우치지 않는 삶을 이루는 것도 의미 있고 괜찮다. 그런 삶도 칭찬하고 박수쳐 줄 수 있으면 좋겠다.

"평생 누구에게 나쁘게 한 것 없는데 누가 나 잘 살았다고 해 줬으면 좋겠다."는 어느 나이 지긋한 분의 얘기에 뜨겁게 손잡아 드렸더니 눈물이 그렁그렁한다. 그는 좋은 삶을 이뤘다. 소소한 바람을 이뤄 가는 삶을 당당하게 말할 수 있으면 꽤 괜찮지 않은가.

정해 놓고 듣는다

보통 "듣고 싶은 말만 듣는다."고 말한다. 목적이 있는 만남이나 설득이 필요할 때 또는 갈등관계에서 어떤 말을 해도 상대는 듣고 싶은 말을 정해 놓고 그 범주에서 들으려 한다.

기대한 말을 하는지 그렇지 않은지 확인하는 경우도 있다. 심할 경우 자기가 내려놓은 결론에 상대의 말을 맞춰 가기도 한다.

"음, 그럴 줄 알았어. 그렇다면 당신의 말은 의미 없어. 더 이상 들을 필요도 없어." 하거나 "생각했던 말은 아니지만 당신이 아무리 그렇게 말해도 내 생각은 변함이 없어. 그 정도로는 내 생각을 바꿀 수 없지."

대화를 하면서 상대가 좋은 사람인지 아닌지 나에게 필요한 사람인지 손해를 끼칠 사람인지 등 이쪽 아니면 저쪽, 이런 사람 또는 저런 사람이라고 규정지으려 한다.

평가를 해 놓고는 '별반 좋지 않은 사람이 하는 말'이라는 전제 아래 이야기를 나누는 사람과 원하는 대화가 가능하겠는가? '어떠어떠한 사람', '이런 사람'이라는 이름표를 붙여 놓고 얘기를 듣는다.

부정적인 상을 만들어 놓았다가 자신의 생각이 틀렸다고 생각될 때는 이렇게 말한다. "진작 그렇게 말하지 그랬느냐 전에 그렇게 말했으면 달리 생각했을 텐데." 상대에 대한 부정적인 생각이 자신의 선택이라기보다는 상대의 잘못이라고 말하고 싶은 것이다.

1966년 필라델피아에서 열린 평화의 행진에서, 한 기자가 틱낫한에게 "당신은 북베트남에서 왔나요, 남베트남에서 왔나요?"라고 물었다. 북에서 왔다고 하면 친 공산주의자라고 생각할 것이고 남에서 왔다고 하면 친미주의자라고 여길 것이기에 "나는 가운데에서 왔습니다."라고 말했다고 한다.

질문하는 사람이 자신의 개념을 내려놓고, 자신 앞에 놓여 있는 현실과 만나도록 도와주고 싶었고 그것이 바로 선(禪)의 언어라고 틱낫한은 「틱낫한 불교」에서 말한다.

출신 학교나 고향, 나이, 경력 등을 물으면서 마음속으로 어떻게 생각할 것인지 정해 놓고 있다. "그럼 그렇지 잘난 체하는 게 명문대 나왔을 줄 알았어.", "어라 그렇게 안 봤는데 박사학위가 있어? 별로 잘나 보이지 않았는데."

자신의 경험이나 앎에 따라 사람을 평가하고 규정짓고 그 범위 안에서 대화를 하기 때문에 상대의 말이 원래의 취지대로 들리지 않는다.

맘대로 생각하는 사이 본래의 가치나 의미는 희미하고 오해와 편견까지 겹쳐 소통은 더 멀어진다. 경험이나 지식이라고 생각하는 것의 함정에 빠져 보고 싶은 만큼 보고 듣고 싶은 만큼만 듣는다.

아무런 전제없이 이야기를 나눌 때 본질에 가까이 갈 수 있다. 상대의 이야기에 집중하고 그로부터 자신에게 일어나는 감정을 알아차리면서 솔직하게 반응한다면 진정한 대화가 가능하다.

상대로부터 전해 오는 언어 속 에너지를 느끼고 자신에게 일어나는 감정 에너지를 전하면서 순환하는 에너지 파동을 느낀다면 좋은 스피치가 되고 있는 것이다.

나를 부정하는 상대의 마음을 돌리고 싶다면 그의 심리를 파악하고 무의식까지 알아야 한다. 그것이 어렵더라도 상대가 말하는 내용을 인정하면서 그와 비슷한 목소리 톤으로 그가 말하는 단어나 문장을 되받아 말하면서 의식과 무의식에 다가간다.

생각과 말과 온몸으로 강한 소울 에너지를 써야 한다. 상대를 압도할 만한 강하고 매력적인 말씨로 긍정 에너지를 전해야 한다.

상대에 대한 편견이나 부정적 평가가 없는 상태로 서로가 원하는 관계를 만들어 나간다는 생각으로 말해야 한다. 상대가 원하는 것을 알아차리고 인정해 준다. 대화는 정해진 것이 아닌 바로 그 순간의 창조다.

마음은 그렇지 않은데 말이 그렇게 나가요

"마음은 그렇지 않은데 말이 그렇게 나가요."

"아니에요. 마음이 그런 거예요. 무의식은 그렇게 말하고 싶었던 거예요. 의식이 그렇게 말하는 건 좋지 않다고 여길 뿐이지요."

"감안하고 들어주세요. 제가 마음은 안 그런데 가끔 말이 막 나가요. 오해하지 말고 들어주세요."

"네? 무슨 말씀이시지요? 말을 막하는 걸 왜 감안하고 들어야 하지요?"

알고 있는 것이다. 그러니 듣는 사람에게 감수하라고 할 것이 아니라 오해하지 않도록 말해야지 무슨 억지인가.

"제 아내는 알고 보면 정이 많은 사람인데 말을 쌀쌀맞게 해요."

물론 속정도 있고 사람도 선한데 방어기제로 말을 냉정하게 하는 경우가 없지는 않다. 그런데 남편이 신경쓰일 만큼이라면 아내의 말투는 다른 사람의 마음을 상하게 할 만큼 지나치다는 거다. 따뜻한 마음이 있으면 그대로 말하면 되는 것을 왜 속마음과 다르게 애써 상대 마음 상하는 독한 말을 하는가 말이다.

"아, 제가 속마음을 잘 표현을 못해요. 좋은데도 좋다는 말을 잘

못하고 호감이 있는데 말을 못하겠네요."

이미 다 표현했다. 속마음을 그런 방식으로 말하는 스타일인 거다. 그런데 이 방법이 효과적이지 않을 것 같아서 장치를 쓰는 것이니 불필요한 그 장치를 걷어내면 된다.

"제가 좋아하는 마음을 어떻게 표현해야 다 전해질까요?"

이러면 될 것을.

"습관이 돼서 자꾸 욕이 나오는데 저 사실 점잖은 사람이에요."

뭐 어쩌라는 건가. 툭하면 욕설을 섞어 말하면서 점잖은 사람으로 봐 달라고? 왜? 이 경우도 본인이 안다. 욕설을 하면 점잖은 사람으로 평가되기 어렵다는 걸, 그리고 본인은 욕하는 게 습관이 돼버렸다는 것도. 습관을 바꿔야지, 점잖은 사람으로 보이고 싶다면. 욕을 마음껏 하면서 품위 있고 멋진 사람으로 평가되길 바라는 게 가당키나 한 일인가.

"제 남편은 그렇게 충고하길 좋아하네요. 그 말버릇 때문에 종종 본인이나 잘 하라는 민망한 소릴 들으면서도 도통 고치질 않아요."

충고하는 게 나쁜 건 아니지만 그 정도가 지나치거나 시의적절하지 않으니 아내가 걱정인 거다. 충고랍시고 마음만 상하게 하는 경우가 많고 보니 웬만한 충고는 안 하니만 못하다. 정작 충고는 하는 사람 몫이 아니라 듣는 사람의 선택이다. 충고, 가리고 가려야 할 말이다.

마음은 그렇지 않은데 말이 헛나가는 경우는 별로 없다. "우연은 없다."는 프로이드의 말을 빌리지 않더라도 우연한 말실수는 드물다. 계급이나 직급을 낮춰서 말해 민망한 경우도 말실수라기보다는 무의식의 발로일 수 있다. 하대를 하거나 무시하는 말투 역시 순간의 말실수가 아니라 본심이다. 욕하고 흉보는 것은 더더욱 그렇다. 대체로 몰라서라기보다 그 정도는 할 만하다 혹은 해도 된다고 생각한다. 그래서 고치지 않는다.

어떤 이는 "내가 지나친 게 아니고 그렇게 듣는 사람이 문제가 있는 거야."라거나 "그 정도도 감수 못하면서 어떻게 사회생활을 하겠다는 거야, 싫은 소리 들을 수도 있고 뭐 막말로 내가 못할 말 한 거야? 다 자기 잘되라고 한 소릴 가지고 기분이 좋네 마네 하나."라며 피해자의 책임이라는 경우도 있다. 그렇게 생각하는 사람이니 그런 말을 하는 것이다.

소위 말버릇이라고 하는 부정적인 언어 습관을 바로잡으려면 자기 진단과 자기 인정이 있어야 한다. 직면하기, 인정하기로부터 시정과 발전이 시작된다. 원치 않는데 누군가 직설적으로 지적을 한다면 어깃장을 놓을 수 있다.

코칭을 하려면 문제의식을 갖도록 하기보다 미러링을 하거나 즐거운 말투로 영향을 받도록 유도하는 것이 좋다. 감정표현에 미숙하거나 어색한 사람이 잘 표현하지 않던 말에 자연스러워지려면 분위기가 마련되어야 한다.

'미안하다, 사랑한다, 보고 싶다' 이런 감정어가 어색한 사람에게 큰 소리로 말해 보라고 하면 오히려 쏙 들어간다.

말은 거짓말도 하고 속임수도 쓰고 감추기도 하지만 마음은 정직하게 작동한다. 그러니 마음이 말하도록 해야 한다. 먼저 자기 마음을 알고 그리고 상대의 마음도 헤아리면서 진솔하게 마음이 소리로 울려 나도록 하면 "마음은 그렇지 않은데…."라는 말을 하지 않아도 된다.

마음이 부정적이고 나쁘고 악한 상태라면? 그때도 솔직하게 마음을 말해야 하냐고 묻는다. 그때 좋은 언어가 침묵이다. 마음을 숨기는 것이 아니라 말할 수 없음을 말하는 것이다.

속마음은 아니지만 말만 비뚤어진 것이라는 말은 변명도 해명도 되지 않는다. 마음이 바르면 말은 자연 곧게 나온다.

그게 뭐라고

때와 장소, 대상에 따라 원하는 결과를 얻기 위한 말하기, 그 간단해 보이는 것이 과연 간단하던가? 상대나 상황에 맞게 할 말과 하지 않아야 할 말을 분별하는 것이 쉽지 않다.

하고 싶은 말을 꼭 필요한 만큼 하되 말하는 것이 즐겁고 행복하다면, 거기에 아름다움과 가치를 담아 삶의 품격을 높이는 말을 할 수 있다면 더 바랄 게 없을 것이다. 언어는 의사 전달 수단을 넘어 인간의 존엄과 가치를 느낄 수 있게 한다.

하는 일이 뜻대로 되지 않고 누구 하나 내 편이 없어 더 이상 살아갈 이유가 없다며 구구절절 죽어야 될 이유를 대는 사람에게 꼭 필요한 말은 무엇일까? 그런 말이 있기나 한 걸까?

누군가는 애인의 변심으로 죽을 결심을 한다. 그게 뭐라고, 헤어지자는 말 때문에 죽을 생각을 한다. 누군가는 투자한 돈을 잃어 죽으려 한다. 돈 그게 뭐라고 원래 없던 것이 잠시 있었다가 다시 없어졌다고 목숨을 버린단다.

말은 나와 누군가를 연결하는 끈이면서 삶을 이끄는 힘이 있다. 말의 씨앗인 생각이 만들어지는 순간부터 영향력이 시작된다. 생각이 이미 에너지이고 그 에너지가 말이 되는 순간 파동이 높아진다.

내가 하는 말은 타인에게 영향을 미치기 전 나의 감정을 일으키거나 축소 또는 확장시키고 행동을 변화시킨다. 말은 그 자체로 에너지 파동이고 순환하는 힘이다. 말을 하고 듣는 과정은 영혼의 에너지 작용이다.

말하는 이유나 목적에 대한 생각은 어떠한가. 내 생각을 상대에게 전하기 위해, 마음이 통하기 위해, 생각의 차이를 좁히기 위해, 그를 변화시키기 위해 등등의 이유로 대화한다. 그런데 그것이 욕심이라면 어떤가.

대화를 나눈다는 것은 서로의 다름을 발견하기 위함이다. 상대가 나와 다르다는 걸 발견하는 것 내가 그와 같지 않음을 아는 과정이다. 서로 통하거나 비슷한 생각을 하는 것은 순간이거나 찰나에 불과하다. 그때에 원하는 것에 접근해야 한다. 대부분의 대화는 무엇이 어떻게 다른지를 아는 과정에 지나지 않는다. 그럼에도 말을 통해 강력한 영적 활동을 한다.

35년 동안 방송 일을 하면서 많은 사람들의 스피치를 관찰하고 정리했다. 어떻게 말할 때 좋은 스피치라고 느끼는지, 좋은 스피치는 어떤 효과가 있는지, 좋은 스피치를 하는 사람의 삶은 어떠한지, 스피치가 좋은 사람과의 관계가 삶에 어떤 영향을 주는지.

지식, 경험, 지혜, 가치관, 삶의 태도, 발음, 발성, 신체 구조, 성향, 주 양육권자의 태도, 사람들과의 관계, 주변 환경 등 스피치에 영향을 미치는 요소는 다양하다.

발음이나 발성 훈련을 하고 책을 읽거나 다양한 정보와 지식을 취득하여 어휘력을 풍부하게 하며 유머 감각 훈련이나 직관력 향상 등의 학습을 하면 스피치 향상에 도움이 될 수는 있다.

하지만 생각, 마음, 영혼의 가치를 높이는 것이 연습이나 훈련으로 가능할까? 스피치 훈련으로 인간성이나 품격을 높이는 것이 가능한 일일까. 영혼의 품격을 높이는 스피치 향상 방법이 있을까?

"말 그게 뭐라고 누군가의 말 때문에 살 거나 죽는 것인가."
"질문에 답이 있다."
"사람을 살리는 말이 있다."
"위기의 순간에 꼭 필요한 한마디가 있다."

죽고 싶다고 말하지만 살고 싶어 하는 말이니 죽고 싶은 이유가 아니고 살고 싶은 간절함을 봐야 한다. 죽어야 할 이유 같은 건 없다. 살아야 할 이유가 있을 뿐이다. 어떤 생명도 살아 있는 것으로 가치는 충분하다. 그 소중함을 알아주는 한 마디면 그게 뭐라고 그 말 때문에 죽지 않고 살 수 있다.

생각 선택

아는 것이 생각의 시작이다. 어떤 것에 대해 알면 그것이 힘이 된다. 아는 것을 말하면 힘이 강해진다. 그리고 그 강한 힘으로 행동하면 그것이 현실이 된다. 삶이 되는 것이다.

무슨 말을 하는가는 어떤 생각을 하는가로부터 오기 때문에 스피치에 앞서 생각에 대해 생각해 본다. 어떤 또는 무슨 생각을 하는가 하는 것은 스스로의 선택이다.

저절로 생각되어진다거나 나도 모르게 어떤 생각이 떠오른다고 하는 것은 무의식의 작용을 말하는 것이고 의식과 생각, 인지력은 자의지이다.

무의식을 DNA 정보 즉 본능적 사고체계로 보는 견해나 전생의 기억이라고 하는 주장은 놓아 두고 의식이 누적되어 무의식으로 작용하고 그것이 다시 의식의 단계로 올라오는 과정에 대해 말하고자 한다. 의식화되지 않은 무의식의 작용에 대해서도 자아에 의한 선택이라는 것을 배제하고 설명할 수는 없을 것이다. 무의식적 행동이나 말도 스스로의 정신과 신체 활동이므로 자아의 선택과 무관하지 않다.

생각은 현재에 이루어지는 것이지만 상당 부분 과거로부터 온다.

현재를 살아 미래로 가면서 생각은 과거로부터 끌고 온다. 생각은 스스로 선택하는 정신작용이지만 그 생각을 선택하도록 하는 의지는 소울의 작용이다.

소울로 생각을 일으키고 통제하고 흐름을 구성하며 그 일련의 과정이 다시 소울로 흐른다. 영혼이 탄생 이전에 특정된 것인지에 대한 믿음도 선택 영역에 있지만 출생 이후의 영혼은 더더욱 스스로의 의지나 의식, 생각의 작용과 연결된다.

무엇을 보고 듣고 만지는 행동 지침을 선택하고, 자극에 대해 어떻게 받아들일 것인지, 어떻게 반응하고 행동할 것인지도 선택한다. 내 의지와 무관하게 처한 상황에서도 그것을 어떻게 느끼거나 받아들일 것인지는 선택이다.

실용주의 철학 운동과 기능주의 심리학 운동의 대표적인 인물로 알려진 윌리엄 제임스(William James)는 자신의 마음, 정신력을 바꿀 수 있으면 인생을 바꿀 수 있다고 했다. 잘 알려진 그의 명언 "생각이 바뀌면 행동이 바뀌고, 행동이 바뀌면 습관이 바뀌고, 습관이 바뀌면 인격이 바뀌고, 인격이 바뀌면 운명이 바뀐다."는 말에서 운명을 바꾸는 것이 자신의 생각에서부터 비롯됨을 설명하고 있다. 그리고 그 생각이란 것은 스스로 선택하는 것이다.

헤아리고 판단하고 인식하는 등의 정신작용을 우리는 생각이라고 알고 있다. 내 의식과 무의식 안에 들어 있는 사고체계가 자극이나 경험에 대해 어떻게 정의할지를 결정한다. 이제까지의 생각방식에 대해 다르거나 새로운 생각으로 연결하는 것 또한 스스로 선택할 수 있다.

변화나 혁신, 성장을 망설이거나 불편해하는 것은 이제까지의 생각방식을 바꿔야 하기 때문이다. 하지 않던 것을 새롭게 하려면 정신노동이든 육체적 활동이든 몸과 마음의 노력이나 수고로움이 요구되기 때문에 편안함을 추구하는 본능적 자기 방어기제가 작동하여 이를 거부하는 것이다. 때문에 변화 의지가 완강해야 하고 강한 생각과 확실한 선언, 그리고 분명한 행동이 따라야 가능하다.

어떻게 말할 것인가? 이제까지의 방법을 바꿀 것인가 말 것인가에 대해 먼저 선택해야 한다.

"내 말을 바꿔 보겠다."라는 강한 생각을 하고 이제까지와 다르게 말하고 이를 습관화하면 원하는 그 생각이 현실화된다. 삶이 변하고 운명도 바뀐다. 말을 바꿀 뿐인데 삶과 운명이 바뀐다니 이처럼 신나는 것이 또 있을까?

말하는 방식을 바꾸겠다는 생각과 선택, 그로부터 말투가 바뀌고 행동도 달라진다. 말을 바꾸는 것은 인생이 바뀌는 것이니 새로운 삶을 살게 되는 것이다. 어떻게 말하고 싶은지? 어떻게 말하면 좋을지에 대한 가장 좋은 답은 자신 안에 이미 들어 있다.

내가 듣고 싶은 말, 들었을 때 즐겁고 기분 좋은 말, 필요하고 유익하고 아름답고 행복한 말이 무엇인지 생각하고 그것을 말하면 된다. 내가. 말하기 전 자신에게 먼저 물으면 좋다.

"옳은 말인가?"
"좋은 말인가?"
"꼭 해야 할 말인가?"

"어떻게 말할 것인가?"

어떤 말을 하는가는 어떤 삶을 사는가의 다른 표현이다. 원하는 삶을 살기 위한 말, 그것은 어려울 필요도 없고 불편할 이유는 더욱 없다. 내 말 속에 내가 가는 방향과 원하는 삶이 담겨 있으니 그것을 알면 된다. 알고 아는 것을 말하고 말한 것을 행하면 된다.

어떤 생각을 어떻게 선택할 것인가

'단어', 누군가와 얘기를 나누기에 앞서 그와 나의 관계를 놓고 떠오르는 단어를 정리해 본다. 몇 개의 단어를 정리하고 그다음 상대와의 관계에서 원하는 상태의 단어를 정리한다.

과거로부터 현재로 온 생각이 부정적이어서 불편한 감정이 담긴 단어가 떠오른다면 일단 그 단어에 대한 자신의 감정을 알아차린다. 그리고 연계해서 떠오르는 단어에 대해 그것이 진정으로 바라는 것인지 판단한다. 누구와의 어떤 대화도 나의 현재와 미래를 불행이나 불편함으로 연결하도록 계획할 이유가 없다.

때문에 어떤 대화를 나눌지는 과거의 감정에 집중하기보다 현재와 미래에 바라는 것에 중점을 둔다. 이야기를 나누는 때에 즐겁지 않고 행복하지 않은 대화라면 바꿔야 한다. 모든 대화가 즐겁기만 할 수는 없지만 과거의 부정적 감정대로 현재도 그러해야 할 필요가 없고 미래는 더더욱 그렇다.

대화의 목표도 과거가 아닌 현재와 미래에 맞춰야 한다. 즐겁고 유익한 대화, 원하는 방향으로 갈 수 있는 대화에 집중한다면 좋은 대화다. 방향을 명확하게 하고 이야기하면 대화의 질을 알아차릴 수 있고 상대의 의도에 끌려가지 않을 수 있다.

감정을 알아차리고 어울리는 표현을 하면서 소울이 원하는 상태로 말한다. 원하는 삶에 대한 단어를 선택하고 내 안에 들어 있는 그 바람을 끌어내 소리 내 보고 다시 그 소리를 들으면서 내 안에 순환구조를 만든다. 이렇게 깊게 상상하면 소울이 되고 그리고 소울로부터 나오는 말과 행동으로 현실을 만들어 나간다. 부정적인 생각이 올라오면 단어를 바꿔서 생각을 바꾸고 좋은 단어로 생각의 깊이와 범위를 넓혀 나간다.

지금 어떤 단어를 떠올리는가? 하나의 단어로부터 시작하고 풀거나 감거나 늘리거나 좁힌다. 생각의 순서나 방향에 대해 생각하지 않고 생각이 저절로 흘러가는 것이라 여겼다거나 다른 어떤 힘에 의해 생각이 이끌려 가는 것처럼 내버려 뒀었다면 이제 내가 나의 생각을 선택한다. 단어 하나 선택하는 것부터 연습한다. 지금 나의 감정에 대한 정의 또는 지금 내가 원하는 것에 대한 정리. 그것을 한 단어로 집어낸다.

원하는 것이 '편안함'이면 먼저 편안함이란 단어를 떠올리고 편안한 감정이 어떤 것인지를 생각한다. 가장 편안했던 때를 떠올리고 지금 그때처럼 편안한 상태임을 상상한다. 생각을 방해하거나 부정하는 다른 단어나 감정이 올라오면 바로 알아차려야 한다. 그리고 다시 새로운 단어를 특정하여 그 단어로부터 문장을 확장해 나간다.

"나는 편안하다. 일하고 사람을 만나는 것도 결국 이 편안함을 얻기 위함이다. 편안함에 감사한다. 그런데 경제적 여유가 있다면 더 편안할 것 같다."

편안함을 방해하는 돈에 대한 결핍이 떠오른다면 그것을 어떻게 해소하고 싶은지 그리고 돈이 있다면 어떤 상태일지를 상상한다. 그래서 즐겁고 편안한 상태임을 미래가 아닌 지금으로 끌어당긴다. 생각을 선택하다가 다른 방향으로 나가려 하면 스톱을 걸어야 한다. 그리고 어긋난 시점에서 다시 원하는 선택을 한다.

생각의 선택에서 알아차림이 중요하다. 매 순간 좋은 생각인지, 옳은 생각인지, 발전적이고 성장해 나가는 방향인지를 알아차린다. "아, 내 생각이 왜 여기까지 왔지? 내가 원하는 방향이 아닌데." 하는 자각이 있어야 비생산적이고 소모적인 생각을 줄이거나 멈출 수 있다.

내가 이르고자 하는 목적지가 어디인지 그 단어를 맨 앞에 두고 생각한다. 좋아하는 단어가 무엇인지 글로 써 보라. 행복, 사랑, 가족, 꿈. 원하는 것을 선택하고 천천히 풀어간다. 그리고 내가 선택한 단어와 문장을 소리 내 말한다. 내가 선택한 생각, 즉 그 단어가 결국 나의 삶이다.

머릿속에 담은 단어를 반복해서 소리 내 말한다. 생각이 말이 되고 행동이 되어 삶이 되도록. 생각과 말과 행동이 유기적으로 작동하는 것이 삶이니 생각을 선택하는 것은 시작이며 완성이다.

원하는 것, 이루고 싶은 것, 되고 싶은 단어를 선택하라. 글로 써서 눈으로 보고 소리 내 말하고 그곳으로 움직이면 그 현실에 이르게 된다.

감정 선택

'감정'은 무엇인가? 'feeling' 느끼다의 어원은 '만져서 촉감으로 감지하다.'라는 의미의 중세 영어 동사 'felen'에서 왔다. 이후 '어떤 특정한 감각기관 만이 아닌 모든 감각작용을 통해 감지한다.'는 의미로 확대되었다.

우리 신체의 각 감각기관은 외부 세계에 대한 지각을 뇌에 전달한다. 전달받은 감각 정보를 특정한 느낌으로 정의하는 것은 감각 지각과 동시에 일기도 하고 서서히 또는 후에 정리되기도 한다. 온도를 예로 든다면 피부의 온도보다 약간 올라가면 '따뜻하다'고 느끼고 피부와 온도차가 크면 '고통'으로 느낀다.

유사한 감각적 자극에 대해 느낌을 경험적으로 정리하기도 한다. 느낌이나 감정이 자극과 동시에 정의되기 때문에 스스로도 어쩔 수 없는 것이라고 생각하는 경우가 있다. 나도 어쩔 수 없을 만큼 자동적으로 또는 무의식적으로 감정이 솟아난다고 생각해서 자의에 의한 선택이라기보다는 본능적 반사작용이라 여기는 것이다.

뒷담화를 듣고 화가 난 경우를 예로 들어 보자. 왜 화가 나는가? 자신의 가치를 기대와 다르게 평가하는 것이 싫고 존재감을 부정당했다고 생각하여 부정적인 감정이 일어난다. 이 같은 감정 연결은 개인적인 경험에 의한 것일 수 있다. 비슷한 상황에서 누구나 같은 감정을 느끼지 않는다. 흉보거나 욕하는 사람이 건강한 사고를 하는 것이 아니므로 크게 마음 쓰지 않겠다고 여기는 사람이 있고 흉보는 사람을 안타깝게 여길 수도 있다.

또 뒷담화를 하는 사람과 직면하여 시시비비를 가리는 선택을 하는 사람도 있다. 여러 가지 선택지가 있다는 것은 자극이나 상황에 대한 감정을 선택할 수도 있다는 것이고 즉시적으로 올라온 감정을 원하는 것으로 바꿀 수도 있다는 것이다. 자극이나 상황에 대한 감정을 선택할 수 있으면 그에 따르는 행동이나 처세 역시 달라진다.

자극에 대한 수용이나 반응이 반드시 경험에 의하지는 않는다. 현재의 선택에 따라 전과 달라지는 것이다. 원치 않는 자극이나 갈등에 대해 부정적인 감정으로 인식해 왔더라도 어떻게 바꾸고 싶은지, 어떤 감정을 원하는지에 대해 집중한다. 만일 사랑을 이루지 못했을 때 불행이라고 느꼈다면 바라는 것은 사랑을 이루고 행복하고 싶음일 것이다.

그렇다면 사랑을 이뤘을 때 느낄 행복감을 상상하며 그 감정에 집중한다. 그리고 그 사랑을 이루기 위해 어떤 선택을 할 것인지에 대해 생각한다. 무엇이 부족하거나 잘못돼서 이루지 못하는 것이 아니라 아직 그것을 내 것으로 만들지 않은 것이다.

경험적으로 또는 무의식적으로 일어나는 감정에 대해 원하는 감정을 선택하고 그것을 현실화하기 위한 행동을 한다. 이로써 원하는 감정을 강화시킬 수 있다.

원하는 것을 얻지 못해 불행하거나 부정적인 감정인 것이라기보다는 지금의 감정이 그렇기 때문에 원치 않는 상황을 만들어 내는 것이다. 때문에 의식적으로 의도적으로 원하는 감정을 일으키고 그것을 강하게 유지하면서 행동하면 결국 그런 상황으로 이어진다.

내면에서 일어나는 심정이나 기분이지만 그 감정의 상태를 제대로 알아차리고 적절하게 표현할 수 있어야 한다. 부정적인 감정이 일어났다면 그런대로 인정하고 원하는 긍정적 감정에 대해 생각하면서 현재 감정을 그곳으로 이동시킨다.

또는 원하는 감정 상태를 강하게 인식하면서 지금 나에게로 끌어당긴다. 기분 좋은 느낌, 즐거운 마음, 편안한 감정을 생각하며 그 감정에 대해 말한다.

"나는 지금 즐겁다."
"나는 지금 편안하다."
"나는 지금 행복하다."

나의 소리를 듣는 나의 영혼이 간절히 원하는 그 상태를 나에게로 끌어당길 것이므로. 지금 즉시.

인정

'인정(人情)'은 사람이 본디 가지고 있는 감정이나 심정, 남을 동정하고 이해하는 따뜻한 마음, 세상 사람의 마음, 어진 마음씨(仁情) 등의 사전적 의미를 가지고 있다. 인정하다(사람이 어떤 사실을, 또는 사람이 어떤 대상을 일정한 지위로)는 일반적으로 확실히 그렇다고 여긴다는 의미다.

"아니 그거 인정하는 게 그렇게 어렵나?"

서로 팽팽하게 의견이 대립될 때 상대에 대해 드는 생각이다. 내가 동의하지 않는 상대의 생각이나 주장에 대해 인정한다고 말하면 전적으로 이해하거나 책임져야 할 것 같아 그 말이 쉽지 않다.

그런데 이렇게 생각해 보자. 내 생각은 다르지만, 당신 말에 대해 동의할 수는 없지만, 당신이 그렇게 생각한다는 것은 인정. 내가 당신과 다르게 생각한다는 사실을 인정.

상대의 말이나 상태에 대해 있는 그대로 인정하는 거다. 뭐 그런 말 같지 않은 말이 다 있냐고 하는 분에게 더욱 권한다. 생각이 너무 달라 속터지고 답답할 때 딱 한숨 내쉬고 "오케이 당신이 그렇게 말해? 당신 생각이 그렇다는 건 인정." 일단 인정하고 가자!

'인정'이라고 말하면 에너지가 바뀌기 시작한다. 인정받으려 소리를 높이고 우겨 댈 때 상대가 "아 인정, 인정해!"라고 한다면 어떨까? 한껏 솟구치던 감정을 툭 내려놓게 된다. 시시비비는 나중 문제다. 일단 낮게 가라앉히고 나면 협상의 여지가 보인다. 인정하면 인정받을 수 있다.

첨예한 상황에서 상대가 언성을 높일 때 '인정'이라고 선언한다. 고조되는 감정선을 거기에 멈추도록 한다. "아, 잘 모르겠고 이해도 안 되지만 그렇다고 싸우고 싶지는 않으니 일단 알겠어 거기까지." 하는 의미의 멈춤 선언. "알았어 일단 인정!"

이렇게 말하는 순간 숨고르기를 하게 되고 그리고 금방이라도 피가 튈 것 같던 상대의 얼굴 근육도 풀어진다. 통증이나 고통도 인정하면 순해진다. 인정하면 놀라운 변화가 일어난다.

서로 생각이 완연하게 다른 사람을 얼마나 설득하고 또 이해하며 살고 있는가? 상대가 이해되지 않는 것처럼 다른 사람도 나를 이해하지 못한다. 온전히 이해하거나 생각이 같기는 쉽지 않다. 그렇다고 사사건건 맞서고 대립할 수도 없다. 근거가 명확하고 논리가 분명하다고 해서 다 이해되는 것도 아니다. 때문에 많은 일을 또 많은 사람들을 이해하지 못해 힘들어 한다.

문화, 사상, 정치적 성향, 종교, 가치관, 지식의 정도 등에 견해를 달리하거나 차이가 있을 때 갈등을 넘어 위험한 상황으로 치달을 수도 있다. 이때 방관이나 포기는 좋은 방법이 아니고 이해를 구하기는 피차간에 어렵다면. 도저히 동의해 줄 수 없는 억지 주장을 하는 사람과 직면해서 답답하고 화가 나다가 상대가 밉고 싫어지기까지할 때 숨 크게 들이켰다가 푸 내뱉으며 '인정'이라고 말하라.

그 순간 잔뜩 올라간 어깨가 푹 내려가는 걸 느끼면서 상대의 얼굴 근육이 말랑해지는 걸 볼 수 있을 것이다. 팽팽하게 견제하고 대립하는 상황과 대단히 다른 것도 아닌데 일단 한 숨 내려놓게 된다.

그리고 예민한 감정을 누그러트리고 상대를 먼저 인정해 주고 나서 얘기해 보면 지퍼가 맞물려 올라가듯 풀려나간다. 어떤 부분에서 생각이 크게 다른지를 각자 인정하고 보면 오히려 이해할 수 있는 부분을 발견하게 된다. 여유나 여지가 생기는 것이다.

억지로 이해하려 하지 않아도 된다. 그 상태를, 있는 그대로를 인정하는 것이다. 우선 그의 감정을 그대로 읽어 주고 나서 짚어 주면 스스로 발견한다. 본인이 찾도록 해야 한다.

설득하거나 이해시키려는 마음이 앞서 내 뜻대로 되지 않는 상대를 탓하게 되면 소득 없이 갈등만 커진다. "왜 그렇게 못 알아들어?"라거나 "이해가 안 돼?" 하는 식으로 말이다.

내가 인정이라고 말하는 순간 나의 뾰족한 생각이 뭉뚝해지며 그 에너지가 상대에게 전해진다. 순간 상대도 자신의 말뿐만 아니라 자신의 존재를 인정받는 것 같아 순해진다.

오케이 인정, 내용은 동의하지 않지만 심정은 인정.

책임질 필요까지 없다. 상대의 감정이나 마음 상태를 인정하는 것이니까. 기분이나 감정에 대한 인정이 변화를 이끈다.

"제 얘기 인정?"

"인정!

당신이 이 말을 인정한다면 다른 사람과의 대화에서 인정받고 관계도 술술 풀릴 것이다.

의식 퀀텀 점프

논리의 시대는 지났다. 논리적이지 않아도 되거나 논리적 추론 방식이 필요 없다는 것은 물론 아니다. 논리적 다툼이나 지리한 논리 공방, 논리에 함몰된 언쟁이나 스피치를 넘어서야 한다는 의미다.

사물의 이치나 법칙성에 바탕을 둔 사고방식, 생각이나 추론이 지녀야 하는 원리나 법칙에 근거한 스피치가 설득력 있고 효율적이라고 여겨 왔다.

때문에 논리적 사고, 논리적 설명, 논리적 해석, 논리적 화법이 환영을 받았다. 그런데 체계적이고 과학적이며 사실적인 것을 추구하는 이 논리의 시대를 넘어가고 있다. 논리를 초월하는 생각의 전환과 화술, 영적 대화가 요구되는 때이다.

"말은 다 맞는 말인데 왠지 비호감이야."

"아무리 맞는 말을 하면 뭘해? 와닿지가 않는 걸."

"저 사람 참 말은 잘해. 이치에 어긋남이 없어 그런데도 듣기 싫단 말이야."

알아차림이나 깨달음에도 질서가 있기는 하지만 단계적인 것을 넘어선다.

사고의 발전이나 의식의 성장도 한 계단 한 계단 넘어간다는 한계를 뛰어넘어 퀀텀 점프, 차원 이동과 같은 초월이 가능하다. 과거에도 있어 왔지만 이제의 삶에서는 그 같은 개념이 통용되는 때이다. 하루 만에 전혀 새로운 문명이나 신기술이 생성되고 상용화되기 때문에 차츰 적응해 나가는 것으로는 맞지 않는다.

사냥을 하거나 농사를 짓고, 공산품을 생산해서 판매하며 소득을 얻던 시대에서 시간과 공간의 구성이나 이동이 전혀 다른 속도로 진행되는 시대에 살고 있는데 여전히 사고의 패턴을 과거 방식대로 한다는 것은 맞지 않다.

행운에 대한 인식에 대해 보자. 그동안 노력하지 않고 좋은 결과를 기대하는 요행수 정도로 치부해 왔다면 이제는 영적 에너지의 끌어당김 개념으로 받아들인다. 그리고 그 같은 정신 활동으로 현실적인 변화를 이루는 사례가 넘쳐난다.

성실하게, 열심히, 꾸준히 노력할 것을 강조하던 것에서 변화에 대한 빠른 수용 또는 변화를 주도하여 최소의 노력으로 최대의 효율을 얻는 것이 가능한 시대를 살고 있다. 노래나 춤 같은 재능이 재화로 연결되고 나이나 경험과 상관없이 돈을 벌고 사회 활동을 할 수 있는 여건이 가능하다.

성실성과 꾸준한 노력이 의미 없는 것은 아니지만 그것은 다양한 방법 중 한 가지일 뿐 반드시 그 과정이어야 하는 것은 아니다. 차근차근 일하고 저축해야 부자가 될 수 있다는 논리가 힘을 잃었다.

농경사회부터 산업사회까지는 재원을 활용한 경제활동이 이루어지고 그 질서에 맞는 논리가 설득력을 지녔다. 씨를 뿌리고 가꾸고 결과물로 상품화 과정을 거쳐 소비자에게까지 이르도록 하는 구조에서는 차근차근 또는 단계적으로 라는 식의 설명이 맞다. 산업사회에서도 재료를 가지고 물건을 만들고 팔기 때문에 그에 소요되는 시간과 과정을 뛰어넘을 수 없었다. 그리고 물건이 좋아야 잘 팔린다거나 잘 팔리는 물건을 만들어야 한다는 논리적 설명이 유의미했다.

현대의 실체가 없는 정신적 영역이나 심리적 활동은 단계적이거나 정해 놓은 과정을 거쳐야만 가능한 것이 아니다. 일순간에 일어나기도 하고 동시다발적으로 확산되기도 한다. 물질적 투자 없이 무형의 활동으로 돈을 벌거나 아이디어만으로도 경제력을 창출한다. 일정 분야의 활동이 다양한 영역으로 연결된다.

많이 먹거나 맛있게 먹는 것으로 돈을 벌고 그런 활동으로 유명세를 타서 스타 강사가 될 수도 있다. 스포츠 선수가 연예계 활동을 하고 강의나 교육으로 활동 영역이 넓어지기도 한다. 교육자가 방송인이나 정치가가 되고 가수가 사업을 한다. 각 개인이 방송을 제작하거나 진행해 돈을 벌 수 있는 기회도 열려 있다.

경계나 한계가 무한하다. 굳이 복권 당첨이나 공모전, 경연대회, 오디션 참여 등을 예로 들지 않더라도 현재는 꾸준히 노력하거나 일정 과정을 거쳐야 성공하는 공식과 다르다. 공개 경연에서 우수한 성적으로 순위에 오르지 않았음에도 에피소드로 인해 유명세를 타고 돈도 버는 경우처럼 꼭 성적이나 노력의 결과가 좋아야만 성공하는 것도 아니다. 진급이나 출세 역시도 단계를 밟아 오르지 않더라도 엘리베이터로 순간 이동이 가능하다.

의식의 확장이나 다수와의 소통도 마찬가지다. 의식이 통하거나 영적 교감이 이루어지면 일일이 설명하거나 설득하지 않아도 성공적인 대화가 가능하다.

어느 분야에 전문가로 인정받으려면 계통을 밟거나 성공한 스승 밑에서 소위 말하는 라인을 타야 한다고 생각하는 것도 과거와는 다르다.

한때 많은 사람들의 관심을 불러일으켰던 시크릿에 대해서 여전히 부정적인 시각을 갖고 있는 이들이 있다. "돈이라는 재화는 일정량이 정해져 있는 게 아니고 얼마든지 원하는 만큼 끌어올 수 있다. 돈을 버는 게 아니고 끌어당기는 것이다. 우선 그것이 가능하다는 생각에서 출발해야 한다."고 말하면 '터무니없다거나 비논리'라고 한다.

"돈을 크게 벌면 크게 나간다. 한꺼번에 많은 돈을 벌면 반드시 탈이 나게 돼 있다."는 등의 자기 논리에 갇혀서 한계를 만든다. 그래서 갑자기 큰돈을 벌어 탈이 난 사람들의 사례를 들어가며 벽 안에 가두고 안주하려 한다. 의식이 열려 있어야 기회와 가능성이 들어온다. 범위나 질량을 한정지으면 그 범주에 갇히게 된다. 기회가 저절로 오는 것이 아니라 내가 기회로 가는 것이다.

어느 시대도 과거와 같은 때는 없다. 변화의 흐름이 빠르거나 더디게 느껴질 뿐 멈춰 있는 시대는 없다. 공간이동의 시간이 짧아지고 그 경험이 보편화된다는 건 누구에게나 변화를 감지할 기회가 열려 있다는 것이다. 상상하는 만큼 이루거나 누릴 수 있는데 가능성을 막는 것은 생각의 한계와 언어의 장벽이다.

소통이나 공감의 부재도 그와 같다. 의식을 넘고 언어가 가닿으면 된다. 상상하는 만큼 가질 수 있고 말하는 만큼 이룰 수 있다.

'안물 안궁'

'안물 안궁'은 표준어는 아니지만 "물어보지 않았고 궁금하지도 않다."는 말의 줄임말(합성어)로 듣고 싶지 않으니 쓸데없는 말 하지 마라, 헛소리하지 말라는 거부의 의미다. 이 말을 듣는 입장이 된다는 건 맥빠지는 일이지만 책임이 없다고 할 수 없다. 민망한 표현을 할 만큼 참견하거나 눈치 없이 끼어들어 불쾌감을 주는 경우일 것이다. 눈치껏 멈추거나 그만하라는 의미다.

심하게 부정적이지 않아 보이는 정도의 거부 의사나 제지를 하는 것이지만 '안물 안궁'까지 듣는 사람은 대체로 거기서 적당히 멈추지도 않는다. "아니, 그게 아니고 내 말은!"이라고 하면서 짜증을 유발하거나 억지로라도 납득시켜 보겠다고 장황하게 늘어놓는다.

한마디로 분위기 파악이 안 되는 것이다. 눈치만 없는 게 아니라 다른 사람 기분은 안중에도 없다. 안물 안궁 상황에서 반전을 꽤하려면 상당한 센스가 있어야 하는데 그럴 사람이면 그런 상황을 만들지 않는다.

그럼에도 불구하고 쉽고 간단한 반전화법이 있다. 이처럼 분위기 파악이 안 되어 엉뚱한 말을 할 때가 왜 없겠는가? 적어도 이런 말을 들었을 때는 알아차려야 한다. 부득불 끝까지 밀어붙일 생각은

버려라. 이 정도까지 갔다면 제발 멈춰야 한다. 어떤 말을 해도 더 이상 소득이 없는 경우 또는 상대를 지치거나 지겹게 만드는 기술을 가진 분이라면 꼭 천천히 읽어 주시길.

"멈춰야 합니다." 더 말해 봐야 설득은 고사하고 화만 돋우거나 싸움이 날 판인데도 그래도 꾸역꾸역 하던 말, 그것도 점점 톤을 높이거나 큰 소리로 힘줘서 밀어붙이는 거 아무 이익이 없다.

달리는 말(馬)을 멈추는 것만큼이나 속도가 붙은 말(語)을 멈추기가 쉽지는 않다. 그래서 쉼표가 있는 것이다. 일단 숨 쉬고 분위기를 확 바꿀 수 있는 말로 역파동을 일으켜라. 흐름을 끊고 말의 에너지 방향을 바꿔라. 말을 바꾸려면 감정 에너지를 바꿔야 한다.

자, 반전 화법. 가벼운 정도의 '안물 안궁'을 들었을 때, 이 정도로 말해 준 건 상대가 나를 완전히 배제하거나 무시하는 건 아니라 여기고 민망한 분위기를 바꾼다. 낮고 흐름보다 작은 소리로 '안물 안궁'이라는 말을 되받으며 즐겁게 웃는다. 적어도 내가 처한 분위기가 뭔지는 안다는 긍정. 이 상황 파악만 해도 일행에서 완전 배제되지 않을 수 있다.

실제 비슷한 상황에서 당사자가 깔깔깔 웃으며 "안물 안궁 안물 안궁!" 하면서 자신을 가리키니까 "어? 아네?" 하면서 일행이 유쾌하게 웃었다. 그리고 한마디 보탰다. "좀 물어봐 주지, 궁금해해 줘나 좀!" 하니 존재감이 없어 의도적으로 눈치 없는 말을 한 것 같은 분위기로 반전되었다.

상황 파악이 되어야 하고 있는 그곳에서 반전 이야기의 소재를 찾아내는 것이 좋다. 분위기를 가라앉히거나 무겁게 하지 않는 유쾌한 이야깃거리를 발견하고 흐름을 바꿔라.

말을 바꿔도 흐름이 바뀐다. 이전과는 상반된 톤과 속도로 다른 소재를 최대한 짧게 말하라. 그러면서 다른 사람 말을 경청하고 적절한 리액션을 하라. 아니면 다른 사람의 말에 유쾌하게 맞장구를 쳐주는 것도 방법이다.

눈치 없는 사람은 비호감이다. 설령 그런 사람이라 해도 대놓고 "안물 안궁!"이라 말하거나 티를 내는 것은 성숙하지 않다. 누구여도 어떤 상황이라도 자존감을 손상시키는 말은 하지 않아야 한다. 감정의 품격을 높이고 품격 있는 말을 할 수 있어야 진정한 소울 스피커(Soul Speaker)이다.

소울 스피치를 위한 Self Question

나에게 묻는다.

내게서 일어나는 감정 상태를 제대로 아는가?
내 감정을 말로 적절히 표현하는가?
상대의 감정이 느껴지는가?
실수나 잘못에 솔직하게 직면하는가?
적절한 정도의 사명감을 갖고 있는가?
타인에게 책임을 전가하지 않는가?
선택과 결정이 적시적절하게 이루어지는가?
깊은 내면 호흡을 하고 있는가?
화를 다스릴 수 있는가?
억울함이 있지는 않은가?
소모적인 비교의식을 갖고 있지 않은가?
문제에 직면하여 Change, Challenge, Chance로 인식하는가?
결과를 바꾸기 위해 원인을 바꾸는 인과법칙을 따르고 있는가?
자존감을 높이는 셀프 칭찬을 하고 있는가?
인정하고 칭찬하는 말을 얼마나 하는가?
고맙다는 말을 충분히 하는가?

원하는 에너지 파동을 일으키거나 유지하고 있는가?
목소리에 혼이 담기는 것을 느끼는가?
긍정의 파동을 높이고 선한 영향력을 발현하는가?
소울 스피치 파동을 높이는 5원칙을 활용하고 있는가?

"지금 즐겁습니다."
"항상 행복합니다."
"나는 운이 좋은 사람입니다."
"모든 게 고맙습니다."
"당신을 사랑합니다."

3

고마운 사람 감사한 마음

SOUL SPEECH

스피치의 목표

"하고 싶은 말을 하고, 해야 될 말을 하고, 행복한 말을 한다."

마음에 담긴 이야기를 생각한 대로 말한다는 것이 말처럼 간단치 않다. 하고 싶은 말을 효율적으로 표현할 수 있어야 하지만 하고 싶어도 삼가야 할 말이 있고 해가 되는 말도 있으니 필요한 만큼 가려 말하는 것이 능력이다. 사람에 대한 이해나 공감력을 강조하기에 앞서 말하는 자신이 먼저 행복할 것을 권한다. 행복한 사람의 말은 감정전이를 시키기에 가장 좋은 상태이므로.

"아, 되는 대로 하면 되지 뭐 그렇게 가릴 게 많아?"라는 반문을 할 수도 있다. 되는 대로, 막, 아무렇게나 말하면 수고에 대한 효과가 없을 것이니 헛수고가 되지 않겠는가. 말은 공을 들여야 하는 일이다. 좋은 말에 대한 학습과 연습이 필요하다. 좋은 사람이 좋은 말을 하는 건 당연하지만 좋은 말을 하면 좋은 사람이 된다. 목표를 세우고 지속적으로 실천하는 일은 좋은 방법이 될 것이다.

스피치 목표는 중요하다고 생각되는 것을 나름대로 정하면 된다. 닮고 싶은 말투를 목표로 할 수 있고 다른 사람에게 주고 싶은 영향력이 있다면 그것이 목표가 될 수 있다. 삶의 목표를 이루기 위한 방법이어도 된다. '돈을 잘 벌기 위해서, 가족과 잘 통하고 싶어서,

사랑을 이루기 위해서'라도 좋다.

행복하기 위해서, 소통을 원해서, 편안함을 얻고자, 성장하기 위해 등 목표가 무엇이든 긍정적이고 희망적일 것을 전제한다. 나만의 스피치 목표를 세워서 글로 쓰고 쉽게 볼 수 있는 곳에 놓아 두면 좋다. 말을 하거나 글을 쓰는 순간 이미 그곳에 에너지가 담기고 작용하니 써 놓고 보고 소리 내 읽기 바란다.

"매력 있는 스피치, 편안한 스피치, 능력 있는 스피치, 행복한 말하기, 착한 스피치, 파워 스피치, 효율적인 스피치, 논리적 스피치, 커뮤니케이션 스피치, 선한 영향력을 위한 스피치, 소울 스피치, 신뢰를 높이고 편안한 스피치" 등 자신만의 스피치 목표를 세울 것을 적극 권한다. 내가 원하는 것을 목표로 세우는데 그 목표가 나를 이끈다. 내가 원하는 것이 무엇인지를 아는 것은 그 원하는 것이 내 삶이 되기 때문이다.

어떤 목표를 세울 것인가 하는 것은 나의 결핍일 수도 있고 나의 희망일 수도 있다. 무엇에 관심이 있고 어떻게 말하고 싶은지를 아는 것이 내가 어떻게 살 것인지와 연결된다. 나의 스피치 목표를 세우라.

말버릇을 바꾸겠다는 결심

결심이 필요하다. '굳은 마음, 강한 생각', 이미 전제되었듯이 버릇, 습관 즉 규칙적으로 되풀이되는 행동이라는 심리학적 정의를 들지 않더라도 오랫동안 되풀이하여 몸에 익은 채로 굳어진 개인적 행동이기 때문에 바꾸는 것이 만만치는 않다. 그럼에도 불구하고 바꿀 수 있고 바꿔야 한다. 말버릇을 바꾸기만 해도 원하는 삶에 더 가까이 갈 수 있고 무엇보다 말하는 즐거움이 크다.

이제까지의 언어 습관이 나빠서가 아니라 삶의 질을 더 높이기 위해서다. 요즘은 문자로 소통을 많이 하다 보니 글의 비중도 높다. 글쓰기는 물론이고 말버릇을 바꾸려면 필요성에 공감하는 차원을 넘어 반드시 바꾸겠다는 강한 생각이 있어야 한다.

얼굴에 점이 많은 사람이 있었다. 어려서는 친구들의 놀림을 받아 자존감에 상처를 입었다. 입술 옆에 있는 점은 크고 도드라져 파리가 앉은 것으로 오인받기도 했다. 성인이 되어서도 다른 사람의 시선을 받곤 했다. 때문에 얼굴을 마주하는 것을 의식적으로 피하게 되었다. 마음 한켠에서는 '자기들은 뭐 거슬리는 게 없나? 이렇게 생긴 걸 어쩌라고?' 하는 반발심에 괜한 심통을 부릴 때도 있었다.

그런데 어느 날 친구의 말이 마음을 움직인다. 점 빼는 정도는 일도 아니니 피부과나 성형외과에 가서 점을 빼는 게 어떻겠냐고. "넌 피부도 좋고 얼굴형이 갸름해서 점만 빼면 더 예쁠 거야. 물론 네가 어떤 모습이든 나는 다 좋지만 그래도 네가 본래의 예쁜 얼굴로 살면 더 좋겠다." 이전에도 그 같은 조언을 여러 차례 들었다.

"점 빼는 거 어렵지도 않은데 왜 그러고 다녀? 자기 관리가 안 되는데 뭔들 잘하겠냐?"거나 돈 때문이면 돈을 줄 테니 피부과를 가 보라는 얘기도 들었다. 그럴 때면 "외모가 뭐가 그리 중요하냐?"고 오기를 부리기도 하고 삐딱하게 받아들였다. 그런데 친구의 말은 다르게 다가왔다. 가슴을 따뜻하게 하면서 자연스럽게 바꿔 보고 싶은 충동을 느끼게 했다.

그때 비로소 자신의 얼굴이 보이기 시작했다. 단순히 점이 많은 정도를 넘어 얼굴 때문에 자신의 가치가 보이지 않겠구나 하는 생각마저 들었다. 그제야 남보기 좋으라고 얼굴에 손 댈 필요가 있겠는가 하던 생각에서 자신을 위해서 필요하겠다는 생각으로 바뀌었다.

마음을 먹고 시도를 하려니 쉽지만은 않았다. 그래서 병원까지 갔다가 되돌아오기도 했다. 남들이야 별것 아니라고 하지만 해 보지 않은 것을 시도하려니 자꾸 방해 요소가 생긴다. 하지만 반드시 바꾸겠다고 마음 굳게 먹고 우여곡절 끝에 얼굴에 점을 빼고 나니 그 오랜 시간을 왜 그렇게 살았나 하는 생각마저 들었단다.

예쁘다는 얘기를 듣기 시작하고 자신감도 생기면서 점점 외모에 관심을 기울이게 되더란다. 내친김에 스타일까지 바꾸고 외모를 가꾸는 것이 즐거워졌다. 원하던 취업도 하고 연애도 하면서 결혼하고 아이도 낳았다. 친정에 갔다가 점 빼기 전의 사진을 본 남편이 크게 놀라며 하는 말 "이때 만났다면 절대 결혼하지 않았을 것!"이라고 하더란다. 그제야 자신을 가로막고 있었던 것이 단순한 얼굴의 점이 아니라 스스로 생각의 한계점이었다는 것을 알게 되었다고 했다.

"말하나 바꾼다고 뭐가 달라져?"라고 한다면 단호히 그리고 확실히 말할 수 있다. "말하나 바꾸겠다는 결심은 인생을 바꾸겠다는 결의라는 것을. 그리고 말을 바꾸면 운명도 바뀐다는 것을."

말버릇을 바꿔 보겠다는 결심을 하는 순간 다른 삶이 보인다. 몸과 마음의 에너지가 바뀐다. 시작이다. 삶의 속도가 달라진다.

고리

어느 중년 여성과 얘기를 나누고 나니 "혹시 신끼 있으세요?" 한다. 귀신의 능력을 빌어 인간사를 알아맞히는 능력이 있냐는 말이 아니다. 어쩜 그리도 자신의 마음을 꿰뚫어 보고 앞날까지 잘 예견하느냐는 것이다.

상대의 얘기를 잘 들어주고 공감력과 직관력이 높기는 하지만 길흉화복을 맞추거나 예언을 하지는 않는다. 잘 들으면 상대의 말 속에 들어 있는 속마음이나 과거를 알 수 있고 그것의 연결 고리를 찾으면 앞으로 바라는 바를 짐작할 수도 있으니 그것을 미래에 어떻게 이루어 가면 좋을지 응원해 준다.

또 억울한 감정을 공감해 주고 고통이나 시련에 대해서는 위로하지만 함부로 조언하거나 예단하는 말은 하지 않는다. 다만 나란히 그의 옆에서 듣고 반응해 줘도 스스로 힘을 얻는다.

그러면 상대는 자신의 삶을 다 안다고 여기면서 기원해 주는 것을 마치 예언처럼 받아들인다. 위로나 지지 그리고 긍정 확언이 동기부여가 되어 적극적으로 헤쳐 나가게 되니 좋은 결과를 얻는데 도움이 된다. 그런 연후에 내 말대로 되었다며 미래를 알아맞혔다고까지 말하는 것이다. 자신의 노력의 결과인데도 말이다.

누구나 현재의 삶보다 희망적인 얘기를 듣고 싶어 한다. 그리고 힘들고 어려운 삶에서 자신의 존재나 가치에 대해 인정받기 원한다. 강하고 독한 사람이라 평가되는 사람도 자신의 앞날에 대해서는 확신이 필요할 때가 있다. 그래서 자신의 미래에 대해 누군가에게 물을 때 이미 답을 정해 놓고 질문한다.

"이번에 꼭 진급돼야 하는데 될까요?"

"입사 시험을 앞두고 있는데 잘 볼 수 있을까요?"

이미 바라는 바는 명확하다. 결과의 불확실성에 대해 "잘될 것이라고." 힘을 주는 말을 해 준다. 본인이 찾고 이뤄 가는 것이지만 스스로 갖고 있는 에너지를 확인시켜 주거나 강화시키는 정도다.

허황되거나 이기적인 것 또는 정의롭지 않은 바람이 아니라면 스스로 하고자 하는 의지를 단단하게 해 주는 말을 보태 줘도 좋다. 어지간한 일은 잘 모르고도 공감이나 위로가 가능하다. 실상은 듣고 싶은 말을 내비치기 때문이다. 상대의 마음을 읽어 주거나 원하는 말을 해 주면 힘을 낸다.

마음을 알아주고 마음을 열게 하는 일은 상대의 말에 집중하면 열쇠가 있다. 그가 지금 바라는 것이 무엇인가를 본다. 지금 하는 말의 저의를 들여다본다. 말을 통해 어떤 감정을 표현하는지를 알아차린다. 내가 아닌 그의 위치와 그의 환경과 그의 이익에서 바라보면 마음이 열리는 문고리가 보인다.

단단하고 큰 철문을 여는 문고리는 의외로 작다. 관심을 갖고 가장 단순하고 솔직한 마음으로 들여다볼 때 눈에 들어오는 그 고리를 당기면 꽉 닫힌 문도 스르르 열린다.

마음의 문을 억지로 열어젖히려 하면 탈이 난다. 상대가 툭툭 보내오는 신호를 알아차려야 한다. 말과 표정, 눈빛, 손짓, 몸짓으로 보내는 메시지는 느낌으로 읽어 내야 하는데 알아차렸다 싶으면 상대는 자신을 여는 문고리를 내민다.

상대의 마음을 열기 전에 먼저 내 마음을 알아야 하고 그리고 열어 놓아야 한다. 내 마음이 훤히 보일 때 두려움이나 경계심 없이 상대도 속을 열어 보일 수 있으므로.

그의 말을 쫓지 않고 마음을 따라갔을 뿐인데 "어떻게 안 거예요? 신끼 있어요?" 하는 것이다.

그의 문고리를 잡아당기지만 실상은 그가 열고 나오는 것이다. 그러면 그 관계에서 원하는 것을 얻게 된다. 말한 보람이 생긴다.

매듭 묶기, 붕대 감기

매듭 묶기와 붕대 감기를 해 보지 않은 사람은 잘 하지 못한다. 처음 해 보는 일도 거뜬히 해내는 사람도 있지만 보통은 방법에 대해 보거나 들은 경험이 있어야 실행이 가능하다. 많이 했다고 다 잘하는 것은 아니지만 경험의 빈도는 익숙함과 연결되니 아무래도 그렇지 않은 사람보다는 유리하다. 매듭 묶는 방법이 사람마다 조금씩 다를 수 있다. 자기가 아는 방법으로 한다.

한 청년이 운동화 끈을 묶지 못하는 것을 보고 의아했다. 어떻게 모를 수가 있을까 싶었다. 그는 끈을 묶어 본 경험이 없다고 했다. 보거나 들은 적도 없을까 싶지만 아무튼 그는 20대에 이르도록 성공적인 끈 묶기를 해 본 적이 없는 것이다.

누구나 당연하다고 생각하는 어떤 것에 대해 낯설거나 생소한 사람도 있다. 그렇다고 그것이 잘못은 아니지 않은가. 어떤 이유이든 간에 알지 못하거나 무관심할 수 있다.

"저 사람이 도대체 왜 저러는지?" 이해되지 않아 답답하거나 화가 난다. 정작 상대는 무엇 때문에 답답해하는지 짐작조차 하지 못하는데 말이다. 나에겐 당연한 말이나 행동이 누군가에게는 인정할 수 없는 것일 수 있다.

때론 '누구나 다 아는'이라는 전제로 그 범주에 들지 않는 상대를 폄훼하거나 이상한 사람으로 치부하기도 한다. 정작 자신이 그 어떤 평범함이나 보통의 경우로부터 소외될 수 있다는 생각은 하지 않고 말이다. 나쁘거나 잘못된 것이 아닌 단지 경험이 없거나 다른 것인데도 말이다.

두 사람이 산행을 하다가 한 사람이 나뭇가지에 깊은 상처를 입고 피를 흘린다. 상처 부위를 압박해서 지혈을 하고 붕대를 감아야 하는 것에 대해 일행이 모른다면 어떨까? 환자가 설명해 주는 대로라도 할 수 있다면 그나마 다행이다. 그러나 다친 사람이 말조차 하기 어려운 상황이라면?

지식이나 경험 없이도 위기 상황에 대처하는 능력은 사람에 따라 다르니 우연이나 천운에 기대는 것만큼이나 막연하다. 몸의 상처나 일신상의 위협에 대한 것은 그렇다 치고 마음의 경우라면 어떨까?

적절하고 좋은 대처는 목숨을 살릴 수도 있다. 대화를 통해 소통하고 있다고 생각하지만 오히려 상처를 주거나 하지 않으면 더 좋을 말을 하고 살고 있지는 않은가. 안다고 다 잘하는 것은 아니지만 알면 다르다.

때문에 '소울 스피치'를 읽는 것만으로도 다른 사람의 말과 마음의 진짜 소리에 대해 관심을 갖게 되고 더 나은 스피치를 할 수 있는 기회를 갖게 된다.

매듭을 묶는 방법에 대해 알면 묶을 수 있을 뿐만 아니라 푸는 것도 할 수 있게 되는 것처럼 말을 잘하는 방법이나 잘못된 상황을 푸는 대화법을 알게 된다면 인간관계가 여유로울 수 있을 것이다.

나의 일상적인 말투가 누군가를 불편하게 할 때도 있다는 걸 인정하기만 해도 달라질 수 있다. 알고 인정하고 그리고 바꾸면 된다. 더 좋은 방법으로 말할 수 있어야 한다.

그렇다면 나의 말이 상처를 감싸는 붕대처럼 응급처치가 될 수 있고 위기에서 누군가를 구할 수도 있다.

원하는 삶

"질문을 하면 떠오르는 대로 답해 보세요."
"사람은 변한다? 안 변한다?"

강의를 시작하면서 다른 전제없이 질문한다. 사람이 변한다고 생각하는지 그렇지 않은지. 어떤 답을 하건, 또 어떤 반응이건 다 괜찮다. 맞거나 틀린 것이 아니다.

우물우물, 생각이 없어서가 아니고 내 생각이 정답이 아니면 어쩌나 싶어 바로 답을 안 한다. 또는 공연히 말을 했다가 마음에 들지 않으면 어쩌나 하는 생각도 한다.

침묵, 어떤 의도인지 왜 묻는 건지 생각하며 입을 다무는 이도 있다. 질문자가 원하는 답을 해 주고 싶은데 그게 뭔지 몰라 입을 열지 않는 경우도 있고. 또 다른 침묵, 틀린 답을 하면 불이익을 받지 않을까 싶고 가만히 있으면 중간은 간다는 식에 의한 판단으로.

자신 있게 '변한다' 또는 '안 변한다' 답할 경우 그 답에 대해 "네 그렇게 됩니다. 변한다고 생각하시는 분은 그렇게 됩니다, 그리고…." 설령 변하지 않는다고 생각한 사람에게도 희망적 방향을 말해 준다. 대체로 자신이 결정한 대로, 자신의 선택대로 되어 가지만 그래도 여지는 있으므로 “그리고 안 변한다고 말씀하신 분은?”이라고 하면 속으로 또는 낮은 소리로 “안 변한다.”고 한다. “그리고 안 변한다고 말씀하신 분은, 변할 수 있습니다.” 안 변한다는 생각도 변할 수 있고 변하는 것이 더 좋기 때문이다.

이때의 변한다는 것은 변덕이나 신뢰할 수 없이 왔다갔다한다는 차원이 아니라 삶을 더 나은 방향으로, 원하는 삶을 만들어 가기 위한 변화가 전제다. 변화는 성장과 완성을 향한 것이다.

변하는 게 맞다. 당연히 변해야 한다. 내 생각이나 선택이 언제나 옳고 좋기만 할 수 있을까? 누구나 매일이 처음 사는 삶이다. 똑같은 시간을 반복해서 살 수 없으니 매일 완벽하기 쉽지 않다. 때문에 원하는 것을 이루기 위해 더 좋은 방법이 있다면 그것을 위한 변화는 당연하다.

‘나는 변화가 가능한데 다른 사람은 안 변한다.’고 생각하기도 한다. 이미 스스로 한계를 짓고 있음을 알지 못한 채로 말이다. 내 삶을 바꾸려면 다른 사람은 나중 일이다. 나, 내가 변할 것인가 아닌가를 선택하거나 결정한다. 이전의 것은 대부분 바꾸는 게 낫다. 매순간 새로운 삶을 살자면 전의 방식이나 사고패턴이 아닌 지금 그리고 앞으로 필요한 것을 선택해야 한다.

바꾸자는 것이 이제까지의 삶을 부정하는 것은 당연히 아니다. 다 나쁘거나 다 실패인가? 성공적이었던 건 무엇이었고 원하는 대로 살지 못하는 요인은 무엇인지를 구분한다. 하다 보면 성공적이지 않은 것들에 대해서도 변명할 구실을 찾거나 정당화하고자 할 수 있다. 그래서 놔두고 지금 새로 시작하자고 권한다. 어떤 방법이든 각자의 선택이지만 생각의 한계를 뛰어넘어야 한다.

"말만 바꿔도 된다!"
"말을 바꾸면 다른 것도 바뀐다!"

말을 바꾼다는 건 생각과 행동을 바꾼다는 것과 연결된다. 생각, 말, 행동 거기에 한 가지 더 영혼까지가 삶이니 그중 어느 하나를 바꾸면 삶과 운명이 되어 간다.

영혼도 변화가 가능하냐고 다시 묻는다면 운명을 바꿀 수 있는가 하는 물음과 같다고 답할 것이다. 태어나고 죽는 문제 말고 운명도 선택이라는 말에 동의한다면 소울을 바꾸는 것 역시 선택으로 이해하면 좋겠다.

원하는 그것을 이루기 위해 변할 것인지 말 것인지를 선택해야 한다. 스스로 변할 수 있다는 전제를 하는 것이 좀 더 빠른 길이다. 가고 싶은 곳으로 이루고 싶은 것으로 영혼을 이르도록 하라. 사람은 변한다. 운명도 변한다.

이 순간 우리의 영혼도 더 깊고 풍요로운 곳으로 향해 간다.

자, 그래서 다시 묻는다.

"당신은 지금 변할 것인가?"

의식으로 무의식을 바꾸다

무의식을 변화시킬 수 있다는 유연성과 가능성에 대해 생각해 본다. 의식작용을 통해 무의식을 원하는 상태로 바꾸면 자유로워지고 긍정의 범주도 넓어진다. 정신분석학의 창시자 지그문트 프로이트는 무의식 작용이 스스로 알지 못하더라도 행동에 영향을 받는다고 했다. 스스로 자각하지 못하는 무의식이 인간관계나 삶을 참견하고 방해한다면 바꿔야 하지 않겠는가.

무의식을 정신분석학적 해석 외에 의식 밖의 영역 즉 전생의 카르마 또는 DNA 유전자 정보라고 해석하는 경우도 있지만 어떤 견해이든 의식적으로 무의식을 바꿀 수 있다는 믿음은 필요하다. 행복이나 삶을 방해하는 고약한 것이 무의식에 들어 있어 어쩔 수 없다고 무기력해진다면 살면서 하는 많은 노력들이 무슨 의미가 있겠는가. 무의식은 도저히 어쩔 수 없는 불변의 영역이 아니다. 무의식에 무엇이 있는지를 바라보는 것 그리고 그것이 어떻게 방해하는지를 알아차리고 어떤 모습이기를 바라는지에 대해 지속적으로 강하게 의식하는 것이다.

무의식의 영역이 어디까지든 스피치에서도 작용하기 때문에 그 부분에 국한해서 논하고자 한다. 부정적이거나 건강하지 않은 무의식은 스피치로 나타난다. 말버릇으로 드러나거나 불쑥불쑥 언어 기능에 관여한다.

"나도 내가 왜 그렇게 말하는지 모르겠어요. 좋지 않은 걸 알면서도 자꾸 그렇게 말하게 되네요. 나도 고치고 싶어요."

공격적이거나 다른 사람의 마음에 상처를 남기는 말을 하는 사람이 자신의 언어 습관에 대해 직면하도록 할 경우 스스로도 그런 자신이 싫고 바꾸고 싶다고 말한다. 그런데 의식적으로는 하지 않으려 해도 자신도 모르게 자꾸 그처럼 부정적인 말투가 튀어나온다는 것이다. 핑계라고 하거나 무의식 뒤에 숨으려 한다고 치부할 일만은 아니다.

자신의 심리나 무의식을 혼자의 힘으로 알기 쉽지 않지만 말투나 언어 습관에 반영된 심리에 대해서는 탐색해 볼 수 있다. 객관적으로 판단하기가 간단치는 않지만 불가능한 것도 아니다. 다른 사람과의 대화를 상대의 동의 후 녹음해서 여러 번 들어 본다. 여러 번 자신의 목소리와 말투를 들어 보면 반복적으로 나타나는 습관이나 버릇이 있다는 걸 알 수 있다.

스스로에게 관대하거나 정당화하지 말고 들어야 한다. 온전히 객관성을 띈다는 것은 시작부터 무리이긴 하다. 그래서 전문가로부터 코칭을 받는 것이 효과적이지만 일단 스스로 할 수 있는 것을 해 보자. 녹음을 통해 자신의 언어 습관을 파악했다면 어떻게 바꾸고 싶은지 목표를 세운다.

거슬리는 말투, 말의 톤, 속도는 어떠한지, 상대의 말을 경청하고 반응하는지, 적절하게 주고받는 대화를 하고 있는지, 하고 싶은 말을 적절하게 표현했는지 등. 그리고 어떤 부분을 어떻게 바로잡거나 변하고 싶은지 정리한다. 시각, 청각, 후각 등의 감각으로 저장된 기억은 선명하고 오래간다. 감각화하라.

내가 원하는 말투로 바꾼다는 분명한 목표가 수립되면 의식적으로 바꾸고 싶은 말투로 말해 보고 무의식에 담겨 있는 것이 변할 때까지 계속 의식을 쏟아붓는다. 생각이 말이 되기도 하지만 말투를 바꾸면서 그것이 의식에 담기고 지속적인 의식이 무의식으로 쌓인다.

바른 발성과 정확한 발음 연습을 하고 선하고 좋은 말을 의식적으로 소리 내면서 원하는 말투를 암송하듯 소리 낸다. 아나운서 아카데미에서 닮고 싶은 아나운서나 방송인의 스피치를 톤이나 속도, 음색까지 흉내 내며 모델링하면 비슷하게 바뀐다.

외화 더빙한 목소리를 닮고 싶어 계속 들으며 따라서 연기했더니 음색도 비슷해지고 평상시 말투까지 그렇게 되더라는 성우도 있다. 그는 평상시에도 영화대사처럼 말하게 되더라고 했다.

부정적인 말씨를 바꾸기 위해서는 왜 또는 어떻게 시작되었는지를 알면 도움이 된다. 기억 속에 그 출발점을 찾아내고 있는 그대로 바라보고 그때의 감정을 충분히 인정하거나 이해해야 한다. 억울한 일로 상처받았던 기억에 대한 분노와 자신에 대한 방어기제가 작동해 공격적이고 상처 주는 말투로 작용하는 경우가 있다.

이때는 암기식 스피치 기술 습득만으로는 어려울 수 있다. 상처받았거나 무시당한 괴로움이 있거나 억울함을 풀지 못했다면 '그때부터 무뚝뚝하게 말하기 시작했구나.' 하는 식으로 자신을 끌어안는다.

무의식에 대해 이제까지와 다르게 명명하고 지속적으로 바꾸는 노력을 한다. 무의식에 있는 사실을 바꾸는 것이 아니라 그 기억에 대한 느낌, 감정을 바꾸는 것이다. 현재로 과거를 바꾸는 작업이다. 팩트나 경험은 바뀌지 않는다. 하지만 그것에 대해 느꼈던 감정은 재해석될 수 있다. 과거를 바꾸면 미래도 달라진다. 그리하여 운명을 선택하는 것이다. 과거는 그대로지만 그 일로 느꼈던 감정이 수치스럽거나 슬픔, 고통이었다면 그 감정에 대한 기억은 바꿀 수 있다.

현재가 건강하고 밝은 에너지라면 그것으로 과거의 감정을 다시 해석할 수 있고 현재의 이 같은 성장을 위한 과정으로 받아들일 수 있다. 분노나 원망으로 명명해 놓았던 무의식을 즐겁지 않은 기억이라는 이름으로 바꾸거나 성장의 전환점이라고 이름 붙일 수도 있다.

과거는 현재의 성장을 이뤄 온 의미 있는 과정이고 그것을 기반으로 하면 미래는 기대되는 변화가 기다리고 있을 것이다. 현재의 생각을 바꾸니 과거가 바뀌고 과거가 바뀌니 운명이 바뀐다. 내 생각은 내가 선택할 수 있으니 의식적으로 무의식을 바꾸는 선택을 하자.

"나는 말을 잘 못한다."라는 무의식이 올라온다면 현재의 말부터 바꿔 본다. "이제부터 편하게 말한다." 부정적인 과거와 원치 않는 기억을 내일로 끌고 갈 필요는 없다.

진정으로 원하는 모습을 상상하면서 그렇게 될 수 있다고 말한다. 그리고 이룬 상태의 감정을 느껴 본다. 무의식 안에 어느새 내가 바라던 이야기들이 담긴다. 내가 의식적으로 넣어 둔 그 이야기가 에너지가 된다. 그러면서 놀랍고 신나는 일이 생긴다.

외부의 자극이나 경험이 내가 되고 내가 그 자극을 내 스타일로 받아들인다. 내가 하는 말이 나다. 나는 내가 선택한 사람이다.

무의식에게 질문하라

무의식은 방향을 알고 있다. 무엇을 하고 싶은지, 어떻게 하면 좋은지 자신이 알고 있다. 신이 내 안에 답을 넣어 두었다. 그것을 찾아내는 것이 질문이다.

나의 문제는 나로부터 일어났거나 나와 얽혀 있는 것이니 그 해결 방법도 나와 무관하지 않고 어떤 방법으로 할지도 내가 결정한다.

찾아내면 된다. 스스로 묻고 답하고 그 답에 다시 질문한다. 진솔하고 자세하게 답해야 한다. 그 말에 해법이 있음이다. 묻고 답하고. 그러니 대답이 문제의 답이다.

성인이 되어서도 의외로 자신이 무엇을 원하는지 잘 알지 못하거나 알아도 명확하게 정리하지 못하고 설령 정리를 한다 해도 제대로 표현하지 못하는 경우가 있다. 간단한 질문

"어떻게 살고 싶으세요?"
"네? 아, 그, 저."

어릴 때 많이 듣는 질문이다.

"어떤 사람이 될 거야?"

"이다음에 어떻게 살고 싶어?"

질문에 답이 있다고 말한 것처럼 어떤 삶을 원하는지를 묻는 질문에 어느 정도의 방향이 들어 있다. 그게 바로 "나중에 무슨 일을 할 거냐?"는 표현이다. 어떤 일을 하고 싶은지, 어떤 일을 하며 살기를 원하는지가 어떤 삶을 원하는지와 상통한다고 여기는 것이다.

그래서 내가 원하는 삶에 대해 알아내기 위해서 쉽게 어떤 일을 하고 싶은지 아니면 어떤 일을 원치 않는지로부터 접근해 본다. 주변 여건에 맞춰 살거나 의무적으로 살고, 책임감 때문에 살고, 집 사려고 살고, 가족들 먹여 살려야 해서 살고, 그저 살아야 하기 때문에 살기도 한다. 마치 살아 주는 것처럼.

정작 나를 위해, 나로서, 나답게 살아가는 삶이랄 수 없는 삶. 그래서 갑자기 "어떻게 살고 싶냐?"고 물으면 말문이 콱 막힌다. 오죽하면 티비 프로그램 〈나는 자연인이다〉가 요즘 성인 남성의 로망이라고 하겠는가? 자연에서 혼자 살아가는 것, 그것이 비로소 나로 사는 것이라는 생각을 하기에 이른 것이다.

"내가 어떻게 살고 싶지?"
"내가 뭘 하고 싶지?"

사회적으로 나와 있는 시험 답안 같은 문장만 떠오르고 정작 내가, 나란 사람이 뭘 하고 싶었는지 뭘 좋아하는지 무엇을 하면 즐거운지 선뜻 떠오르지 않는다.

나름대로는 잘 살아온 것 같고 열심히 산 것 같은데 정작 내가 원하는 삶이었나? 잘 모르겠다. 자신 없다. 뭐였더라? 뭐지? 나 뭘 하고 싶지? 그건 고사하고 나는 누구이고 무엇이지?

오롯이 자신과 만나는 시간이 필요하다. 그때 물어본다.

"나는 뭘 좋아하지? 음식은, 노래는, 날씨는, 사람은… 언제 크게 웃었더라? 정말 박장대소한 일이 뭐였지? 내가 가장 기뻤던 때는 언제였지? 내가 언제 누구와 무엇을 먹었을 때가 가장 맛있고 즐거웠나? 내가 가고 싶은 데는 어디지? 보고 싶은 사람은 누구인가? 내가 편안한 때는 언제이지?"

자신에게 묻고 답을 하고 답이 떠오르지 않으면 기다리고. 다그치지 않고 떠오르는 생각을 인정하고 생각이 떠오르지 않더라도 그런 자신을 있는 그대로 바라봐 준다.

내게 물으면 먼저 의식이 답한다. 그리고 다시 묻고 자세히 물으면 무의식이 답을 한다. 깊은 물음에는 소울이 답한다. 입이 물으면 머리가 답하고 생각이 물으면 마음이 답한다. 영혼의 답이 들릴 때까지 묻는다. 영혼의 답이 길이고 삶이다.

귀인

"좋은 선생은 천운이고 나쁜 선생은 내 운이다."

좋은 선생을 만나 깨우침을 얻고 도움을 받는다면 그것은 하늘이 주신 혜택이지만 좋지 않은 인연을 만나는 것은 나에 의한 것이다. 내가 만드는 관계이기 때문에 나에게도 책임이 있다. 나쁜 인연에서도 배울 것이 있으니 그 또한 선생이고 내가 만드는 내 운이 되는 것이다. 때문에 만나는 모든 사람이 귀한 인연이다.

나를 해롭게 하고 아프거나 슬프게 하는 인연은 피하고 다 비껴가지 않는다. 마치 인생 총량의 법칙처럼 일정하게 만날 수밖에 없다. 나쁜 인연에 대해 꼭 그렇게 치열하게 상처를 주거나 받아야 하는 건지 딱 한발 물러나서 보자. 내게 손해를 끼친 사람의 입장에도 나와의 인연은 좋지 않다. 그에 대한 나의 미움이나 원망이 좋지 않은 에너지가 되었을 것이다. 아이러니하게도 일방적으로 해를 끼친 가해자도 피해자를 마냥 좋게 기억하지는 않는다. 손해를 입히거나 고통을 줬을망정 그것이 좋은 기억으로 남지 않는다.

어릴 때 집에서 일하던 머슴이 땅문서를 가지고 달아났다. 젊은 식구들이 되찾아 오겠다고 했지만 할아버지가 그러셨다.

"내가 저를 위해 준비해 둔 것을 미리 가져간 것이니 그는 도둑이 아니다. 오히려 제몫으로 더 나은 땅을 주려 했는데 급한 마음에 잘못 가져갔구나. 누구도 그를 탓하지 마라. 그러면 그도 우리도 좋지 않다. 잘 살라고 기원해 주거라. 그것이 그와 우리를 위한 일이다."

초등학교를 들어가기 전이었는데 말씀의 깊이를 얼추 알 것 같아 야반도주한 그가 못내 안타까웠다. 할아버지는 그가 어디선가 쫓기듯 살지 않기를 바라셨다. 아마도 그는 잘 살았을 것이다. 우리 가족의 기원이 닿았다면.

살면서 어떤 일이든 일어날 수 있지만 그 일을 결국 나쁜 과거로 남길 것인지 말 것인지는 과거에 결정이 아니라 현재의 선택이다. 사람과의 인연도 그렇다. 누구든 만날 수 있다. 그런데 귀한 인연이 될 것인지 아닌지는 선택하는 것이다. 그와의 관계를 어떻게 만들어 갈지에 따라 좋은 인연일지 악연일지가 결정된다.

이미 지나간 시간에 나쁜 인연으로 기억되는 이가 있다면 기도하라. 악연이었지만 그의 삶이 평안하기를. 고통이나 시련을 준 사람이어도 그를 통해 성장하고 배울 수 있었던 것에 감사하며 그 고약한 그 선생을 위해 기도하라. 그러면 악연이 아니라 배움의 인연이 된다.

인생에서 귀인을 만날 기회는 많다. 다만 알아보지 못할 뿐이다. 사람을 만나고 이야기를 나누는 것은 그것만으로도 대단한 인연이다. 그 귀한 만남의 기회에 상대를 귀인으로 여길 것에 더해 나 또한 그에게 귀인으로 다가갈 일이다. 나를 귀인으로 기억하는 이들의 에너지가 모이면 그 또한 운명이 된다.

혹여라도 나를 좋지 않은 인연으로 기억할 누군가를 위해 기도한다. 마음에 남아 있는 부정적인 기억을 내려놓고 귀인을 만나 원하는 삶을 살기를. 꼭 행복하기를. 나의 기도는 그를 편안하게 할 것이다.

지금 이 글을 읽는 당신은 진정 나의 귀인이다. 부디 당신의 평안을 기원드린다.

고통

신은 연단을 위해 고통을 준비해 두지는 않는다. 고통은 인간을 성장시키기 위해 신이 주시는 시험이거나 시련이 아니다. 여러 가지 이유로 몸과 마음에 고통이 일어나지만 고통은 다만 통증일 뿐이다.

그 고통이 견딜 수 없는 절망이거나 끝은 아니라는 데 신의 뜻이 있다. 그리고 그 선택도 우리에게 허락되었다. 고통이나 시련을 이겨 내면서 단단해지거나 신의 뜻을 알게 된다.

즐거움과 행복, 사랑 속에도 신비나 신의 메시지가 들어 있지만 좀 더 자극적으로 강하게 느낄 수 있는 감각이 고통이다. 깨달음이 깊으면 편안하고 안전한 가운데도 신의 뜻을 헤아릴 수 있지만 보통은 고통이나 시련이 몸과 마음을 강하게 자극하기 때문에 절박한 심정으로 찾게 된다.

고통이나 시련은 끝이나 결과가 반드시 있다. 이겨 내거나 물리치거나 비껴가기로 하면 그렇게 된다. 방법은 우리의 선택이지만 끝은 신의 뜻이다. 고통이나 시련의 결과는 내가 향하는 방향에 놓여 있다. 더 이상 고통스럽지 않을 것, 힘들지 않을 것, 아프거나 슬프지 않을 것, 그것을 지나 편안할 것, 즐겁고 행복할 것, 깨달음을 얻어 평정심을 가질 것, 내가 얻은 것을 나눌 수 있을 것. 내가 결정하여 도달하는 결말이다.

이룰 때까지 해야 한다. 나의 강한 의지나 행동은 신의 결정에 작용할 것이다. 그것이 GOD 아니면 대자연 에너지 방향의 비밀이다. 고통에 대하여도 이토록 깊은 신의 배려가 있는데 선한 의지나 목표를 이루고자 한다면 더 관대하지 않겠는가.

지금 시련에 직면하거나 고통 속에 있다면 이는 기회다. 다음으로 건너갈 때이고 자신이 원하는 것을 찾을 수 있는 기회며 깨달음을 얻고 성장할 수 있는 절호의 찬스다. 신에게 떼쓰기 전에 스스로 무엇을 해야 할지 찾아본다. 원하는 것에 대해 생각하고 말하고 그리고 행동할 것. 신에게 구하기에 앞서 사람에게 말하고 구체적이며 실현 가능한 도움을 청하라.

성급한 사람을 만나면 지금 도움을 받을 수 있고 좋은 사람을 만나면 언젠가는 도움을 받을 수도 있고 신중한 사람을 만나면 힘을 얻을 수 있다. 생각하고 말하고 행동하는 가운데 신은 가장 적절한 때에 개입한다.

아이가 침대 밑에 깔려서 나오지 못하고 운다. 장난감이 배 밑에 끼어 있어 아이를 잡아당기면 상처가 날 수 있다. 철재 침대를 들어올려야 하는데 꿈쩍도 하지 않는다. 힘을 내 보지만 역부족이다. 그래도 그 방법밖에 없다. 온 힘을 다해 들어 본다. 아직 말을 알아듣지 못하는 아이에게 "아가, 엄마가 침대를 들어올릴 테니 얼른 빠져나와야 해."

죽을힘을 다해 침대를 들며 절박하고 간절하게 외친다. "신이여 침대를 들 수 있는 힘을 주세요!" 침대가 번쩍 들리고 아기가 순식간에 옆으로 비틀며 나온다. "오 마이 갓!" 신의 힘이 내 안에 있었다. 절체절명의 시간에 그것을 찾아낸 것이다. 온 힘을 다하고도 부족한 일 퍼센트는 신이 보탠다. 그 이상일 때도 있을 것이다.

시련이나 고통의 한가운데 있다면 먼저 생각한다. 그것을 벗어나 원하는 것이 무엇인지. 그리고 다른 사람에게 묻고 도움을 받는다. 그런 한편 벗어나기 위해 행동한다. 내가 나를 돕고 누군가 힘을 보태 주고 그도 안 될 때 신이 손을 내민다. 강한 생각과 선한 말, 바른 행동에는 그것이 갖는 힘에 더해 신의 힘이 보태진다.

"이건 사람이 할 수 있는 일이 아니다. 사람의 힘으로는 턱도 없는 일이 일어났다!"

그렇다. 신은 가장 고통스러울 때 거기서 벗어나려 몸부림칠 때 개입한다. 사람으로 할 수 있는 것을 다 한 후에 더 할 것이 없을 때 그때가 되고서야 신을 만나게 되고 신의 뜻을 알게 된다.

의식의 흐름

"생각 하나."

마루오 다카토시(마루상)를 만나기 위해 발리로 갔다. 의식, 삶에 대해 관심이 깊은 두 친구와 함께였다. 그는 알려 줄까? 그에게서 어떤 말을 들을 수 있을까? 일본, 미국 그리고 한국에서 20여 명의 사람이 그를 만나기 위해 기다렸다.

유쾌한 에너지가 넘치는 마루상과 둘러앉아 이야기를 나눴다. 궁금한 걸 물으라 한다.

'무엇을 물어볼까? 나는 뭐가 궁금하지?'

사람들은 저마다 삶에서 힘겨운 점, 시련, 이루고 싶은 것에 대한 질문을 한다. 문제를 어떻게 해결해야 하는지, 원하는 삶을 살기 위해 무엇을 해야 하는지 등.

모든 질문에 친절하게 답하는 마루상. 성의껏 한 사람 한 사람의 말을 경청하고 답하는 그의 태도에서 어떤 강렬한 에너지가 느껴진다.

딱 한마디의 명쾌한 답을 듣고 싶었던 것이 무모했다. 마치 '문을 여는 방법이 무엇일까요? 딱 맞는 열쇠를 주세요.' 하는 마음으로 왔다면 그는 '그 문을 왜 열고 싶은지? 문 안으로 들어가서 무얼 할 것인지?'를 반문하는 듯하다.

그가 모든 것을 다 말해 줄 수 있을까? 원하는 답을 듣지 못했다. 그러나.

"생각 둘."

마루상을 만난 것은 의미가 있다. 그를 만나겠다는 생각을 하고 그에게 건넬 질문을 생각하면서 내 삶에 무엇이 중요한지 무엇을 원하고 무엇을 이루고 싶은지가 선명해졌다.

질문을 갖고 다녀오는 중에 인생이 왜 뜻대로 되지 않는지에 대해 바라보게 되었다. 질문과 답이 어디에 있는지도 알게 되었다.

현실 인식이 약한 나의 태도가 여행 과정에서 친구들과의 의견차로 나타났다. 친구는 나를 잘 비춰 준다. 친구에게서 느끼는 부정적 감정은 친구가 준 것이 아니고 내 안에 있는 것이 올라오는 것임을 알아차릴 수 있었다. 친구는 좋은 선생이다. 무리 없이 삶의 균형을 잡게 해 주는 고마운 선생이다.

마루상을 만나기로 한 것, 그를 만나러 가는 길, 그 여정에 함께 한 사람들 그리고 그 가운데 만난 진정한 나, 나의 의식의 흐름을 알 수 있고 삶의 어느 시간에 있는지를 바라보게 되었다. 깨달음과 성장의 흐름을 타는 나를 본다.

"생각 셋."

모든 것은 지나간다. 단 한순간도 멈추지 않는다. 지나간다는 것도 학습된 사고다. 과거도 없고 미래도 일정한 기간이 정해져 있는 것이 아니다. 과거에서 와서 현재에 있고 미래로 가는 것이 아니라 다만 내가 있는 것이다. 세상으로 온 것이 아니라 내가 세상에 있는 것이다. 오고 감도 없고 지나고 다가오는 것도 아닌 그저 있는 것이고 그리고 흐름을 아는 것이다.

숨 쉬는 것이 나인가 말하는 것이 나인가 먹는 것이 나인가. 나이기도 하지만 내가 아니기도 하다. 있기도 하고 있지 않기도 하다.

나는 그것을 느끼고 바라보는 알아차리고 깨닫는 존재다. 몸에 깃들어 있기도 온전히 스스로 존재하기도 하는 영적 존재가 나이고 그 내가 또 다른 존재를 느끼는 것이 삶이다. 있지만 없고 없지만 있는 허상이지만 실체인 것이 삶이다.

몸이 사라지면 내가 없는 것인가? 몸이야 결국 없을 것이지만 그러나 그것을 아는 것이 나이니 나는 있다. 그런 영적 존재인 나를 드러내기 가장 좋은 것이 말이다. 말은 영혼의 드러남이다. 의식하는 것을 의식하는 존재임을 소리로 드러내니 말은 영혼의 실체다.

내버려 두라

"이 아이는 내버려 두세요. 스스로 알아서 합니다."

노스님이 지나다가 나를 가리키며 어머니께 한 말씀이라고 들었다.

"놔두거라 그 녀석은 그냥 내버려 두거라."

누군가 나를 나무라거나 다그치는 상황이 되면 할아버지가 하신 말씀이다. 깨달음을 얻으신 할아버지의 그 말씀이 어떤 가르침보다 강했다. '하지 마라'거나 '왜 그렇게 했냐'고 야단치는 것보다 스스로의 행동을 바로잡기에 좋은 말이었다. 어린 마음에도 신기하다는 생각을 했던 것으로 기억된다.

할아버지는 안전하고 단호한 말씨였다. 짧고 간결하고 흥분하지 않는 평안한 목소리로 큰 울림을 주는 말투였다. 식솔들은 할아버지의 말씀을 그대로 받아들이고 따랐다. 지금의 내가 정리하는 소울 스피치의 전형이다. 소리치지 않아도 강한 힘으로 가족들을 움직이도록 했다. 무엇보다 말씀을 듣고 있으면 흥이 나고 즐거웠다.

그런 할아버지의 말씀이라 주위에서는 말씀대로 따랐다. 버릇없는 언동이나 잘못한 것을 바로잡아 주지 말라는 의미가 아니었다. '내버려 두거라'는 말에는 스스로 잘잘못을 알고 바로잡을 힘을 갖고 있음을 인정하는 것이다. 마치 니체의 주장과 같은 앎과 믿음이 전제된 표현이었다.

모든 아이들이 언제나 그런 것은 아닐 테지만 잘못에 대하여 화를 내거나 호통을 치면 아이는 속된말로 퉁쳤다고 여기게 된다. 무관심이나 방치의 의미로 내버려 두면 속였다고 생각하거나 아예 잘못한지를 모를 수도 있다.

그러나 상황에 직면하고 스스로 판단하도록 하는 것이 호되게 야단치는 것보다 더 엄한 말이다. 아이들이 스스로 깨달을 수 있도록 기다려 주는 어른이기는 쉽지 않다.

내 뜻에 맞지 않는 다른 사람의 말이나 행동에 대해서도 '내버려 두는 것'이 더 효과적일 때가 많다. 이미 내 의도와 다르다고 느끼는 순간 상대의 감정에 엇나가는 말을 하기 쉽다.

'당신 도대체 왜 그러냐?'는 식의 말이 튀어나온다. 당연히 이미 나를 거스른 상대의 행동을 가라앉히기 역부족인 말이 나올밖에. 그러니 그런 상황이라면 내버려 두는 것이 상책이다. 쉽지 않다. 화가 나거나 빈정이 상한 때에 내버려 둔다는 것. 그런데 '내버려 두자'고 말을 하면 그 말과 함께 안에 있는 상한 감정이 쑥 빠져나간다. 상대도 들을 수 있다면 솟구치려던 감정이 툭 멈춘다.

무관심하자거나 포기하자는 것이 아닌 그의 몫으로 하자는 마음으로 '내버려 두자'고 말하면 부정적 감정이 올라오는 것을 멈추자는 다짐이 된다. 나쁜 감정이 확대되지 않도록 일단 멈추고 나를 좀 자유롭게 하자고 달래는 것이다.

친구 간에 싸움이 날 때 말리는 순간 싸움이 커지는 경우가 있다.

그때 누군가 “야, 내버려 둬!”라고 말하면 순간 이상하리만치 싱거워진다. 내버려 뒀는데 “아이구야 내가 참는다!”면서 싸움을 중단하는 것이다. 내버려 두면 크게 벗어나지 않고 내버려 둬도 서로에게 유익한 방향을 찾으려는 속성이 있다.

사람이 오고 감에도 애써 잡아당기거나 밀어내지 말고 내버려 둘 일이다. “아니 사람이 어찌 그리 무정해 그동안 서로 잘 지냈다고 여겼는데 잡지도 않아!” 제가 떠나면서 왜 붙잡지 않느냐고 탓을 한다. 딴에는 더 머물고 싶었음이련만 때가 되어 지나가는 것을 왜 잡으라는가.

사는 동안 그리고 다 살고 나서 결국 지나치게 되는 것이 인생이다. 조금의 시간을 더 가까이 있다 한들 그게 대수랴. 마주할 때 서로 웃을 수 있으면 그것으로 충분하다. 꼭 붙잡아 앉힌들 때가 되면 갈 사람은 가고야 만다. 누가 먼저라는 게 뭐 그리 큰일인가. 누군가는 먼저 지나가고 또 누군가는 빨리 스쳐간다. 그냥 내버려 두라.

오고 가는 사람, 스쳐지나가는 사람 모두 찰나의 인연에 깊이 고개 숙여 인사 나누면 될 일이다. 내가 지나온 이들에게 그 발걸음이 혹여 좋지 않았거나 또 아쉬웠대도 내버려 두길 바란다. 귀한 인연에 감사드린다. 이별하자고 하는 이를 끌어당긴들 그의 영혼은 저만치 지나가고 있을 것이다.

이별한 이를 존중하고 서로 다른 시간을 인정하라. 머물 사람은 머물 것이고 멀어질 인연은 멀어질 것이다 어떻게 해도. 그러니 부디 내버려 두라. 붙잡고, 소리치고, 미워하고, 원망하는 것보다 내버려 두는 것이 어려워서 그러지 못한다. 그러나 내버려 두면 편해진다.

"에휴, 내버려 두자!"고 말하면 내버려 두길 잘했다 싶은 순간을 만난다. 힘든 마음이 올라올 때 호통치고 싶은 감정이 솟구칠 때 떠나는 사람 붙잡아 앉히고 싶을 때 크게 숨 한번 내쉬고 "내버려 두자!", "내버려 둔다."고 말하라. 누군가에게는 득이 될 것이니.

그러니 부디 내버려 두라.

연단

기체가 액체로 변하는 액화, 액체가 기체로 변하는 기화, 그리고 고체가 액체의 과정을 거치지 않고 바로 기체로 변하거나 기체가 바로 고체가 되는 것을 승화라 한다. 그리고 초고온에서 고도로 이온화된 기체인 플라즈마가 있다.

물은 빙점 0℃에서 얼어 고체가 되고 약 99.9℃에서 끓어 기체화된다. 수소 원자 2개와 산소 원자 1개로 이루어진 물 분자 1개의 구성은 온도라는 조건을 만나 기체나 고체로 모양이 변하지만 같은 원자 조건이 구성되면 본래의 물 분자로 돌아간다.

쇠붙이를 불에 달구어 두드려서 단단하게 하는 것을 연단이라 하는데 어려운 수련을 통해 몸과 마음을 굳세게 한다는 의미로도 쓰이고 귀찮고 견디기 어려운 일로 시달리는 것을 뜻하기도 한다.

기독교에서는 마태복음 12장 10절에서 "많은 삶이 연단을 받아 스스로 정결케 하며 희게 할 것이나 악한 삶은 악을 행하리니 악한 자는 아무도 깨닫지 못하되 오직 지혜 있는 자는 깨달으리라"고 했다.

물질의 변화와 성경에서 말하는 삶의 연단에서 깨닫는 바가 있다. 물질이나 인간의 삶은 외부 자극이나 조건에 따라 변화될 수 있다는 것.

인간이 본래 선한 존재인지 악한 존재인지에 대한 논쟁은 일단 놓아 두고 살면서 겪는 고통이나 시련이 삶의 그다음 어떤 단계로 이르도록 하는 연단인 것은 분명하다. 물론 알아차림에 따라 다를 수 있지만.

힘겹게 하는 일이 내게 연단인지 시련 그 자체일 뿐인지는 정해져 있는 것이 아니라 어떤 변화를 만들어 가느냐에 따라 그 의미가 규정지어진다. 삶을 승화시켜 나가는 사람은 어떤 시련이나 어려움도 연단이라고 부른다. 패자의 삶을 사는 사람은 부당함이나 자신에 대한 공격이라고 정의한다.

물론 불편부당한 일들도 있을 것이니 모든 것을 성장의 도구라고 여기는 것은 무리일 것이다. 그러나 어떠한 일이든 그것으로 발목 잡히거나 주저앉지 않으려면 다음으로 나아가야 한다. 그러니 연단으로 받아들이는 것이 좋을밖에.

삶의 어디에도 한 가지 모습으로 한곳에 머물 수 없다. 몸이 성장하거나 늙어 가는가 하면 생각이 계속 흘러간다. 때문에 원하든 원치 않든 변해야 하고 변하게 되어 있다. 그 변화에 대한 어느 만큼의 선택권이 허락되었다.

선택할 수 있다. 태어나 오늘에 이르렀으니 살아 있으면 내일도 있을 것이다. 오늘 나의 삶이 내가 원하는 그것이라면 앞으로도 그러하기를, 원치 않는 것이라면 내일은 원하는 삶을 선택하기를.

어떤 조건이든 그것이 나를 원치 않는 삶에 묶어 두지 않도록 해야 한다. 이제까지의 것은 연단이라 명명하고 오늘에 이른 스스로를 격려하라. 그리고 원하는 삶의 흐름에 올라타거나 아니면 원하는 삶을 이 순간으로 끌어당겨라.

지금 고통스럽다면 삶을 바꿀 기회다. 시련이 나를 두드리면 나는 단단해질 것이라 선언하라. 그리고 나는 주저앉거나 지지 않는다고 외쳐라. 나는 반드시 원하는 삶으로 간다고 말하라. 그리되는 것이 순리이자 자연의 이치다.

"연단에 감사하며 나는 반드시 가치 있는 삶으로 승화할 것이다."

내 확언이 나를 이끌고 가는 것이 느껴진다.
나는 연단으로 변했다.

왜 나만?

"내 참 기가 막혀서, 아니 왜 나한테 이런 일이 벌어지냐고?"

"나만 그런 거야? 내 주변엔 왜 이렇게 이상한 사람이 많은 거야?"

"다른 사람은 다 괜찮은데 왜 나만 시련에 빠지는 거지?"

일어날 일은 일어나고 일어난 일을 어떻게 말하느냐 하는 것은 다음 상황을 불러들이는 에너지가 된다. 여러 명의 아이들이 웃고 장난치며 가다가 한 아이가 새 똥을 맞는다. "앗싸 나만 새 똥!" 자기만 특별한 상황이라며 깔깔거리고 좋아한다. 행운은 행운이라 받아들이는 사람에게 일어나는 일이다.

인생에서 일어나는 무수한 일들 가운데 행운이라고 느끼는 일이 많을수록 더 큰 행운이 일어난다. 에너지의 흐름은 같은 주파수로 연결되기 때문이다. 자석의 원리처럼 비슷한 성질이나 또는 결핍이라도 강하게 당기는 곳으로 끌려가게 된다.

새똥을 맞고 유쾌하게 웃고 좋아하는 아이는 다른 어떤 일에도 그와 비슷하게 반응할 것이고 그런 아이에게 "녀석 뭐가 그렇게 좋으냐?"며 더 좋은 모습을 보고 싶은 선생님은 그 아이에게 유익한 책을 건네준다. 아이는 그 책을 받고 큰 행운을 얻었다고 생각하며 읽고 동기부여가 되어 더 좋은 사람으로 성장해 간다. 사람도 행운도 그렇게 움직이는 게 자연스럽다.

때론 애써 흐름을 바꿔 주려고 선심을 베풀었는데도 이 정도밖에 안 주냐며 불평하는 사람은 "줘도 탈이야? 내 다시 주나 봐라." 하고 다른 기회에서는 소외시켜 버린다.

늦게 깨달았지만 더 늦지 않아 다행이다. 이 같은 이치를 알게 된다는 건 행운이다. 그동안 얼마나 많은 행운을 얻었는가? 그럼에도 더 주지 않았다고 더 큰 게 아니라고 투덜거린다면 좋은 것이 온다 한들 알아보기나 하겠는가? 행운이 와도 행운인지도 모르면 무슨 소용이란 말인가?

내게만 있는 거, 내게 지금 있는 거, 그 모든 것이 행운이다. 내 가족은 내게만 있는 인연이다. "앗싸 나만 있고!" 어린아이처럼 즐거워하라. 계산하지 말고 기뻐하라. 망설이지 말고 감탄하라. 행운이 어디로 갈까 돌아다니다가 '여기구나!' 하고 흘러온다.

혹 소심했다면 이제는 강하게 소망하라. 행운이 어디로 갈까 하다가 여기서 부르는구나 하고 끌려올 것이다. 불평하려거든 왜 나에게만 행운을 주냐고 투덜대라. 그 또한 같은 에너지로 알고 또 오고 더 올 것이다.

왜가 문제가 아니라 왜가 문제다

"왜? 왜? 도대체 왜?"

무슨 이유인지 궁금할 때 묻는 말 '왜'는 말의 톤이나 억양에 따라 완전히 다른 말이 된다. 궁금해하는지 질타를 하는지. 납득하지 못할 때 이해가 되지 않을 때 묻는다. "왜 그러냐, 당신이 어떤 마음이냐?"

왜는 사람과 사람을 이어 주는 짧고 효과적인 말이지만 잔인한 말이 되기도 한다.

질문은 궁극적으로는 존재에 대한 관심과 애정의 표현이다. 질문을 받으면 답을 돌려주고 싶어진다. 아이가 세상을 배우는 통로는 바로 '왜'이다.

"엄마, 하늘이 왜 파래?"
"아빠, 나는 왜 작아?"

아이는 '왜'라는 말로 세상을 배우고 세상과 즐겁게 만난다. 어른도 '왜'라는 말로 아이의 건강과 마음을 살피고 세상으로 안내한다.

"한 발 껑충 뛰어 봐. 왜 그래? 무섭니?"

그런데 편견이나 부정적 감정이 전제되면 궁금증이 없어진다. 이미 결론을 내려놓거나 평가를 끝내 놓은 상태에서는 왜냐고 말하지만 답을 들려 달라는 것이 아니라 질타나 화풀이를 하려는 것이다. 요즘 말로 답정너인 것이다. 도대체 왜 내 마음 같지 않은지, 왜 내 뜻대로 되지 않는지, 왜 내가 싫어하는 말이나 행동을 하는지 질문을 가장해 화를 낸다.

왜가 본연의 궁금증을 벗어나면 날카롭게 상처를 내거나 심장을 찌른다. 왜가 화와 만나면 주정뱅이처럼 난동을 부린다. 주머니 속 송곳처럼 분노의 왜가 삐져나가려 한다면 우선멈춤을 해야 한다. 입을 앙다물고 호흡법을 한 다음 자신의 감정을 들여다본다. 그리고 밖으로 향하려는 왜의 방향키를 자신의 내면으로 돌리라. 내가 왜 이러는지를 묻고 기다린다.

상대에게 "도대체 왜 그러냐?"고 따져 묻기 전에 "내가 왜 이렇게 화가 나는지? 내가 왜 답답한지?" 스스로에게 질문하라. 부정적 감정이 끓어올랐을 때는 스스로에게조차 솔직하지 않다. 그래서 상대 때문이거나 다른 이유 때문이라고 핑계를 대고 책임을 전가하려 든다. "저 사람 때문에, 세상 때문에 내가 화나고 기분 나쁜 거야."라고. 그러면 다시 묻는다. 그렇다고 화를 내거나 다그치는 게 맞는지? 왜 그에게 화를 내려 하는지? 화를 내는 게 무슨 이익이 될지?

이처럼 묻고 답하는 시간에 한껏 치솟았던 감정이 조금씩 내려온다. 자기 자신에게 최선을 다해 화내는 일은 별 이익이 안 된다는 것쯤은 배우지 않고도 알기 때문이다. 분노의 감정 상태를 지속하면 에너지 소모가 많기 때문에 피로감을 느낀다. 감정이 중심을 잡기 시작하면 상황이나 사람을 객관적으로 볼 수 있다. 그리고 본래 왜의 쓰임대로 말한다. "당신 왜 그런 말을 하는지, 왜 그 같은 행동을 했는지?" 설명하거나 나를 이해시켜 달라고 묻게 된다.

낮은 레, 미 톤의 왜는 사람 사이를 가까이 끌어당기지만 높은 솔, 라 톤의 왜는 사람을 밀어내고 감정을 긁는다. 진심을 다해 궁금해하면 그 물음에 대한 답 이상을 돌려받을 수 있다. "왜 그랬어? 정말 궁금해."라고 물었을 뿐인데 "사실 내가 힘들어서 대충했는데 그것 때문에 당신 기분이 상했느냐."며 "앞으로 당신이 오해하지 않게 내가 미리 내 마음을 말해 주겠다."고까지 해결책을 전해 준다.

궁금한 '왜'는 선하고 생산적인 일을 만든다. 사람을 가까이 끌어당기고 진심과 신뢰와 돈독함을 가져다 준다. 왜 말이 잘 안 통하는지 왜 내 마음을 알아주지 않는지 왜 나를 사랑하지 않는지 낮은 톤으로 궁금해하면 선한 답을 준다. 공감하고 이해하고 사랑해 준다.

'왜'는 신이 준 키다. 마음을 열고 풍요와 사랑을 여는 열쇠다. 제 기능대로 쓰라.

이렇게 좋은 말인가?

"왜"가!

불행을 선택할 것인가?

'불행하기를 원하는가? 행복하기를 원하는가?' 무슨 소리냐고 할 것이다. 불행하게 살기를 원하는 사람이 없음에도 불구하고 불행하다고 느끼는 사람은 많다.

그야말로 그렇게 느끼는 것이다. 느낌이라는 것은 어떤 대상이나 상태, 생각에 대한 반응 또는 지각이다. 마음속에 일어나는 기분이나 감정이다. 자동반사적인 것이어서 내가 선택하거나 일으키는 것이라기보다는 피동적 또는 수용적일 것이라 여긴다.

그렇다면 상반된 개념으로 생각하는 행복의 경우는 어떤가? 스스로 행복하다고 느낄 수 있다고 알고 있다. 기쁨과 만족감을 느껴 흐뭇한 상태라는 사전적 풀이처럼 행복은 스스로 느끼는 감정이다.

스스로 행복하다고 생각하면 행복한 느낌을 가질 수 있음을 알면서도 불행에 대해서는 내 노력이나 선택과는 별개의 조건인 것처럼 받아들인다. 불행도 행복처럼 내가 선택하는 감정이고 내가 불러오거나 일으키는 감정 상태인 것이다.

행복을 원하면서 불행하다는 감정을 끌어들인다. "아니 그런 말이 어딨어요? 불행을 바라는 사람이 어디 있다고 그걸 자기가 선택한다는 거예요?" 그렇게 반박한다면 설득이 가능하다.

자, 불행을 원치 않으면서 불행하다고 생각하거나 불행하다고 말한다. 그거다. 불행하다고 생각하는 것이고 불행하다고 말하는 것이다. 그러니 불행한 것이다. 생각하고 말하는 것이니 그 생각과 말을 바꾸면 된다는 말이다.

또 반박하시라. "참 말도 안 되는 소릴 하네. 아니 선택하기 전에 이미 불행하다는 느낌이 드니까 불행하다고 생각하는 거고 그러니 불행하다고 말하는 거지." 그것도 맞다.

어떤 상황이나 조건에서 일순간 불행하다는 느낌이 일어난다. 그러니 불행한 것이라고 하는 말도 인정한다. 그런데 그 조건이나 상황이 반드시 불행이라는 느낌으로 이어지도록 정해져 있는가? 장담할 수 있나? 누가 그렇게 정했나? 어디에 그런 규정이 있는가?

사기를 당했다. 사고를 당했다. 그런데 불행하지 않을 도리가 있겠느냐? 한다면. 사기를 당하고 원치 않는 사고를 당하는 것이 행복일 수는 물론 없다. 즐거움이거나 기쁨은 더더욱 될 수 없다. 그렇다 해도 그것으로 불행하다고 연결할 필요 또한 없다. 그 상황 그대로 사기를 당한 상황이고 사고를 당한 것인데 이것을 내 삶에 무엇으로 규정할지는 내가 선택하는 것이다.

그래서 사기를 당해 기분이 좋지 않고 손해가 있다는 것을 그대로 인정하고 그런 다음 그 같은 일이 반복되지 않도록 하는 공부를 한다고 생각해 본다. 원치 않는 상황에 직면해서 즉시적으로 긍정 에너지로 전환하는 것이 쉽기야 하겠는가?

만일 이미 불행하다는 생각을 선택했다면 자신에게 묻는다. 계속 불행한 상태로 자신을 내버려 두길 원하는지 아니면 더 이상 불행하지 않기를 원하는지? 그리고 원하는 것을 자신에게 말한다. "지금 불행하지만 행복해지고 싶다, 편안하고 즐겁고 싶다."고. 그리고 편안하고 즐거운 기분을 생각한다.

내가 지금 선택하는 단어, 그 감정 그것이 내 것이고 지금의 나다. 내 삶이다. 나는 행복하고 싶다. 나는 행복에 대해 생각한다. 나는 언제 행복했나? 나는 어떤 행복을 원하는가? 나는 이제 행복에 대해 생각하고 관심 갖고 행복을 말하게 된다.

행복이 선택이라는 것에 대해 동의한다면 삶의 많은 것을 바꿀 수 있다. 받아들여서 손해 볼 것 없다면 따라가도 괜찮지 않을까?

밥은 마음이다

전해들은 얘기다. 문화예술계 전문직 여성이다. 그녀는 모 신문사 문화부 기자에게 신뢰할 만한 사람의 소개로 전화를 걸었다며 간단한 자기소개를 한다. 그 기자의 기사에 대한 소감을 논리정연하게 말해 기자로서의 자부심을 한껏 높인다. 그리고 식사를 제안한다. 기꺼이 식사 정도야 하는 마음이 들었단다.

기사식당으로 약속을 정한다. 전화를 걸어온 사람이 초면에 밥을 사 달라는데 흔쾌히 응하게 되었다고 한다. 허름한 기사식당에서 백반을 함께 먹는데 즐겁고 유쾌하다. 그녀의 말을 들으며 뭔가에 홀린 듯하다고 했다. 마침 내린 비에 머리카락이 살짝 젖은 그녀는 자신이 하는 일에 대한 전문성을 풀어내면서 틈틈이 기자의 자존감을 높여 준다.

밥을 맛있게 싹 비우고는 밥값에 비해 과할 정도의 감사 인사를 한다. 그리고 우산을 받쳐들고 총총히 사라진다. 타이트한 검정 스커트 차림에 흰색 블라우스 등뒤로 비가 떨어지는 모습을 보며 기자는 생각에 잠긴다.

"뭐지? 왜 만나자는 거였지? 일면식도 없는 젊은 여인이 전화를 걸어와서 만나자 하고 느닷없이 밥을 사 달라는 요구를 한 것. 저렴한 백반집에서."

기자는 값비싼 식사를 사 준 듯한 착각을 할 만큼 정중하고 기분 좋은 인사를 받았다고 느낀다. 기자정신으로 유추해 보지만 목적을 알 수 없는 식사 자리다.

이후 일주일이 채 지나지 않아 기자가 먼저 전화를 걸어 칼럼을 요청한다. 다소 글이 미흡해도 보완해 줄 각오가 이미 서 있었다. 그런데 약속한 시간에 보내온 그녀의 글은 매력 있다. 오히려 원고 청탁을 해야 할 만큼 실력 있는 글이다. 지면을 아낄 이유가 없을 정도로. 그녀는 서서히 저명인사가 되어 갔다. 그리고 그 같은 경험을 한 기자들이 여럿이라는 소문도 있었다. 직접 만났던 사람들은 공통되게 의외의 식사와 감칠맛나는 말솜씨에 대한 이야기를 했다고 한다.

"아, 그녀는 계획이 다 있었구나!"

고의적이든 계획적이든 그녀를 만났던 사람들은 한결같이 "실력 있고 매력도 있다."는 말을 한다고.

그로부터 머지않은 시기에 그녀는 사회를 떠들썩하게 하는 인물이 된다. 그녀가 어떤 사람인지를 말하려는 것은 아니다. 그녀는 사람의 심리를 알고 필요한 말을 할 줄 안다는 것이다.

의외성으로 호기심을 높이고 꾸밈없는 태도로 자연스러운 환경을 조성하고 무엇보다 상대의 자존감을 높이는 대화를 한다. 성인 남성들이 갈증을 느끼는 칭찬의 말을 품위 있게 잘 한다. 물론 그녀를 만났거나 안다는 몇몇의 말에 근거한 추정이다.

그녀는 Good Speaker이다. 의외성, 기대감, 낯섦과 새로움, 즐거움, 전문성, 연속성, 상상력, 특별성, 미학 등 여러 가지 요소를 두루 갖춘 스피치다.

그 후로 오랫동안 행복하게 잘 사는지까지는 알 수 없지만 흥미로운 스토리다. 잠깐 이야기를 나눌 뿐인데 살맛나게 하고 기대하게 하는 사람이라니.

이처럼 사람과 사람이 만나 이야기를 나누면서 특별한 관계나 사건이 시작된다. 효과적인 스피치는 성공으로 이어진다. 원하는 것을 이루게 해 주는 마법임을 부정할 수 없다.

누구나 특별한 사람으로 인정받고 싶다. 멋있다거나 필요한 사람이라 말해 주는 사람을 위한 보상심리가 작동한다. 자존감이나 존재감을 충족시켜 주면 더 큰 것으로 보답하고 싶다.

밥과 말은 사람을 연결하는 끈이다. 밥은 그저 밥이 아니다. 밥은 마음이다. 밥은 배려이고 위로이며 메시지이다. 밥과 말은 그래서 서로 어우러지고 같이 간다. 같이 밥먹어 보면 그 사람을 알 수 있다는 말은 다소 과장되어 보이지만 일리가 있다.

밥에는 에너지가 담겨 전해진다. 밥 먹으면서 느끼는 공기, 그 기운은 진솔하다. 밥을 먹는다는 것은 공통된 소재를 함께 공유하는 것이다. 그래서 누구와는 그렇게 수없이 같이 먹는 밥을 또 누구와는 단 한 번도 먹고 싶지 않기도 하다.

"밥 한 번 먹어요?"라는 말은 "당신이 정겹네요, 당신과 함께 인생을 말하고 싶어요."라는 의미로도 통한다.

"그런 의미에서 밥 한 번 먹을까요?"

때

주역 강연에서 확 들어오는 한마디가 '때'였다. "주역은 한마디로 때를 아는 것이다." 삶의 많은 순간에 그 말을 생각한다. "다 때가 있다."

어려움에 직면해서 한껏 심각한데 선생은 편안하고 느린 말투로 "거 지금이 그런 때요." 하신다. 그런데 복잡하게 끓어오르던 마음이 탁 멈추면서 "아, 그렇구나. 내가 지금 힘든 때이구나!" 그렇게 생각하니 불편하던 마음이 가라앉는다.

그야말로 그 뜻을 헤아릴 때였던 것이다. 순간 고마움이 일었다. 알려 준 것에 대해, 알게 된 것에 대해.

딸이 아르바이트를 하면서 진상 손님으로 하여 기분이 상했던 이야기를 한다. 사람에 대한 존중감이 없는 손님의 말투 때문에 마음 상했다는 이야기를 길게 전한다. 전에도 이런 사람 저런 사람, 이런 저런 말투로 언짢아서 일을 계속해야 되나 갈등이 일었고 앞으로 살아갈 날들에 더 심한 사람을 만나게 되면 그때는 어떻게 해야 하나 하는 등의 생각으로 괴롭다고도 했다.

"그래 그랬구나. 마음이 상했구나." 아이의 기분이 느껴져 가만히 쓰다듬어 줬다. 그저 그 마음을 함께 느꼈을 뿐인데 수그러든다.

높았던 톤이 스르르 내려오며 "응 엄마, 기분이 좋지 않았는데 이제 좀 괜찮아지네."

사실 아이를 위한답시고 같이 흥분해서 "뭐, 그따위가 다 있냐? 어른이 어른답지 않다. 너도 똑같이 대해 주지 그랬냐." 아니면 "그래도 어른인데 그가 어찌하건 너는 친절을 잃지 마라." 어쩌고 하는 것이 별 도움이 되지 않는다. 내가 바라는 건 아이의 기분이 나아지는 것이다. 아이의 상한 마음을 알아주고 그때 필요한 말은 "그 때문에 얼마나 기분 나빴을지 너의 마음을 이해한다." 정도.

서로가 바라보는 것과 그것에 대한 감정이 같으면 함께 바라는 곳으로 갈 수 있다. '때'를 맞추는 것이다. 나의 경험과 사고가 아이와는 다를 것이지만 바라보는 시점을 아이가 있는 곳으로 옮겨서 같은 방향으로 보는 것이다.

"다 때가 있다." 시행착오와 실패에 대한 경험은 아직 때에 이르지 않았음을 알려 주는 때였다. 성장하고 깨달을 때가 있음을 알기에 그때를 앞당기고 싶다. 저절로 때가 오기도 하는지 알 수 없다. 그래서 찾아나서지만 대가를 지불하고 헤맬 때도 있다.

내가 기대하는 때와 그것이 이르는 때는 다르다. 언제인가? 가장 좋은 때에 온다. 정해진 시간이 반드시 오는 것처럼 원하는 때도 이를 때가 있다.

나이가 든다고, 고통이나 시련을 겪는다고 이르는 건 아니다. 때를 알고 때에 맞게 행해야 한다. 그리고 앞당길 수 있으면 좋을 테지만 그러기 위해서도 먼저 인정해야 한다. 다 때가 있다는 것을.

그리고 무엇이든 시작하기에 가장 좋은 때는 "바로 지금"이다.

예고, 희망적 결언

대화 시 함께 나누게 될 대화의 주제나 방향을 예고하면 좋다. 브리핑처럼 노골적으로 티를 내지 않고 자연스럽게 한다. 화두를 꺼내면서 왜 그 이야기를 하는지 이 이야기를 나누게 되면 어떤 좋은 결과를 얻을 수 있을지에 대한 간단한 예고를 하는 것이다. 구구절절 설명이 아닌 센스 있는 표현으로.

주사를 맞을 때 의료진의 "약간 따끔해요. 주사 맞고 나면 곧 열이 내리고 통증도 가라앉을 거예요." 하는 간단한 안내 말은 두려움을 가라앉히고 따끔한 정도의 통증으로 인지하게 한다. 이 과정을 지나면 몸의 불편함이 곧 사라질 것이라는 기대와 믿음을 갖는다.

플라시보(Placebo) 효과로 이해할 수 있다. 이 간단한 예고나 안내가 없을 때 막연한 두려움과 불안이 있다. 의료진의 친절하고 편안한 말투는 의료의 질을 높게 인식하도록 해서 치료 효과에도 영향을 준다. 반면 불친절이나 예고 없이 이루어지는 상황은 노시보(Nocebo) 효과로까지 확대될 수 있다.

희망 예고 기법은 일상 대화에서도 신뢰를 높이고 유익함에 대한 기대를 갖기 때문에 효과적이다. 또 대화의 주도권을 상대가 갖고 있다고 느끼도록 이끌어 간다면 만족감을 높인다.

실상은 내 쪽에서 주도권을 쥐고 있지만 상대가 성공적인 대화를 이끌고 있다는 생각이 들도록 하는 것이다. 대화의 주제나 방향을 상대가 선택할 수 있도록 여건을 만들어 주면 된다. 이를테면 "요즘 어떻게 지냈기에 이렇게 좋아 보이지? 운동을 하나 아니면 뭐 좋은 일이 있나?"

사람들이 상대의 말에 영향을 받는 흥미로운 반응을 잠깐 보겠다. 심각하게 "어? 어디 안 좋아? 얼굴이 왜 그래?"라고 걱정스레 물으면 별탈이 없는 상태인데도 순간적으로 "왜? 내 얼굴이 그렇게 나빠 보여?" 하면서 낯빛이 어둡게 변한다. 그리고 정말 내 몸이 어디 안 좋은가를 생각한다.

그런데 컨디션이 좋지 않은 상태인데도 상대가 강하게 "오우, 뭐 좋은 일 있는가 봐? 얼굴에 생기가 도네."라고 하면 순간적으로 "나한테 무슨 좋은 일이 있지?"를 생각하면서 표정도 밝게 변한다.

때문에 이미 좋아 보이는 것을 좋다고 하는 것도 좋지만 힘을 내게 하기 위해 긍정적인 말을 해 주는 것도 좋다. 이때 자연스럽게 적당히 말해야 한다. 까딱 잘못하면 감 없는 사람이나 눈치 없이 엉뚱한 말 하는 사람이 될 수도 있고 오히려 상처를 줄 수도 있으니.

대화를 시작하면서는 긍정적이거나 즐거운 상상이 가능한 예고를 하고 상대가 하고 싶은 말을 할 수 있도록 궁금해하면서 선택권을 주는 질문을 하면 좋은 대화가 된다. 그리고 상대의 감정에 공감하고 있음을 적시적인 반응으로 드러내서 에너지 순환을 느끼도록 한다. 이 같은 대화법은 상대를 위한 것 같지만 자신을 위한 노력이다.

의미 있는 대화였다는 만족감을 주고 기대감으로 대화를 마무리한다. "오늘 의미 있는 얘기를 나눠서 기분이 좋다. 일이 잘 풀릴 것 같은 예감이 든다. 고맙다. 다시 또 즐거운 시간 갖자."

사람을 만나고 이야기를 나누고 어떤 일을 도모하고 하는 것은 우리를 성장시키고 삶의 의미를 더하는 일이다. 다른 사람과의 만남과 대화를 통해 조금 더 나은 삶으로 나아가야 한다.

사람과 사람이 만나서 이야기를 나누는 것은 삶을 보완하고 완성해 가는 의미 있는 과정이다.

말은 내비게이션

말은 내가 가는 방향이다. 말은 이정표다. 어느 곳으로 가야 할지를 말하면 삶의 방향이 그곳으로 향하게 된다.

한계도 스스로 지정한다. 어디로 가지 않을 것인지 안 가는 것인지 못 가는 것인지의 한계를 스스로 정한다. 가고 싶은데 가지 못한다고 말하지만 갈 수 없어서가 아니라 그렇게 한계를 정하기 때문에 가지 못하는 것이다.

금기어를 말하면 그만큼 삶의 금기가 생긴다. 가능성을 열어 놓고 말하면 말하는 대로 가능성이 열린다. 그것이 무엇이건 이미 정해져 있는 것이 아니라 정해 가는 것이다.

구루(스스로 영적 혜안을 얻은 정신적 스승)를 만나 "이렇게 이렇게 살고 싶어요." 했더니 "그 말대로 살게 될 거라 했다." '살고 싶다'를 '살 것이다'로 그리고 '산다'로 바꾸었을 뿐인데 그 말대로 된다. 영적 혜안을 얻은 분이니 원하는 것을 이루기 위해 무엇을 어떻게 하면 되는지 또는 무엇을 하면 안 되는지 일러 줄지 알았는데 대답이 단호했다.

더 이상의 질문이 필요하지 않았고 어떤 강한 힘이 생겼다. 말한대로 된다. 말한 곳으로 가게 되고 가면 이룬다.

첫 번째 수필집이 「변두리 아나운서의 행복뉴스」이다. KBS홀에서 음악회 MC를 할 때 한 어린이가 사인을 해 달라기에 KBS 아나운서가 아니고 국군방송 아나운서라 했더니 "에이 그럼, 변두리 아나운서네."라 했던 부분에서 뽑아낸 제목이었다.

그 후 얼마간 지인들은 '변두리 아나운서'라 불렀다. 딴에는 주제 파악을 하는 척하면서 겸손하게 비춰지기를 바란 것이 아니었을까. 또 주위로부터 능력을 제대로 평가받고 있지 않다는 것을 에둘러 말하고 싶었거나. 친근감 있고 정겨운 표현이기도 하지만 그러나 그 같은 일화를 마음에 담고 있는 것은 스스로 한계를 짓고 있었던 것이다.

소망을 말할 때 스스로 제한한다. '언제가 될지 모르지만, 이다음에 언젠가는, 나중에 먼 훗날에' 자신 없거나 허황된 꿈이라는 생각에 또는 누군가 네가 그걸 이룰 수 있겠느냐고 폄훼할까 염려되어, 이러저러한 이유로 원하는 걸 스스로 제한한다.

이미 이루기 어렵다는 전제를 하고 간다면 결과가 어떠할까? 무모하다고 여겨지는 바람이라면 수정하면 되고 시간이 오래 걸릴 것 같으면 그 적절한 시기를 계획하면 될 것이고 남들의 평가가 신경 쓰이면 혼자 알면 될 일이다.

어디로 갈 것인지, 어떻게 갈 것인지, 무엇을 위해 가는지, 그곳에 이르면 어쩔 것인지 말하면 그곳으로 가게 될 것이다.

"내 말은 내가 가는 길의 내비게이션이다."

그러고 보니 내비게이션 안내가 시작될 때 처음 내레이션을 녹음

했다. 그렇다. 그 시작에 나의 방향성이 닿아 있었다. 다른 사람에게 길을 알려 주는 일, 좋은 길을 알려 주는 삶이고 싶었던 것 그 바람대로 지금은 이 글을 쓰고 있다.

내 말이 결국 나를 여기까지 안내했다. 그리고 지금도 가고 싶은 곳을 말하고 그곳으로 향하고 있다. 그러니 내가 지금 있는 이곳은 내가 원하는 바로 그곳이다.

예견대로 된다

말하는 사람과 듣는 사람의 믿음이 같으면 말대로 될 가능성이 높아진다. 그래서 부모나 선생님, 어른은 선하고 바른말을 해야 한다. 말의 영향력이 크기 때문이다.

불안하거나 위로가 필요할 때 또는 불확실한 미래에 대한 궁금증이나 자신의 결정에 대한 지지가 필요할 때 믿을 만한 사람을 찾는다. 절박할 때일수록 냉정하게 자신을 볼 수 있도록 해 줘야 한다. 그리고 발전하고 성장하도록 조언한다. 삶의 균형을 잃었을 때는 자신을 객관적으로 보기 어렵다.

때문에 기울어져 있는 모습을 직면하도록 하는 말을 들으려 하지 않고 방향을 바꾸는 것은 더 힘들어한다. 선하고 유익한 조력은 나쁜 예측이 되더라도 긍정의 방향을 제시해야 한다.

위험할 것이 뻔한 곳으로 가는 이에게 나쁜 일이 생길 것이라는 말은 좋지 않다. 대비하거나 방향을 바꿀 수 있도록 하는 말로 긍정 에너지를 줘야 한다. 당장에 받아들이지 않아도 고약한 일의 수위를 낮추는 힘이 된다.

"그러다가 잘못된다. 그대로 가다간 망한다."라는 식의 말은 삼간다. '낭떠러지를 향해 걸어가는 사람에게 정신 차리도록 강하게 위험을 알려 줘야 하지 않냐.'고 할 수 있다. 늪에서 허덕이는 사람에 총을 겨눠 극적으로 빠져나오게 하는 효과를 내는 말은 쉽지 않다. 설령 그대로 가면 어찌될지 뻔히 부정적인 결과가 예측되더라도 말의 방향을 선하고 바르게 해야 한다.

나쁜 일이 일어날 것이라 겁박하거나 불안을 부추기는 말은 위험을 막는데 도움이 되지 않는다. 말 속에 부정적 에너지를 담아서 상대를 그쪽으로 미는 격이다. 불안을 가라앉히고 달리 생각하거나 대비하도록 하는 에너지를 담는 것이 좋다. 긍정 확언이나 희망 예언, 의지를 강화시키는 말이 그 방향으로 힘을 보태 주고 운을 끌어올 수 있도록 하는 역할을 한다.

가 보지 않은 길을 갈 수 있도록 안내하고 가고 싶은 길을 갈 수 있게 응원해 주는 사람이 스승이다. 그 길의 과정이나 끝이 모두 좋거나 나쁠 것인지는 사실 사람이 판단하기 어렵다. 두려움을 받아들이고 설렘에 들뜨지 않도록 중심을 잡을 수 있도록 하는 말, 선한 목표를 향해 가는 것이 수월하고 평안하다는 예견, 그런 선택을 지지해 주는 사람이 좋은 선생이다.

나의 삶은 대체로 선생님들의 예견대로 되어 왔다. 좋은 삶을 살 수 있는 오늘을 그분들이 예견해 뒀다.

"너는 많은 사람을 이롭게 하는 사람이 될 것이다."
"너의 지혜가 세상을 유익하게 할 것이다."
"너는 말을 잘하니 네 말을 따르는 사람이 많겠구나."

그 말이 좋았다. 그렇게 되고 싶었다. 그래서 그 방향으로 걷게 되었다. 내가 만난 스승들은 그것을 알고 있었다. 나는 내가 원하는 삶의 방향에 서 있는 스승을 찾아냈던 것이다.

말이 이끄는 삶을 알기에 필요한 말로 선한 예견을 한다. 선한 예언과 강한 믿음은 그 말대로 안내한다. 말에 담긴 에너지가 전해지고 좋은 운이 따르기 시작한다. 말대로 된다.

한생을 살면서 다른 사람을 도울 수 있는 것만큼 가치 있는 삶이 있을까. 그런 나의 소울을 알고 나답게 살라고 예언으로 방향을 가르쳐 준 스승들이시다.

그 말뜻을 알기 위해, 그 말대로 되고 싶다는 생각을 하는 순간 시작되었다. 흐름을 타기 시작한 것이다. 그 과정이 모두 즐겁고 감사하다. 누구나 다른 삶에 선생이 되어 줄 수 있고 되어야 한다. 그 말을 들은 사람은 예견대로 될 것이기 때문이다. 때가 되면.

4

행운을 믿으면 운이 좋아진다

SOUL SPEECH

말이 삶이다

내가 하는 말이 내 삶이고 말대로 산다. 진정으로 원하는 삶, 나다운 삶은 내 말에 있다. 내 선택 밖의 삶은 어쩔 수 없어도 내가 선택할 수 있는 것에는 최선을 다해야 하지 않을까.

내 의지나 노력만으로 모두 가능한 것은 아니지만 그럼에도 불구하고 나에 의해 많은 것이 이뤄지는 것은 분명하니 나를 바꾸면 삶이 바뀌는 건 당연지사다.

나의 무엇을 바꾸면 삶이 바뀔까. 생각과 말과 행동. 그중에서도 쉽게 변화를 확인할 수 있는 것이 말이다. 원하는 것을 이루기 위해 말을 어떻게 바꿀 것인가 선택한다.

원하는 것을 말하고 그것을 이뤘을 때 느낌을 말하면서 몸과 마음이 그 말에 영향을 받게 되고 그로부터 하는 말은 그 방향으로 나를 이끈다. 내 안에서 선순환구조가 만들어진다.

원하는 것을 이룬 풍요와 만족감, 감사의 에너지 장이 만들어지면 대화를 나누는 사람에게도 전해진다. "부족하다는 생각이 풍요롭다로 건너가고, 없다를 있다로, 안 된다는 된다."로 바꾸어 생각하고 말한다. "때문에"도 "덕분에"로 말한다. 말이 바뀌면 생각도 바뀌면서 부정 에너지가 긍정 에너지로 마이너스에서 플러스로 에너지가 전환된다.

말하는 기술 즉 화술을 연마하는 것보다 소울 에너지를 바꾸는 것이 스피치 향상에 좋다. 즐겁게 읽고 긍정하면서 몸의 에너지 흐름이 바뀌는 것을 느껴라. 새로운 이야기를 받아들이면서 생각과 말이 달라질 것이다.

낯설거나 생경한 표현을 읽으며 이제까지와 다른 생각을 해 보고 의미를 받아들이면 소울 스피치가 시작된다. 들을 수 있는 여유, 말하는 재미, 유쾌한 소통 그리고 에너지 순환을 통해 발전하고 성장하는 즐거움을 알게 될 것이다.

말하는 방향으로 삶이 움직이고 가고자 하는 곳으로 말을 앞세우라. 말하는 대로 삶의 모양이 만들어지고 원하는 삶을 말하면서 그 삶으로 들어가는 것을 느낄 수 있었으면 한다.

듣고 싶은 말이 있다면 나의 에너지는 그것으로 충만해야 한다. 나의 에너지 안으로 상대가 들어와 자연스럽게 말하도록 에너지 장을 펼쳐 놓으라.

자기 정의(self definition)

"당신은 어떤 사람이에요?"라는 질문을 받는다면? 질문 자체가 불편한가? 뭔가 정의를 하긴 해야겠는데 딱 떨어지는 말이 생각나지 않아 편치 않을 수 있다. 다른 사람은 어떻게 말하는지도 궁금할 것이다. 적극 반감을 드러내는 경우도 있다.

"아니 뭐, 그런 걸 말해야 돼? 자기가 어떤 사람인지 어떻게 알아? 그리고 내가 어떤 사람이라고 말한다고 그게 무슨 의미가 있어? 다른 사람이 어떻게 생각하느냐가 중요하지."

일반적으로 직업이나 지위, 소속, 이름, 나이, 학력, 출신 지역이나 가족 관계 등을 말한다. 본인이 중요하게 생각하는 것을 먼저 말하기도 하고 또 타인으로부터 인정받고 싶은 것을 힘주어 말한다. 정답 맞추기식 질문에 익숙한 교육 환경을 경험했기 때문에 질문을 하면 정답을 맞혀야 한다는 강박이 있다.

"자, 조용히 하고 피타고라스의 정리가 뭔지 아는 사람?", "네 직각을 끼고 있는 두 변의 제곱의 합은 빗변 길이의 제곱과 같다입니다.", "와 아!", "박수! 맞았어. 다른 사람은 몰라?" 누군가 "피타고라스의 정의는 우주가 수나 수들의 관계 비율에 의해 설명되어질 수 있다는 믿음으로 면적에 대한 수적 계산식을 정의한 것인데…."로 시작해 자신의 생각을 말한다면? 적어도 저자의 교육 환경에서는 틀렸어 혹은 쓸데없는 소리 말고 라는 식의 제지를 당했을 것이다.

지식에 대한 암기로 정해진 정답을 맞혀야 공부를 잘한다는 평가를 받았기 때문에 자기의 생각이나 견해를 말할 기회를 박탈당했다. 물론 다 그런 것은 아니지만 "네 생각은 어떠냐?"는 질문은 시간 낭비였다. 그때 피타고라스가 어떤 사람인지를 얘기했다면 어땠을까?

그래도 다행인 것은 그때는 "장차 커서 어떤 사람이 되고 싶냐?"는 질문은 많이 들었다. 지금은 "어떤 직업을 선택할 것인지?" 혹은 "어떤 일을 하고 싶은지?" 하는 식의 구체적이고 실질적인 질문이 대세이지 않을까 싶다. 그래서 살면서 내가 어떤 사람인지 스스로 정의내리는 것이 자연스럽지 않을 수 있다.

4~50대 리더들의 모임에서 "당신은 어떤 사람인가?" 물으니 다수가 웃었다. 각기 다른 의미의 웃음이었을 것이다. 그런데 한 사람이 "나는 꽃잎에 맺힌 아침 이슬을 좋아하는 사람!"이라고 답했다. 그는 귀농한 사람이다. 귀농이라는 표현을 좋아하지 않는다며 치열한 경쟁에서 빠져나와 자기다운 삶을 살고 있노라 했고 매일 다른 얼굴을 한 자연을 보면서 즐겁다고 했다.

그의 대답을 듣고 일단의 사람들은 분주해졌다. 나는 뭘 좋아하는 사람인지 찾기 시작한다. 여전히 혹시 정답이 있을까 조급했을 수도 있다. 나는 어떤 사람인가? 지금 내가 생각하는 나일 것이다. 나에 대한 정의는 때에 따라 변할 수도 있고 모호할 수도 있다. 정의가 잘 내려지지 않을 수도 있고 어딘가 정답이 있기를 바라며 기억을 뒤적일 수도 있다. 무엇이 되었든 정의해 볼 일이다.

나는 어떤 사람인지. 그리고 생각날 때마다 나에 대한 정의를 내리고 기록해 보고 이전에 적어 놓은 것과 현재 정의하는 것을 비교해 보면서 나는 어떤 사람이고 싶은지도 글로 써 보면 흥미롭다. 생각은 흐르는 물 위에 떠 있는 나뭇잎처럼 멈춰 있지 않기 때문에 현재의 생각이 어떤지 써 놓는 것이다.

나는 나의 생각과 말과 행동을 선택하지만 내가 선택한 그것들이 내가 된다. 그럼 내 생각을 선택하는 그것은 무엇인가? 그것 또한 나이다. 어디에 어떤 형체로 존재하는지 규명할 수 없지만 분명 존재하는 영혼. 나의 영혼이 선택하는 생각과 말로 내가 보여지거나 들려지고 느껴진다.

나의 말은 누군가에게 '나'로 들린다. 그러니 나는 나를 말하는 것이다. 내 말은 내가 어떤 사람인지를 나타내고 있다. 그런 나의 온 삶을 어찌 툭, 별 의미 없이, 함부로 말할 수 있겠는가? 나는 어떤 사람인가? 지금 하는 말에서 느껴지는 그 사람이다.

소울 정화

속상하다거나 기분이 나쁘다는 생각, 의식이나 무의식에서 일어나는 감정에 대한 정신의 반응은 생각의 범주다. 다른 사람이 내가 원하지 않는 말이나 태도를 보여서 그것에 의해 나의 기분이 나빠지거나 마음 상했다고 생각했다면 천천히 하나씩 떼어 보자.

마음이 상한 것은 누구인가? 나다. 내게 부정적인 감정이 일어난다. 다른 사람에 의해 그리되었다면 타인의 무엇이 작용했나? 나를 무시하는 말투나 태도, 나의 가치나 능력을 실제보다 낮게 평가하는 언행, 그런 상대의 말이나 행동을 어떻게 받아들일 것인가, 그것으로 하여 나의 영혼이 어떠할 것인지는 순전히 나의 결정이다. 다른 사람 때문에 마음 상했다는 생각에 머물기를 바라는가.

자극과 동시에 일어나는 감정인데 어떻게 선택을 하고 말고 하냐 할 수 있다.

맞다. 맞지만 다른 사람의 말이나 행동의 자극이 나의 무의식이나 심리와 만나 특정한 감정을 일으키는 과정에 의식적으로 장치를 하나 넣어 반응을 선택하도록 한다면 상황을 바꿀 수 있지 않을까. 먼저 내게 무엇 또는 어떤 것에 대해 부정적인 감정이 일어나는지를 찾아낸다.

트라우마(Trauma)나 콤플렉스(Complex)라는 개념은 접기로 한다. 그렇게 규정지어 버리면 전문적인 진단을 받거나 전문가에 의한 치료를 받아야 할 것 같은 부담이 따르기 때문이다. 걸림돌(Stumbling Block) 정도에 대해 말하자.

내 마음이 크게 상했던 일과 그것이 누구에 의한 것이었나를 생각해 본다. 모함하는 사람과 소제대작(小題大作)하여 큰 허물인 것처럼 만든 사람에 대한 분한 마음, 그것을 바로잡지 못한 자신에 대한 무력감이 마음을 괴롭힌다. 억울함과 분노 그리고 원망하는 감정이 일어난다.

간계한 수작을 부리는 사람에 의해 부당한 상황에 놓이게 되고 큰 해를 입었을 때 기도와 명상으로 마음을 닦아도 부지불식간에 부정적인 감정이 일었다. 가라앉았나 싶다가도 불쑥 올라오는 분노가 영혼까지 흔든다.

그 같은 상황에 처하게 된 전후를 들여다본다. 그리고 각각의 시간의 나의 감정을 살펴본다. 나의 원인은 없었는가 묻는다. 나의 무엇이 나를 해치는 사람을 끌어당겼으며 나의 어떤 소인이 나를 원치 않는 상황으로 몰고 갔는가.

있다. 욕심이 눈을 가리고 탐심이 균형을 깨뜨렸을 때 악연이 시작되거나 나쁜 상황으로 쓸려 간다. 균형이 흔들리면 본모습이나 일의 향방이 제대로 보이지 않는다. 나의 마음을 볼 수 있으면 상대의 나쁜 의도도 알아차릴 수 있다.

내가 지금 어디에 서 있는가, 다른 사람과 무엇으로 연결되어 있는가. 나의 현재를 바로 보고 나서 다음 목표를 세운다. 고통이나 미움과 같은 부정적 감정으로부터 자유롭고 진정으로 바라는 즐겁고 편안한 감정을 유지하겠다는. 상대의 불행이나 복수를 목표로 하면 좋은 감정을 갖기 어렵다. 그래서 목표는 반드시 건강해야 한다.

시련을 준 상대와의 관계를 풀어가는 것은 쉽지 않다. 이미 고통받고 피해를 입은 상태에서 그 원인을 제거하거나 상황을 완전히 바꾸기 어렵고 설령 그렇다 해도 영향을 받은 감정이 바로 회복되지 않는다. 지속적으로 부정적인 영향을 받는 상황이라면 반드시 벗어나겠다는 결심과 진정한 나를 찾겠다는 강한 생각과 실천이 있어야 한다.

상황을 직시하고 있는 그대로를 인정한다. 그리고 힘든 감정으로부터 자유로울 것이라는 결심을 한다. 이때 용서를 구하라.

"나를 용서하세요."

밑도 끝도 없는 말 같은가? 당연하다. 그럼에도 불구하고 역설적으로 나에 대한 용서를 구하라. 상대에게 말하는 것이 아니고 혼자서 한다.

전생의 카르마이건 생각지도 못한 나의 잘못이건, 아니면 상대의 이기심과 탐욕 때문이었던 간에 나와 얽힌 나쁜 인연을 풀고 자유로워지기를 기원하면서 용서를 기원한다.

왜? 내가 왜 용서를 구해? 정작 잘못한 것은 상대방인데. 일방적으로 피해를 입은 것도 억울한데 용서를 구하라고? 용서를 구한다는 것은 내가 잘못했다고 인정하는 것 아닌가? 그게 말이 되냐고?

"당신에 대한 미움을 용서하고 당신에 대한 증오를 용서하라."

부정적인 에너지가 얽혔다면 그 모든 것에 용서를 구한다. 시련을 준 사람의 이름을 부르며 용서를 구하고 기원하는 말을 한다.

"나를 용서하고 당신의 자리로 돌아가라."
"나에게서 멀어져 당신의 삶을 잘 살기 바란다." 그리고
"당신도 나로 하여 좋지 않았다면 자유로워지라. 나는 더 이상 고통받지 않는다."

용서를 바라는 말이 자연스러워지면 희망을 주문처럼 말하라. 생각만 하지 말고 소리 내라. 용서를 구하는 말을 하면서 간절하게 외치면 에너지가 바뀌는 순간이 온다. 억울함과 분노, 서글픔 등으로 눈물이 쏟아지고 통곡을 하게도 된다. 고주파로 '삐' 소리가 나는 느낌이나 혹은 몸이 뜨거워지는 느낌이 일어날 수도 있다.
상대의 이름을 부르며 "용서하세요. 나를 용서하세요." 하면서 뜨거운 눈물이 나고 속에 맺혀 있던 응어리가 쏟아져 나오는 느낌을 받기도 한다.
그리고 편안하고 가벼워진다. 그러고 나면 더 이상 미움이나 분노가 일지 않는다. 원망 에너지가 자신을 통제하고 있던 것이다.

'용서'라는 외침은 자신을 해방시키는 키워드다. 이름을 부르며 용서를 구하면 얽힌 응어리가 풀어진다. 그리고 진정으로 바라는 것을 큰 소리로 말하면 나의 진심이 나의 영혼에 닿아 영혼이 정화

된다. 어떠한 악의나 불손한 저의도 나의 영혼을 해치지 못한다. 나의 영혼은 나만의 것이기 때문에 나의 선택대로다.

소울이 정화되면 평화가 몸과 마음을 자유롭게 한다.

셀프 리슨

자신의 소리를 들으며 말할 수 있으면 소울 스피치가 된다. 말을 하는 동안 무슨 말을 어떻게 하고 있는지 자신의 목소리가 들려야 한다. 말하는 것이 편안하고 자연스럽다 소울 스피치는. 그리고 말하는 즐거움이 있다. 말로 상생의 에너지가 순환되기 때문에 힘이 생긴다. 자신 안에 있던 힘을 찾게 된다.

소울 스피치가 이루어지면 자기 자신과 상대의 감정을 느끼면서 대화하게 되고 필요에 따라 말의 속도와 톤, 길이, 깊이를 자유롭게 조절할 수 있다. 소울 스피치를 하면 필요한 말을 안다. 존중과 배려의 마음으로 상대의 요구를 알고 말한다.

에너지를 끌어올릴 의도라면 상대의 말 톤에 맞춰 이야기를 하다가 적절한 시점에 목소리 톤을 높이고 말에 힘을 준다. 상대가 낮은 에너지 상태에 머물러 있다면 그의 말에 긍정 반응과 적극적인 리액션으로 의욕을 높여 준다. 긍정과 동의, 감탄, 인정 등의 반응으로 상대의 말에 속도감을 올리면서 톤을 올려 준다.

대화 중 어떻게 말할지에만 신경을 쓰기보다 상대의 마음에 집중하고 자연스럽고 편안한 분위기를 조성하면서 자신의 페이스로 스며들도록 한다.

자신의 스피치에 흥미가 생기면 그 에너지가 상대에게 전해지기 때문에 스피치가 성공적이다. 노래하듯 춤추듯 스피치 송, 스피치 댄스를 한다. 대화에서 말의 내용이나 단어, 표정, 제스처, 눈빛, 몸짓 어떤 것으로든 심리는 드러난다.

말을 통해 나타나는 심리를 얼마나 알아차리느냐에 따라 원하는 대화를 이끌 수 있느냐 그렇지 않느냐가 달렸다 해도 지나치지 않다. 상대가 보내오는 에너지 파동을 놓치지 말고 대화하라. 자아도취에 빠지지 않도록 유의하면서. 감정적으로 우위에 있다는 생각이 든다면 자기모순에 빠졌음을 알아차리라.

집중하면 보이고 느껴진다. 흥미를 갖고 있는지 지루하거나 무관심한지를 관찰하면서 말의 속도와 톤, 침묵을 필요한 만큼 조율한다.

"내 말을 가장 잘 듣는 것은 나 자신이다."
"잘 듣지 않으면 잘 말할 수 없다."
"스스로의 말이 흥미롭고 신나야 듣는 사람도 그렇다."

매력적이고 신나는 스피치는 자신이 안다. 그리고 상대의 말이나 반응에 신나야 한다. 대화는 동시에 함께 만들어 가는 것이기 때문에 서로의 감정 상태를 느끼면서 공동의 목표로 향하는 것이다.

서로의 매력을 발견하고 느끼는 대화는 탄력이 있다. 호감을 갖고 하는 말을 전해 듣는 상대는 비슷한 느낌을 돌려 준다. 좋은 감정 에너지가 대화의 성패를 가름한다.

마음 듣기

대화에서 말 속에 담긴 마음의 소리를 들으라. 소리를 잘 듣고 그 소리 속에 담긴 심리를 알아차려야 한다. 그래서 경청(傾聽)을 강조한다. 귀 기울여 주의 깊게 듣는다는 사전적 의미대로 말을 듣고 말 속의 의중과 뜻을 듣는다.

경청하면 말을 잘하는 것은 당연하다. 상대의 의도나 심리를 파악해서 하는 말은 힘이 있다. 대화는 생물과 같다. 살아 꿈틀대고 어디로 갈지 모른다. 말에 담긴 감정을 놓쳐서는 안 된다.

경청의 전제는 존중이다. 경청의 기울일 경(傾)이 사람을 향해 기울인다는 의미로 해석하여 몸을 기울여 상대에게 다가가 눈과 귀와 마음을 열고 듣는 것으로 설명한다.

자신을 존중하고 상대를 귀하게 여기는 마음이 균형을 이루어야 경청할 수 있다. 상대의 말과 마음을 인정하고 받아 줄 수 있으면 성공적인 스피치가 된다.

거리감을 느끼거나 지위나 이해관계에 대한 편견이 있다면 좋은 대화가 어렵다. 상대를 평가하거나 선악에 대한 구분을 하는 말투 또 옳고 그름을 가늠하는 말은 스피치를 방해한다. 서로의 존재 가치에 대해 화답하는 것이 대화다. 목소리 이상의 에너지를 주고받는 것이다.

쉬운 말을 주고받는데도 불구하고 온전히 소통되지 않는 듯한 느낌을 받는 것은 마음의 대화가 아니기 때문이다. 말로 표현하지 않은 마음을 알아차리고 마음의 메시지에 반응할 수 있어야 진정한 대화, 소통이 이루어진다.

상대가 속마음을 감추고 싶어할 때 "알고도 속고 모르고도 속는다."는 말처럼 상대가 안심하도록 해야 소울을 움직일 수 있다.

마음을 열고 상대의 감정을 읽으면서 균형을 맞춰야 영혼의 대화가 열린다.

매력으로 소통하라

매력적이면 잘 통한다. 매력적이면 협상력도 좋다. 사람의 마음을 끌어당기는 묘한 힘 매력. 어떤 힘으로 사람을 움직이고 끌어당길 것인가? 본래 갖고 있는 특별한 힘이 있기도 하고 또 연마하여 만들어 내는 매력도 있다.

사전적 풀이처럼 묘한 에너지이기 때문에 매력을 한마디로 정의하기는 어렵다. 그리고 주관적이다. 그래서 다행이다. 객관적 기준이 있다면 그 기준에 미치지 못할 경우 매력을 갖기 어렵겠지만 사람마다 느끼는 매력이 다르기 때문에 가능성이 그만큼 열려 있다.

"당신만 나 별로라고 하지 밖에 나가면 다들 나보고 매력남이래 뭘 알아?" 이럴 수 있으니. 그런 의미에서 내게는 어떤 매력이 있는지 찾아볼 일이다.

'나에게 매력이 있는가?'라고 하지 않고 '어떤 매력인지'라고 한 것은 이미 있다는 전제다. "나에게도 매력이 있다 어떤 매력일까?"로 접근한다.

"그 사람 뭐라 딱히 꼬집어 지적할 건 없는데 별로야. 왜냐하면 매력이 없어."라는 말을 한다. 무엇으로도 마음을 끌어당기지 못한다는 것이다.

끌어당기는 힘. 내가 누군가에게서 느낀 묘한 매력, 그것을 들여다보면 나의 매력 포인트를 만드는 데 도움이 된다. 매력은 어떤 관점에서는 삶의 에너지이고 생동감이기도 하다. 또 실력이나 능력일 수도 있다. 전문성도 매력이 된다. 오랜 시간 인내하는 힘이 있다면 그 또한 매력이다.

다른 사람에 대해 어떤 것을 매력 있다고 보는가? 바로 그것이 나의 관심 포인트이고 그 부분을 나의 매력으로 하면 좋다. 물론 개발하여 풍기려 애써도 받아들이는 게 저마다 다르기 때문에 항상 성공할 것이라는 장담은 못한다. 하지만 스스로 중요하게 여기는 것, 또는 강하게 생각하거나 적극 활동하는 부분이 나의 매력이 될 수 있다. 그것은 대인관계에서 중요하게 작용한다.

"그 사람하고 잠깐 얘기했을 뿐인데 돌아서서 묘하게 생각나. 이유가 뭔가 봤더니 그 사람은 내 마음을 살펴 주는 말을 잘 하더라고."

나는 그 부분에 관심이 있는 것이다. 그래서 그 부분에서 나의 매력을 강화하면 좋다. 사람의 마음을 살펴 주는 말을 하는 사람. 그런 매력이 있는 나. 내가 들었을 때 끌렸던 말씨, 바로 그것을 내 것으로 한다. 스스로 생각하는 자신의 매력에 대한 믿음을 갖고 있으면 그 에너지가 상대에게 전해진다.

"스타일이 참 매력적이야. 헤어스타일부터 의상 콘셉트까지 스토리가 있어. 그리고 밝은 색채와 전체적인 조화가 아주 감각적이더라고."

흐린 날에 어울리는 의상 콘셉트, 상대의 기분을 밝게 해 주는 콘셉트, 깔끔하고 건강해 보이는 헤어스타일 등. 나름대로 주제와 메시지를 생각하고 연출해 본다. 그리고 그 같은 관심과 연출을 주제로 이야기한다. 내가 관심 가는 부분에 대해 집중하고 노력을 기울이면 그것이 나의 에너지가 되어 다른 사람에게 매력으로 어필할 수 있다. 매력 포인트를 잡아 연출하면 에너지 파동으로 전달된다.

나만의 강점 또는 나다움을 개발하고 관심 사항에 대해 집중하거나 자비로운 말씨 등으로 선한 파동을 일으키면 그것이 나의 매력이 된다. 매력도 개발하고 노력해서 강화할 수 있다.

지식이나 건강한 가치관, 선호하는 직업 또는 특정 분야의 전문성이나 실력이 있을 때 매력 있다고 느낀다. 창의적인 사고나 세련된 말씨도 매력적으로 어필하기 좋은 요소다. 스피치만큼 매력을 발산하기 좋은 방법도 드물다. 매력 있는 말은 노력으로 충분히 가능하다.

그런데 매력적이라 느끼던 것이 실망감으로 바뀌기도 하는 것을 보면 매력은 가변적이다. 때문에 특정한 요건에 더해 인격적인 에너지에 기반해야 할 것이다.

뭐 매력 좀 없으면 어때? 하는 건 생각도 마시라. 무조건 '매력' 있어야 한다. 길을 묻거나 물건을 살 때도 본능적으로 매력 있는 사람에게 향하게 된다. 매력을 풍기면 안 될 일도 잘 풀리고 뜻하지 않게 귀인을 만날 수도 있다. 매력 있는 사람과의 대화는 그 내용과 관계없이 효율적일 수 있다. 매력 없는 것에 비해서.

일은 성사되지 않았지만 그래도 그 사람과 언제고 다시 만나고 싶고 무슨 일이 되었든 도모해 보고 싶다는 생각이 들도록 한다. 오래 헤어져 있다가 문득 좋은 일에 생각나는 사람은 매력 있다고 느낀 누군가이다.

누구에게나 고유의 특징이 있고 강점이 있다. 적어도 개성이라는 게 있다. 다른 사람에게서는 느낄 수 없는 바로 나에게만 있는 특유의 에너지. 그것을 찾고 다듬어서 나만의 묘한 힘을 만들라. 만들고 강화하고 다양하게 써 보라. 매력 있는 사람은 뭘 해도 잘한다. 뭘 해도 잘된다. 묘하게.

매력으로 성공하라

연예인은 대체로 매력적 또는 예술적 에너지가 높다. 가수 비와 싸이는 노래나 댄스 실력은 물론이겠지만 그보다는 매력으로 성공한 인물이라 생각한다.

함께 공연을 하거나 가까이할 기회가 있었다. 에너지가 매우 강하고 유쾌하다. 그저 기가 센 것이 아니라 자기만의 매력으로 상대를 압도한다. 무심코 지나다가 가까이오면 '허억!' 하는 경우가 있다. 유명인이어서 만은 아니다. 그의 강한 에너지가 느껴져서다. 공연할 때도 큰 힘을 뿜어낸다.

싸이는 관객이나 공연 환경과 관계없이 자기 에너지로 분위기를 끌고 간다. 공연할 때 가수가 관중의 에너지에 끌려가는 경우가 있는 것에 비하면 이미 형성돼 있는 공연장의 힘을 자기 의도대로 바꾸거나 움직이게 하는 것은 대단한 에너지다.

비가(물론 그의 말을 들어서 그렇게 생각하는 것일 수도 있겠지만) 엄청난 노력으로 매력을 만들고 힘을 강화시켰다면 싸이는 타고난 자신만의 에너지를 알고 그것을 자유롭게 누리는 타입이다. 이 두 사람은 직관력이 높다. 순식간에 1천여 명 그 이상의 관중 힘의 방향을 알아챈다. 그리고 어디로 이끌고 갈지를 정하여 휘몰아친다.

비는 수없이 연마한 힘으로 단계적으로 힘을 모으거나 쓴다면, 싸이는 순간순간 터져 나오는 에너지로 하고 싶은 대로 한다. 비가 "진격 앞으로!"를 외치며 군중 속에 혹은 뒤에서 힘을 밀어 올린다면 싸이는 앞이나 위에서 "나를 따르라!"를 외치며 이끌고 가는 느낌이다.

그들의 인간력이나 품성과 같은 것은 그야말로 주관적일 것이니 논하지 않기로 한다. 그런데 두 사람은 다른 상대를 파악하는 힘이 강하고 빠르다.

없는 자리에서 인간성 운운하며 부정적인 평가를 떠들어 대던 사람이 그들이 나타나면 안면을 싹 바꾸며 만나서 영광이라고 추켜세운다. 그럴 때 그 두 사람은 상대가 자신을 어떻게 생각하는지 알아차린다.

스타가 되기까지 많은 사람을 만났던 경험이 있어 상대의 태도를 보고 짐작하는 것일 수도 있지만 아마도 그들은 영적으로 열려 있어 진심을 볼 수 있는 것이라 여겨진다. 그들은 춤과 노래와 공연으로 가장 자기다움을 찾고 강화하면서 매력을 풍기게 되었을 것이다.

소위 성공했다 하는 연예인들의 경우 직접 만나 보면 나름의 강한 '매력'이 있다. 그만의 색채가 보인다. 파동이 강하다. 자기다움, 자신 안에 들어 있는 본연의 자신을 가장 잘 끌어내고 그것으로 살아가는 사람들일 것이다. 그것이 그들의 매력이고.

누구나 자기다움이 있다. 설령 알지 못한다 해도 자기만의 삶을 연마하여 실력이든 능력이든 쌓이면 그 또한 매력이다. 매력은 스스로 품어 내는 것이기도 하지만 타인이 느끼는 것이므로 다른 사람과 에너지 소통이나 공감이 있어야 한다.

매력으로 통하면 원하는 것을 이루기 수월하다. 자신만의 삶의 색깔이나 느낌을 즐기는 사람에게서는 분명 매력이 느껴진다. 강한 자기다움의 멋을 누릴 일이다. 자기 인정, 자기 확신이 있는 사람에게서 풍겨 나오는 매력은 더 좋은 인간력을 발휘한다.

트라이앵글 스피치

상상하고 쓰고 외치는 방법으로 현실의 성공을 만들어 왔다는 김승호는 그의 저서 「생각의 비밀」에서 말과 글의 힘에 대해 얘기한다. 빈손으로 10년 만에 순 재산 4천억 원을 달성하기까지 상상하고 기록하고 매일 백 번씩 외침으로써 원하는 것을 모두 얻게 되었다고 한다. 물론 그게 다는 아니다. 외침, 그도 말하고 있듯이 말은 소리가 되어 입으로 나오는 순간 힘을 가진다.

'신의 영감으로 된 신의 말씀'인 성경의 요한복음 1장에서도 "태초에 말씀이 계시니라 이 말씀이 하나님과 함께 계셨으니 이 말씀은 곧 하나님이시라"고 하였다. 말씀이 곧 하나님이라는 말의 의미를 생각해 볼 일이다. 성경은 삶의 태도나 신앙의 지침을 넘어 그 기록된 책 자체로도 신성시된다.

미국의 대통령 당선자가 취임 선서할 때 성서(Holy Bible) 위에 손을 얹고 맹세하는 것은 전통 때문만은 아니다. 성서가 하나님의 메시지라고 믿기 때문이다. 책에 담긴 내용만이 아니라 그것을 기록한 책도 힘이 있다고 여긴다.

강한 믿음은 삶에서 기적과 같은 초자연적 현상을 일으키기도 한다. 불교의 경전이나 달마대사의 그림, 그밖에 다양한 종교의 경전이나 설법은 그 뜻을 말로 전하는 순간 믿음이 강한 사람에게 에너지가 되고 삶으로 실현된다. 종교적 해석이 아니더라도 말은 일상에서 힘이면서 실체이다.

김승호는 "글은 말의 힘을 증폭시키고 그 힘을 현실로 보여 준다."고 말한다. 목표나 희망을 글로 써서 붙여 놓는 것은 힘을 문양으로 그린 부적과 비슷한 의미라는 설명이다. 그래서 그는 본사 사옥을 구매할 때도 돈을 만들기 전에 매물로 나온 건물을 사진 찍어 '우리 회사 미래 사옥'이라 써서 붙여 놓았고 그것이 곧 현실로 되었다고 한다.

삶이 번거로울 때 '心在(심재)'라는 호를 받았다. 마음이 그곳에 머물라는 의미가 담긴 호를 방에 걸어 놓은 지 얼마 지나지 않아 글은 현실이 되었다.

힘든 상황에 대해 직시하고 외부적인 요인 외에 자신의 태도를 객관적 시각으로 바라봤다. 어디에도 마음을 두지 못하고 불안하고 불안정한 마음을 알아차리면서 몸이 있는 곳에 마음을 고요하게 두라는 메시지를 새겼다. 불안이 일 때마다 액자 안의 호와 함께 써 있는 내용을 소리 내 읽으며 의미를 헤아렸다. 한 달 정도 반복되면서 거짓말처럼 불안이 가라앉았다.

현실에서 벗어나 떠다니던 마음을 몸이 있는 곳과 매 순간에 집중했고 평안이 깃들었다. 첨예하던 사람과의 관계도 느슨해짐이 느껴진다. 내 마음 안에서 일어나는 불안이었음을 인정하고 보니 미움과 원망이 누그러들고 말이 순해졌다.

말과 글은 생각하고 쓰는 순간 힘을 발휘한다. 그 뜻과 방향을 믿고 마음에 새기고 소리 내 말하면서 에너지가 된다. 그래서 그 방향으로 움직이도록 하거나 그 의미대로 에너지가 흘러들게 하는 것이다. 이렇게 생각하고 말하고 행동하는 트라이앵글 싸이클을 만들고 이 싸이클이 형성되면 그것으로 힘이 된다.

실언해도 성공한다?

공식석상에서의 발언 때문에 문제가 되거나 곤혹을 치르는 경우가 있다. 정치인이나 공인, 셀럽 등 대중에게 미치는 영향력이나 파급력이 큰 사람의 경우 사적인 견해라 해도 일단 말을 하는 순간 책임감이 요구된다.

사실과 다른 말을 했거나 사실이라 하더라도 누군가의 명예를 훼손하는 발언은 부정적으로 평가되고 사과나 해명으로도 가라앉히기 어렵다. 발언이 문제가 된 뒤에 그것을 바라보는 사람들은 왜 저런 말을 해서 욕을 먹을까? 그리고 왜 굳이 구차한 변명으로 들리는 해명으로 사태를 키울까 의아해한다.

잘못된 발언을 한 사람은 할 말을 했다거나 별 문제 없는 말인데 왜들 시끄러운가 생각한다. 바로 거기에 원인이 있다는 걸 알아야 한다. 누군가는 내 말에 상처를 받거나 문제가 있다고 생각하는데 비해 문제의식이 없는 것이 문제다.

내 생각이 미치지 못하는 부분이 있음을 인정해야 한다. 또는 나의 시각이나 의식이 중심에서 벗어나 한쪽으로 치우치지 않았나 돌아봐야 한다. 운이 없거나 누군가 의도적으로 문제를 키운다는 생각이 먼저 든다면 비슷한 상황은 다시 일어날 수 있다. 물론 그런 경우도 없지는 않겠지만 일단 내 생각이나 입장만을 고수할 것이 아니라 객관적인 입장이나 비난하는 측의 시각에서 바라볼 수 있어야 한다.

솔직한 인정과 예의를 다한 사과, 비난받는 이유에 대한 성찰 그 같은 진정성이 작용하면 사람들의 마음을 움직일 수 있다. 얼마나 언제까지 해야 하느냐고 반문하는 경우가 있는데 그것은 내가 정하는 것이 아니라 상대와 사람들의 마음에 의한다.

잘못된 발언을 했다 해서 항상 상황이 악화되는 것은 아니다. 평소 인성이나 인품으로 보아 용납될 수 있는 순간의 실언이라고 여겨질 수도 있으니 말이다.

좀 다른 경우지만 실언이나 실수가 불리하지만은 않은 예가 있다. 공중파 방송 TV 뉴스에서 앵커가 실수를 했다. 화면과 뉴스 원고를 번갈아 보면서 "다음 뉴스입니다."를 몇 번 번복했다. 방송사고까지는 아니지만 원만한 방송 진행은 아닌 게 분명하다.

모두가 긴장하고 바라보고 있을 때 앵커는 고개를 깊이 숙여 사과했다. "죄송합니다. 원고지가 붙어서 그렇습니다." 그리고 손가락에 침을 발라 원고를 넘기고 다음 뉴스를 이어 갔다.

이 일을 계기로 그 앵커는 심야뉴스에서 오히려 골든타임 진행자로 옮겼다. 시청자들은 인간적이고 진솔한 앵커라는 평가를 했다. 아마도 그 앵커의 뉴스 신뢰도가 높아지지 않았을까.

또 유명 탤런트가 예능 프로그램에서 누구나 알 만한 사자성어를 터무니없게 말해서 웃음을 자아낸 경우가 있었다. 토사구팽을 토사구탱이라 말한 것이 편집되지 않은 채 방송되면서 오히려 호감을 얻고 인기가 높아졌다. 구탱이형이라는 애칭으로 불리면서 냉정해 보이던 이미지에서 인간적이고 친근감 있는 이웃집 형 같다는 평을 들었다.

누구나 실언을 하거나 듣는다. 다른 사람의 실수를 볼 때 평소 그에 대한 견해에 따라 생각이 나뉠 것이다. "그럴 사람이 아닌데 뭔가 착오가 있거나 순간 말이 헛나왔겠지." 할 수도 있고 "저 사람 저럴 줄 알았어. 평소 다른 사람 우습게 여기더니 부지불식간에 속마음이 튀어나온 거지 뭐."라고 할 수도 있다.

나의 실수에 대해 다른 사람은 어떻게 평가할까. 실언도 무의식의 발로라고 단호하게 벽을 치면 이해의 여지가 없다. 자신의 실수에 관대하고 타인의 실수에 냉정하면 타인에게도 같은 취급을 받기 십상이다. 혹여 해서는 안 되는 실언을 했다면 변명하거나 피하기보다 직면하여 책임 있는 대응을 하는 것이 좋다.

진심을 다해도 부족한데 그렇지 않으면 자신이 알고, 피해 당사자가 알고, 그리고 다른 사람들이 알게 된다. 실언을 해도 처신하기에 따라 오히려 사람을 얻을 수도 있고 반전을 일으킬 수도 있다. 실언의 대부분은 실수에 대한 인정과 사과가 요구된다.

말재간 정도로 슬쩍 넘기고 싶은 마음이 든다면 다른 사람의 이해나 지지는 포기하는 게 낫다. 말하는 사람도 듣는 사람도 마음, 소울의 소리를 듣고 알아본다. 반드시 소울로 사과하라.

자기소개

"인사 나눌까요? 본인 소개 좀 해 주시지요?"

내가 누구인지? 어떤 사람인지? 어떻게 보이고 싶은지? 무슨 말을 해야 할지 모르겠고 대충 떠오르는 대로 말을 했는데 사람들의 반응이 시큰둥하면 상심한다.

의미가 있거나, 재미있거나, 매력적이거나, 멋있거나, 인상 깊거나, 개성 있어 보이거나, 감동적이거나, 지식이나 정보를 전해 주거나, 어떤 사람인지 궁금하거나, 인간적인 관계를 맺고 싶거나, 능력 있는 사람으로 보이거나, 함께 일을 도모하고 싶어지거나, 친구 하고 싶거나, 다시 만나고 싶거나, 친밀감을 형성하고 싶어지거나, 어떤 자극이나 동기부여를 해 주거나….

이처럼 어떤 느낌이라도 줄 것이다. 그런데 본인을 소개해야 할 일이 자주 있거나 새로운 사람들과의 만남이 빈번하지 않다면 갑자기 자신을 소개할 때 막막할 수 있다.

자기소개 정도로 그 사람을 파악한다는 것이 무리지만 그럼에도 불구하고 그 짧은 시간에 삶이 통째로 평가될 수 있다는 것도 간과해서는 안 된다.

자기소개말은 내가 누구인지, 무엇을 잘하거나 좋아하는 사람인지, 다른 사람들과의 관계에서 무엇을 중요하게 여기는지 짧은 자기 정리이다.

사회적인 관계에서 필요한 자기소개는 때와 장소와 대상에 따라 조금씩 달리할 수는 있지만 기본적인 내용 정도는 미리 정리해 놓는 것이 매너다. 그리고 나에 대한 소개가 다른 사람에게 어떤 느낌일지도 생각해 본다.

"갑자기 물어보시니 제가 누구인지 저도 생각을 안 해 봐서…."

그러면서 중언부언하면 분위기가 가라앉는다.

"아, 저는 사실 이런데 오고 싶지도 않았고 뭐 내세울 것도 없고 또 막상 여기 와 보니 음식도 맛없고 어쩌고저쩌고…."

정말 그다음 어떤 충격적인 얘기를 해도 그저 어쩌고저쩌고다. 어쩌고저쩌고씨의 특징은 그럼에도 불구하고 길다. 지루해서 길게 느껴질 수도 있고.

그러면 어떻게 하면 좋은가? 딱히 준비도 안 되었고 할 말도 없고 그래도 인사는 해야 할 때는 임팩트, 짧고 간결하지만 인상 깊게 한마디 하는 게 낫다.

"배우려고 왔습니다. 한 수 배우겠습니다."

"오늘 이 좋은 자리에서 여러분 덕에 제가 어떤 사람인지 생각하게 됐습니다."

"이 자리 오길 잘했네요. 이렇게 좋은 분들과 함께해서 영광입니다."

뭐라도 해야 한다. 세상에서 가장 중요한 사람, 자기 자신에 대해 소개하는 데 대충 말한다는 게 말이 되는가? 딱 한 가지만이라도 핵심을 살리라. 성의 있는 인사말이나 자기소개는 상대에 대한 존중감이나 예의여서 효과적이다.

간결할수록 좋다. 소개 멘트가 장황해서는 성공하는 경우가 드물다. "나 이런 사람이요."나 "나보다 잘난 사람 있으면 나와 보라."는 식의 자기소개는 설령 그가 훌륭하더라도 유쾌하지 않다. 잘난 사람은 잘난 척할 필요 없다는 걸 사람들은 안다.

겸손은 노력해야 되는 것은 아니다. 흔히 겸손하라고 하는데 실력이 있고 인성이 좋은 사람은 절로 겸손하다. 그렇지 못한 사람에게 겸손한 척이라도 하라는 것이다.

지속적인 관계에서의 인사말이나 자기소개를 해야 한다면 새로움과 신선함을 느낄 수 있는 창의적이고 독특한 소재를 활용하고 점점 깊이 있는 스토리를 준비한다. 발전적이고 기대를 갖게 하는 자기소개, 친근감과 신뢰감을 높이는 자기소개.

자기소개는 처음 만나는 사람이나 공식적인 자리 또는 사회적 관계에서만 필요한 건 아니다. 늘 만나는 사람과도 그날 또는 그 자리에서 처음 인사를 나누거나 이야기를 건넬 때 그때도 자기소개를 하는 것이다. 어제의 그 사람, 뻔하고 익숙해서 그저 그런 사람이 아니라 또 새롭고 더 성장하고 갈수록 좋은 사람이라는 인상을 주는 것이 좋지 않겠는가.

나의 무엇을 얘기하고 싶은지 먼저 생각한다. 나의 강점, 변화 또는 매력이나 특별함이라고 생각되는 것을 찾는다. 새롭고 좋은 정보나 즐거운 스토리도 준비한다. 사실 무엇이든 나는 나로서 이미 특별하기 때문에 나를 설명할 수 있는 소재나 단어를 잘 선택하면 된다. 자신에 대한 특별함이 생각나지 않는다면 그 생각 자체를 부각시켜도 된다. 조금의 말 꾸밈, 말 바꿈만 있으면 된다.

"저는 눈에 띄지 않는 존재입니다. 그래서 누구든지 제 옆에 오면 빛나지요. 저는 들풀이기 때문에 제 옆에서는 꽃이 되실 수 있어요. 다른 사람을 돋보이게 해 주는 게 재주라면 재주입니다."

누구에게 나의 어떤 면을 이야기할 것인가? 그 이야기를 왜 하는가? 어떤 의미가 있을까?

내가 아는 나, 내가 생각하는 나, 내가 바라는 나에 대한 정리를 하면 나만의 괜찮은 소개 멘트가 된다.

공식적이거나 형식적인 자리에서의 소개말을 글로 써 본다. 그리고 실제 그 자리를 상상하면서 소리 내 표현해 보고 수정한다.

그리고 현장에 있다고 생각하고 큰 소리로 연습한다. 똑같은 상황은 없기 때문에 상황과 대상에 따라 다른 소개 멘트를 준비해 둔다. 그리고 현장에서는 그때 필요한 애드리브를 추가한다. 도입부나 마무리 멘트 정도를 보완하면 된다.

인사말, 자기소개말 정도로도 상대를 압도할 수도 있고 매력이 돋보일 수도 있다. 그 효과는 누구보다 스스로 느낀다. 준비하고 생각했던 대로 나를 소개하고 나면 말하는 것으로 행복하다는 게 무엇인지 알 수 있다. 말하는 자신이 행복하고 그 행복으로 누군가가 행복하다면 바라는 인간관계가 이루어지지 않을까.

나는 운이 좋은 사람이다

길 위에서 길을 묻는다. 이 길로 계속 가야 하는지, 다른 길을 찾아야 하는지. 답답하고 두려울 때 멈추고 주저앉거나 되돌아가고 싶어지기도 한다.

그런데 인생은 단 한 발짝도 돌아갈 수 없다. 돌이켜 볼 수는 있지만 돌아갈 길은 없다. 때론 캄캄한 어둠 속에서 더듬거리며 외친다. 길을 알려 달라고.

절체절명의 순간에 안내자와 선생을 만났다. 배우겠다고 작정하니 선생이 되어 준다. 벗어나고 싶은 의지가 확고할 때에야 비로소 나타나 알려 준다.

구루를 만나는 것은 큰 행운이다. 간절히 부르니 일러 준다. 눈을 감고서 어둡다 말하지 말라고. 낭떠러지 앞에서는 앞으로 더 나아가지 말라고. 넘어진 것일 뿐 거기가 길의 끝이 아니라고.

대체로 그들은 고요하고 인자하며 명쾌하다. 세 분의 구루가 비슷한 말씀으로 깨달음을 주신다. 이생의 인연이 다가 아니고 고통스러운 순간이 기회라고. 그러니 시련과 고통을 안겨 준 이를 위해 기도하라고. 반드시 지나갈 것임을 믿고 기꺼이 가던 길 가라고. 바쁠 때 오히려 쉬어 가는 여유를 가지라고 일러 준다.

꼭 필요할 때, 절박하고 간절할 때 길을 일러 주는 이를 만나니 정말 운이 좋다. 그래서 삶이 이전에 멈추지 않고 오늘까지 왔다. 이만하면 혼자 갈만도 한데 아직도 길을 묻는다. 그래도 나무라지 않고 일러 준다. 잘 왔으니 계속 가면 된다고. 이제는 하고 싶은 대로 해도 된다고.

고마움을 안다. 혹여 불평이란 놈이 올라오려 하면 얼른 고마움을 일으켜 떼어 내 버리니 시련이나 고통이 와도 직면하고 내려놓고 지나쳐 갈 수 있다.

내가 가진 것에 대한 Having(돈을 쓰는 순간의 가진 것에 대한 충만감)도 즐거이 한다. 근무 중 팔이 부러졌을 때 "다행이다. 크게 넘어진데 비해 이 정도로 다쳤으니 나는 운이 좋은 사람이다." 발을 건 사람이 사과하지 않아도 '남의 발을 주위하며 걸어야 한다는 것을 알게 되었으니.' 이 또한 운이 좋은 것이다.

삶에 고난이 없고 시련이 없었다면 깨달음을 얻으려 하지도 않았을지 모른다. 안락함에 취해 안일하게 살았을지도. 고통 속에서 삶을 바꿔 보려 했고 의식의 한계를 넘고 싶었다.

억울한 일을 당해 현세의 관계를 뛰어넘는 세계가 있을 것에 대한 생각을 열기 시작했다. 그러니 삶의 어떠한 과정도 다 이유가 있고 뜻이 있다. 이유를 찾고 뜻을 세웠다.

주저앉거나 돌아가지 않고 계속 걸어와서 지금 어느 만큼에 있는지 알아차리니 다행이고 고통도 나로부터 온 것임을 알게 되었으니 이처럼 감사한 일이 있을까.

인생에서 만나는 이들은 모두 선생이다. 가르치거나 일깨워 주는 방법이 각기 다를 뿐. 고통을 준 이가 좋지는 않지만 그도 선생이다. 아프고 힘들게 가르쳐 준 고약한 선생. 그러니 그들 또한 고마운 존재이다. 좋은 선생은 자신이 선생이라 행세하지 않으면서도 깨우침을 준다. 길을 물을 때 방향을 알려 주고 목이 마를 때 물이 있는 곳을 일러 준다.

훌륭한 선생과 나쁜 선생을 만나 두루 배우고 삶을 이끄는 말에 대해 알게 되니 나는 운이 좋은 사람이다.

좋은 운을 이렇게 나눌 수 있으니 정말 운이 좋다.

흐름에 올라타는 대화

대화의 분위기가 있다. 대화가 진행되면서 만들어지는 에너지 상태. 누구와 어떤 말을 주고받느냐에 따라 다르게 만들어지는 에너지를 알아차린다.

내가 어떤 에너지로 말하는가? 상대는 어떤 에너지를 갖고 있는가? 함께 나누는 대화를 통해 어떤 에너지가 생성되고 있는가? 그것을 알아차리고 긍정적인 것으로 만들어 내야 한다. 슬프거나 가슴 아픈 얘기를 나누어도 긍정 에너지를 만든다.

밝고 맑은 감정 상태를 유지하면서 상대의 감정을 끌어당기거나 밀어 주거나 한다. 내가 하는 말과 상대의 말의 파동을 느끼고 그 흐름에 올라타야 한다.

파도처럼 일렁이는 목소리 파고에 맞게 호흡하고 말의 속도와 높낮이를 조율한다. 같은 속도와 크기로 따라가기도 하고 박자를 바꾸면서 흐름을 이끈다.

대화 에너지의 파동은 말의 내용이나 말투 그리고 감정 상태 등에 의해 만들어진다. 대화의 흐름을 자유로이 타면 즐겁다. 승마와 비슷하다. 말의 뛰는 높낮이에 맞춰서 같은 동작으로 움직이면 몸에 무리가 없고 말의 피로감도 낮기 때문에 서로 호흡이 맞아 잘

달린다.

대화를 하면서 흐름을 타고 있는지 흐름 위에 올라타서 즐기고 있는지는 느낌으로 안다. 서로 다른 시각으로 얘기를 하더라도 에너지가 부자연스럽지 않고 한 방향으로 쏠려 나가고 있음이 느껴지면 그도 나쁘지 않다. 툭툭 끊기는 기분이거나 울퉁불퉁 덜컹거리는 느낌이라면 흐름을 타지 못하고 있는 것이다.

쭉쭉 뻗어 나가는 것 같은 분위기, 거리낌이 없고 자연스럽다면 대화의 흐름을 타고 있는 것이고 거기에 더해 내가 원하는 방향으로 수월하게 나아가는 느낌이 들면서 즐겁다면 흐름 위에 올라탄 것이다.

상대의 말을 지지하고 공감하고 툭툭 쳐올려 주거나 적극 반응해 준다. 반응한 것에 대해 다시 한 번 강한 긍정을 해 주면 상대의 말이 힘을 받기 시작한다. 흐름을 타기 좋은 대화는 상대에게 먼저 길을 터 주는 것이다.

또 일방적으로 말하거나 더 많이 말해야 하는 상황이라면 리듬감을 주면서 말의 속도를 조절한다. 그리고 말의 내용의 중요도를 분배한다. 점점 비중 있는 스토리를 펼쳐 가거나 강약 강약에 대한 조율을 하는 것이다. 이렇게 스스로 하는 말에 흐름을 느끼면서 그 흐름 위에서 자유자재로 말할 수 있으면 된다.

흐름을 타는 말은 말하는 즐거움이 있고 대화의 보람이 있다. 말의 효과도 좋다. 그저 얘기를 나누었을 뿐인데 뭔가 위대한 일을 한 것 같은 뿌듯함마저 느낀다.

대화의 분위기는 실체가 있는 에너지다. 그 에너지는 다른 뭔가에 쓰이는 원료가 된다. 흐름을 타는 대화로 강한 에너지를 만들어 유용하고 의미 있는 일에 쓸 수 있으면 한다.

미스퍼셉션(Misperception)

인지되는 게 곧 진실이라는 '퍼셉션(Perception, 인지)' 이론과 진실이나 실체를 자기가 보고 싶은 것만 확대해 보려는 '미스퍼셉션(Misperception)'처럼 대화에서도 듣고 싶은 말만 들으려 하는 심리가 있다. 스피치 미스퍼셉션에 빠지면 당연히 대화가 어렵다. 듣고 싶은 말에 집중한 대화는 내면의 메시지를 놓친다.

대화에서 상대가 무슨 말을 하고 있는지를 알기 위해서는 내가 듣고자 하는 말이 없어야 한다. 다시 말해 내가 어떤 의도를 갖고 이야기를 나누고자 한다면 상대의 진심을 알기 어려워진다. 물론 대화의 목적과 이유가 있어야 하지만 듣고자 하는 말을 한정하지는 않을 일이다.

언어 안에 담긴 마음을 알기 위해서 상대의 바람에 집중한다. 단어나 문장에 나타나는 것 너머의 심리를 소울로 받아들이라. 말 속 감정에 들어 있다. 그러니 상대의 말을 중간에 잘라 진심을 차단하지 말고 끝까지 들으라. 다양하고 긴 말 속에도 딱 느낌이 일어나는 단어나 표현이 있다. 거기에 집중하고 반응하라. 그 부분을 상대가 표현한 느낌대로 리딩해 주거나 반문하거나 그 부분에서 여유를 가질 수 있도록 한다거나.

자신이 관심 있는 대화에만 반응한다면 소통은 잘 안 된다. 오해하거나 말 속의 마음을 놓치면 신뢰가 떨어진다. 믿음이 약하면 대화 욕구도 떨어진다.

상대가 원하는 말을 맞춰 주려는 심리가 있다. 이야기를 나누며 자신의 내면과 상대의 마음에 묻는다. 생각만 할 것인지 직접 질문할 것인지는 상황에 따라서 판단할 일이다.

내가 듣고 싶은 대로 듣고 있는 것은 아닌지. 그리고 진심으로 하고 싶은 말을 하고 있는지, 말 속의 마음이 무엇인지 그것을 들으려 노력한다. 나의 에너지가 상대의 영혼을 향하고 있을 때 대화 상대의 태도도 달라진다.

나에게 필요한 말 말고 당신의 마음을 들을 준비가 돼 있다는 나의 반응은 영혼의 말을 하도록 할 것이다. 듣고 싶은 말에 대한 기대가 없다면 오히려 더 좋은 대화가 된다. 기대감이 올라와 그걸 자꾸 드러내면 실망으로 관계를 그르칠 수 있다. 몇 마디 말로 상대를 바꿀 수 있다는 기대만큼 부질없는 것도 없다. 그가 원하는 대로 되어 줄 각오가 아니라면 상대에게도 기대하지 않는 것이 좋다.

말을 통해 심리가 노출되는 것은 상대뿐만 아니라 나도 마찬가지여서 "아, 이 사람 참 안 바뀌네. 내가 그렇게 말했는데도 아직도 자기 말만 하고 있네."라고 생각한다면 "내가 왜 바뀌어야 하는데? 그런 당신은 당신도 당신 말만 하고 있잖아."라는 마음으로 대답할 것이다. 그러니 서로 "어라 안 먹히는데, 아 이 사람 안 되겠군." 하는 생각으로 각자 하고 싶은 말만 하다가 허망하게 돌아서게 될 것이다.

"당신의 마음을 듣겠다. 당신조차 모르는 당신 마음까지 내가 알아차릴 테니 어디 당신 하고 싶은 말을 해 보시라."는 마음으로 그의 말을 있는 그대로 들으라. 그것이 소통이다.

그의 말이 내 마음에 들어와서 내 마음 안에 말이 그에게로 돌아가는 것, 나의 영혼이 그에게 다가가서 그의 영혼을 불러 내오는 말 그것이 소통이다. 그렇게 순환하는 에너지가 새로운 세상을 만들어 내는 것이다.

분노 발작(Temper Tantrum)

정신과 용어 중 '분노 발작(Temper Tantrum)'이라는 것이 있다. 자연적으로 또는 사소한 자극으로 유발되는 분노나 짜증을 말한다. 대체로 욕구가 충족되지 않고 좌절될 때 분노를 폭발적으로 표출하는데, 소리지르거나, 울기도 하고, 발을 구르는 경우도 있고, 펄쩍 펄쩍 뛰거나, 발길질을 하며 뒹굴기도 한다. 또 숨을 몰아쉬면서 호흡이 가빠지거나, 몸이 뻣뻣해지는 등의 행동으로 나타나기도 한다.

원인에서 보듯이 자연적으로 혹은 사소한 자극으로 짜증이 유발될 수 있다는 것과 그로인해 나타나는 현상이나 현증은 매우 심대할 수 있다. 이는 대화나 스피치의 전제 조건이 될 수도 있고 혹은 대화 중의 어떤 소인이 이를 촉발시킬 수 있기 때문에 스피치와 상관 관계에 대해 이야기하고자 한다.

이야기를 나누다가 상대가 갑자기 돌변하거나 혹은 서서히 상기되면서 감정이 격해지는 경우가 있다. 상대는 어떤 자극에 의해 분노나 짜증이 유발되었을 수 있고 원하는 것이 이루어지지 않는 것에 대해 감정이 격해졌을 수 있다. 분노 발작에 이르지 않더라도 대화 상황이 악화되는 것은 감지해야 한다. 이때는 대화의 목적을 이루기 어렵기 때문에 빨리 알아차리고 최악의 상황을 피하는 것이 최상의 대화법이다.

대화는 한 썰매에 올라 빙판을 달리는 것과 같다. 일단 속도감이 생기면 멈추거나 방향을 바꾸기 어렵다. 상황이 나빠지는 줄 알면서도 같은 방향으로 더 세게 썰매를 몰아간다. 결국 나뒹굴거나 벽에 부딪히고 나서야 멈추게 되는. 그런데 그 같은 상황에 이르기 전 결과가 예측된다. 그런 예감이나 시그널을 감지하고도 부정적 결말을 향해 돌진하는 것은 얼마나 어리석은가.

"잠깐, 잠깐만 쉬었다가 다시 얘기하면 안 될까!" 감정을 폭발하거나 폭력 상황에 이르기 전 기회가 있다. 상황을 바꿀 수 있는 말을 놔두고 "뭐? 그래 해 보자 이거지? 좋아 어디 끝까지 가 보자!" 하며 극단으로 몰아갈 일인가 말이다.

나쁜 상황으로 몰려갈 때 서로에게 무엇이 좋은지 가장 기본적인 생각에 집중한다. 그것을 위해 필요한 말과 행동은 어렵지 않다. 분노 발작을 일으키는 자신도 또 그 상황에 이르도록 자극하는 상대도 바라는 것은 극단이 아니다. 우선멈춤 그리고 방향 전환. 시시비비는 서로가 안전한 상태라야 가늠할 수 있다.

분노 발작은 목소리로 알 수 있다. 언성이 높아지는 것이 일반적이지만 상황에 맞지 않게 급격히 낮아지기도 하고 가속도가 붙고 불규칙하며 떨린다. 눈에 힘이 들어가고 눈동자가 불안하게 움직인다. 얼굴 근육이 경직되고 낯빛이 붉어지거나 핏기가 없어질 수도 있다. 필요 이상으로 큰 제스처를 쓰고 목적 없이 좌우로 움직인다.

분위기와 맞지 않는 말을 던지거나 욕설을 내뱉을 수도 있다.

분노 발작이 예고되고 있다는 상황 판단을 했다면 일단 멈춤을 시도하고 다른 방향으로 물고를 튼다. 상대의 변화를 요구하는 말은 효과적이지 않다. "자, 흥분을 가라앉히고 얘기하자."라거나 "왜 이렇게 언성을 높여? 내가 뭐랬다고?" 하는 말은 상대를 더 자극한다. "너 때문에 상황이 이렇게 나빠진 거야."라는 말로 들리기 때문이다.

이유나 잘못이 누구에게 있건 이미 갈등이 고조된 상태라면 상대가 아닌 나의 감정과 언행이 바뀌어야 한다. 이제까지 하던 말에서 해답을 얻거나 승부를 걸려 하지 마라. 그리고 편안하고 긍정적인 상황으로 바꾸겠다는 생각으로 몸을 작고 부드럽게 만들라.

어깨를 젖히고 턱을 올려 공격적인 태도를 취하고 있었을 것이므로 내면의 에너지와 시각적 변화를 상대가 느끼도록 한다. 상대에게 언성을 낮추라고 말 대신 나의 목소리 톤을 낮추고 천천히 조금 느리게 말한다.

내 감정에 대해 솔직하게 표현하거나 상대를 인정하는 말이 좋다. 이때야말로 내 말이 바뀌어야 상대가 바뀔 수 있다. 내 하고 싶은 대로 말하면서 상황이 좋아지길 기대할 수 없다. 그렇다고 잔뜩 화가 치밀어 오르고 분노가 끓어오른 상황에서 어떻게 갑자기 자기감정을 바꿀 수 있겠느냐고 할 수 있다.

거기서 힌트가 있다. 나의 감정이 부정적인 상황이라는 인식과 어떻게 되길 바라는지 생각한다. 그리고 그렇게 되기 위해 필요한 말이 무엇인지 찾는다. 이 같은 단계를 거치는 동안 감정이 바뀌기 때문에 상황을 변화시킬 수 있다.

감정을 알라차리고 생각을 재정리해서 말을 바꾸고 행동을 달리 하면 상황은 자연 변한다.

1초의 힘

라디오 방송 제작을 몇 년 만에 다시 하게 되었다. 사실상 좌천이다. 영상미디어센터장에서 느닷없는 인사이동 후 심야 녹음방송 제작을 하게 된 것은 누가 봐도 영전은 아니다. 근무 중이던 센터장 직의 진급 정원이 났는데 부서이동이 된 것이다. 부서를 신설하고 한 해 만에 불가능한 신규 사업의 사업승인을 이뤄 냈으니 당연히 진급이 될 거라고들 했다.

그러나 진급은 고사하고 성과평가마저 최하위에 가까운 점수를 받았다. 즐겁지 않았다. 하지만 팀워크가 좋았고 함께 노력하면서 성취감이 있었다. 거기에 진급까지 되었다면야 더 좋았겠지만 신규 사업을 하는 척만 하고 성과는 내지 말라는 상사의 말을 거역한 결과를 감수할밖에. 아는 이유와 또 다른 사유가 있더라도 탓할 일이 아니다. 부서를 옮기고 더 많은 것을 배우고 깨닫게 되니 그 또한 나쁘지 않다.

"거 봐라 인사 보복당한 거다."라는 말과 "위선 좀 떨거나 적당히 비위 맞추지 그랬냐."는 말에도 동의하지 않는다. 한동안 떠나 있던 제작 현업으로 돌아오니 또 다른 즐거움이 있다. 패자의 변명, 실패에 대한 합리화라는 말을 들어도 웃을 수 있으니 나쁜 선생 역의 상사에게도 고맙다. 물론 진급이 되었더라면 그것대로 좋았을 것이지만 큰 책임감 없이 일할 수 있는 것도 감사하다.

후배들의 배려로 심야 시간의 월드뮤직 프로그램을 제작할 때다. Juanjo Dominguez의 〈Piazzolla〉 재해석 기타 솔로 탱고 연주곡 〈Adios Nonino〉 다음에 Biagio Antonacci의 〈Almeno Non Tradirmi Tu〉를 선곡해서 녹음해 놓고 방송 전 확인을 하는데 뭔가 부족하다. 음악의 분위기가 바뀌는데 바로 이어서 들으니 자연스럽지 않다. 그래서 두 음악 사이에 짧은 공백을 넣었다.

전체 제작시간이 1초 늘었다. 음악과 음악 사이의 빈 시간이 1초인 것이다. 그리고 다시 음악을 들었다. 두 곡이 각각의 느낌으로 살아났다. 단 일초의 쉼으로 앞뒤 음악이 제 색깔의 소리를 내고 있는 것이다.

녹음방송에서 음악이 Fade Out 되었다가 다음 음악이 Fade In 되는 구간의 볼륨이 낮으면 방송사고 위험이 있어서 Overlap을 하거나 Cut를 하는 경우가 있는데 섬세한 연주곡의 경우 그 음악의 느낌을 온전히 살리지 못하게 될 수도 있다. 오디오를 잘라 내는 것 못지않게 쉼을 잘 살리는 것도 편집의 기술이다.

그 딱 한 숨, 1초를 비운 것이 그리 다른 느낌일 줄이야. 별것 아닌, 있거나 없어도 되는 그런 시간이 아니었다. 1초는 그 찰나의 시간으로 가치가 충분하다.

1초의 힘을 안다는 것은 위대한 일이다. 어쩌면 일생에서 좌천이나 실패처럼 원하는 것을 이루지 못한 그 시간은 대단히 큰 힘을 가질 수 있는 시간일지 모른다. 원하는 것을 얻지 못한 그때에 이전에는 보지 못하던 것을 보게 되고 실의에 빠진 사람의 마음을 온전하게 느낄 수 있었다.

전에는 인정하지 않았던 건방지다는 상사의 시각에서 나를 바라봤다. 주위 사람들의 흠결이나 아픔이 그 모양대로 보인다. 연민이나 배려와 같은 주제넘은 감정이 아닌 옥수숫대 옆에 수숫대처럼 서로 다른 모습에 대해 있는 그대로 보게 된다.

그리고 상처 난 누군가도 그대로의 모습으로 괜찮다. 각자의 역할을 할 뿐인데 꼴난 출세하겠다고 영혼을 빼앗기는 선택을 해서야 되겠는가. 당연히 내 것이거나 내 자리인 게 어디 있으며 그것을 가져야만 성공인가? 1초의 여백처럼 딱 숨 한번 돌리니 별것 아니었다. 좌절이라고 여겨졌던 것이.

누군가로부터 불이익을 받은 것도 없고 그러니 억울할 것도 미워할 사람도 없는 것이다. 있어야 할 곳에 자리한 1초가 그것을 알려주니 즐겁지 않은가?

1초, 그 시간은 꼭 필요한 곳에서 위대한 힘을 발휘하고 있다. 필요한 곳에 머무는 시간은 자연스럽고 멋있다. 그럴 수 있으면 된다. 서로 다른 음악 사이에서 그저 비움, 쉼으로 1초는 강한 힘을 발휘한다.

평범한 날은 없다

뛰어나거나 색다른 점 없이 예사로운 것이 평범함이다. 평범한 날이라는 말을 쉬이 하는데 인생의 어느 날 어느 순간이 평범하던가. 단 한순간도 이전과 똑같은 때는 없다. 같은 강물에 두 번 발을 담글 수 없는 것처럼 인생도 똑같은 시간의 반복은 없다. 지금 직면한 이 순간은 특별하고 전혀 새로운 시간이다. 그러니 맞이하는 마음도 의미도 달라야 한다.

인생의 모든 날들이 새롭고 특별할진대 이전과 같은 마음이거나 그저 그런 감정에 사로잡혀 있을 수 없다. 힘들고 고통스런 기억이 있다 해도 바로 지금이 달라질 기회다. 과거의 감정을 끌고 와서 현재도 그러할 필요가 없고 엄격히 말하면 그럴 수도 없다.

지금은 원치 않는 상황이지만 이다음 언젠가 목표를 이루면 또는 계획이 이루어지면 그때 행복하겠다는 다짐을 하며 이렇게 말한다.

"먼 훗날 행복하자."

행복해지는 먼 미래 언제쯤으로 설정한 것이다. 왜? 왜 그때가 먼 훗날 언제여야 할까? 물론 지금 바로 다 이룰 수 없는 다시 말해 조금씩 쌓아 가야 하거나 뭔가 준비를 거쳐서 달성해야 되는 것이라면 그때 가서야 비로소 행복함을 느낄 수 있을 수는 있다.

그렇다고 해도 그때의 그 행복을 지금 느끼는 건 왜 안 되는가? 그것을 이루지 않았으니 당연히 그 기분일 수 없지 이 답답한 사람아. 그러면 다시 묻는다. 꼭 그 목표만큼 달성되지 않으면 행복할 수 없는가? 조건이 갖춰져야 행복할 수 있다는 단서에 대해 궁금해서 묻는다.

일단 확실하지는 않지만 지금이 아닌 미래 언젠가는 행복할 수 있을 것이라는 희망을 갖고 있다면 시기를 앞당기거나 순서를 좀 바꿔 보는 건 어떤까? "곧 행복하자."에서 "이제 행복하자."를 "지금, 이 순간 행복하다."로 하면 안 될까?

조건이 갖춰져야 행복할 수 있을 것 같기 때문에 시기를 미뤄 놓은 것이지만 사실 행복은 조건이 전제되어야 가능한 것만은 아니지 않은가. 그러니 먼저 행복을 선택하고 그리고 조건을 갖춰 나간다면 어떨까? 무엇이 되어야만 행복해진다는 공식은 없다. 행복해지기로 결정하고 행복을 선택하고 그리고 그걸 지금의 감정으로 불러오거나 지금 느끼면 된다.

그렇게 한다면 전제 조건으로 내세우던 것들이 변한다. 그것이 있어야 행복하겠다는 생각이 달라진다. 왜? 그것이 없어도 지금 행복하기 때문에 꼭 긴 시간을 걸려서 그것을 이루거나 혹은 그 조건대로 살아야 하는가에 대해 다시 생각하게 된다. 더 빨리 행복해지는 것 지금 행복에 대해 집중하게 된다. 지금 행복하고 그리고 먼 훗날 그때도 여전히 행복하면 될 것을.

지금은 아직 행복하지 않은 시간이 아니라 이미 행복할 수 있는 시간이다. 과거에 행복했거나 미래에 행복할 것이라는 것은 생각의 한계일 뿐이다. 나중을 위해 흘려보내도 되는 시간이 아닌 바로 지금 이 순간의 나의 감정이 충분해야 한다. 이전과 같은 평범한 시간은 없다. 조금 전의 이미 가고 없는 순간처럼 그렇게 사라져 버릴 이 순간에 갖고 싶고 가장 바라는 그 감정을 온전하게 느껴라.

어떻게 평범할 수 있는가 이 순간이. 이 순간은 생에 가장 빛나는 시간이고 가장 절실한 기회이다. 그러니 원하는 것을 이 순간 느껴라. 그 행복을. 그러면 이미 이룬 것이다. 그리고 조건을 갖춰 나가면 계속 행복하고 완벽해진다.

좌절 속에 숨겨 놓은 뜻

재수를 하면서 종합스포츠센터에서 아르바이트를 했다. 대부분 대학생 아르바이트생들이 매점이나 수영장 매표소와 대여소 등에서 이인일조로 근무했다. 얼마 되지 않아 제안을 받는다. 속된 말로 삥땅(사람에게 넘겨주어야 할 돈이나 물건의 일부분을 중간에서 떼어 자기 것으로 만드는 짓을 속되게 이르는 말)을 하자는 것이다.

매점에서나 수영복 대여소에서 계산이 맞지 않아 자비로 충당하는 것을 지켜보다가 그들 세계에 끼워 주기로 한다. 강하게 거부하는 나에게 절충안으로 파트너가 하는 걸 묵인하면 얼마를 떼어 주겠단다. 담당 직원에게 실태를 얘기했다가 왕따가 되고 나서 방관자가 되기로 했다.

당시 아르바이트생들은 대부분 회사 간부의 자녀들이었는데 명문대 재학 중이던 언니가 안타까워하며 충고한다. "어차피 기우는 배고 먼저 갖는 사람이 임자라는, 그리고 아르바이트생이 챙기는 것은 그야말로 새 발의 피!"라는. 아닌 게 아니라 얼마 지나지 않아 스포츠센터가 넘어가고 본사도 문을 닫았다.

아나운서 3년 차에 신설 방송사 경력직 제안을 받았다. 함께 근무하던 PD가 편성국장으로 가면서 동료들을 여럿 이직시켰다. 그

중 한 명으로 서류를 들고 간 날 술을 권한다. 마시라거니 안 마신다거니 실랑이 끝에 "여자가 대한민국에서 성공하려면!"이라는 거창한 화두를 던진다. 돈이 많든지 뒷배가 좋든지 예쁘든지 그도 아니면 힘 있는 남자가 시키는 대로 해야 한다는 것이었다. "적당히 인사를 하지 그랬냐."는 선배의 말에도 뒤도 돌아보지 않았다. 정확히 말하면 힘 있는 그가 시키는 대로 하지 않아 입사는 물 건너간 것이다.

그 무렵 공무원 별정직 특별채용 추천을 받았다. 데모 테이프(녹음 음악, 컴퓨터 게임, 영화 따위의 시연용을 저장한 테이프)를 보내고 합격 통보와 함께 인사 요구를 받았다. 그래서 특채를 포기하고 공개채용 시험에 합격했는데 바로 불이익이 이어졌다.

이후 진급을 앞두고는 상사와 장거리 출장, 뇌물 요구 등을 받았다. 한 선배는 안타까워서 알려 주는 거라며 "대부분 그렇게들 한다. 아무 이익 없이 뭣 때문에 너를 진급시켜 주겠냐. 너 같은 태도면 평생 진급 못한다."며 어떤 방법으로 얼마 정도의 뇌물을 써야 하는지도 알려 준다. 단지 그 같은 방법을 따르지 않았을 뿐인데도 진급은 고사하고 소문과 음해로 시달렸다. 진급시킬 수 없는 타당성이 만들어져야 하기 때문이라나.

진급 능력과 업무 능력은 다르다는 것쯤은 일찌감치 인정했다. 그런데 우연히 조직 내의 비리를 알았다는 이유로 요주의 인물이 되고 "위험한 여자, 문제 있는 사람!"이라는 뒷말까지 돌았다는 걸 후에 알았다. 폭로는 엄두를 내지 못했다. 생계에 발목이 잡힌 것만은 아니다. 용기가 없었다. 정권이 몇 번을 뒤바뀌고 세상이 변해도 크게 달라지지 않는 건 인간사가 원래 그런 것인가.

대한민국에서 여자로 출세하는 방법을 일장 연설하던 이에게 “능력 있으면 되지 않느냐?”고 반박했을 때 “그 능력이란 걸 누가 인정해 주냐.”며 비아냥 대던 말이 꽤 오래 유효했다. 여자가 라는 꼬리표를 뗀 세상에서도 “공무원은 문제삼지 않으면 문제가 안 되지만 문제삼으려면 문제가 된다.”거나 “원칙이 없는 게 인사원칙!”이라는 억지 앞에 속수무책이었다.

정의롭지 않은 사람들은 은밀하다. 그러나 대체로 치밀하다. 옳고 그름에 대하여 이견이 있지는 않지만 약한 정의로는 강경한 부정(不正)을 이기기 어렵다. 대항하는 것이 힘에 부쳐 방관하거나 회피하면서 “나 혼자 세상을 어찌 바꾸겠냐.”는 변명 뒤에 숨었다. 그리고 인간사에 다 있을 수 있는 일들이니 민감하게 굴지 말자며 양심을 설득했다.

그런데 세월이 지나고 알았다. 아무것도 하지 못하던 무력한 그때에 아무것도 못한 것이 아니다. 불의를 알고 양심을 꺾지 않는 것으로도 얼마의 정의는 지켜지고 있었다. 최소한 나를 꿇어앉히지 못한 그들은 약간의 망설임이나 작은 좌절이라도 겪었을 것이므로. 덕분에 공부하면서 성장의 시간을 보냈다. 포기하거나 원망하는 것 말고 진정으로 원하는 것을 지키고 있었다.

신은 삶의 모든 순간에 더 좋은 것을 놓아 두었다. 어떤 것을 발견하고 취할 것인지도 스스로의 선택으로 맡겼다. 과거에 보지 못하고 지나왔던 것들을 발견한다. 원하는 것을 즉시 가질 수 있으면 좋지만 그때가 아니어도 괜찮고 비단 그것이 아니어도 좋다.

조금 부족하거나 다르면 또 어떤가. 분명 신이 준비해 둔 가치가 있을 것이다. 전쟁이나 질병, 가난과 좌절 속에도 신은 뜻을 놓아 두었다. 심지어 죽음에조차.

항상 깨어 있으면서 신의 뜻에 집중한다. 한순간도 소중하지 않은 때가 없고 한 사람도 가치 없는 이가 없다. 모든 이의 삶이 귀한 이유다.

5

사랑한다고 말하는 순간 사랑이 생긴다

SOUL SPEECH

몸의 파동을 일으키는 소울 에너지

생각하고 말하고 듣고 느낀다. 몸과 마음의 에너지 흐름을 바꾸는 훈련을 통해 소울 스피치 파동을 만들어 낼 수 있다. 주변 환경을 좋아하는 모양으로 꾸미거나 그런 장소에서 향기도 있으면 좋겠다. 시각은 고정하거나 눈을 감아 고요하게 하는 것이 좋다.

허리를 곧게 세우고 어깨를 내려 편안한 자세로 앉거나 발을 어깨 넓이보다 조금 넓게 벌리고 반듯하게 서서 코어 호흡을 한다. 숨을 내쉴 때 화음의 낮은 레, 미 톤으로 소리를 낸다. '편안하다. 즐겁다. 아름답다. 행복하다.'

"나는 지금 즐겁습니다."
"나는 지금 행복합니다."
"나는 운이 좋은 사람입니다."
"당신에게 고맙습니다."
"당신을 사랑합니다."

정겨운 느낌의 목소리를 내고 그 소리를 몸과 마음에 담는다. 즐겁고 행복하고 감사한 마음과 사랑의 감정을 느끼면서 그런 감정이 충만한 소리를 낸다. 몸과 마음이 이완된 상태에서 편안하고 즐거운 감정을 상상하면서 목소리에 감정을 실어 말하고 자신의 소리를 귀 기울여 듣는다.

숨이 몸 중앙을 통해 코어로 내렸다가 올라오며 온몸을 가득 울리면서 소리 나는 것을 느낀다. 숨이 코, 가슴, 코어로 내려갔다가 다시 올라오면서 머리를 돌아 입으로 나갈 때 소리가 나는 그 흐름을 일일이 느낀다. 몸을 순환하여 흐르는 호흡과 소리가 에너지의 장을 만든다.

내가 생각하는 감정과 밖으로 내놓는 목소리가 다시 나의 몸으로 흐르면서 파동이 만들어져 주위로 퍼져 나간다. 편안함과 감사, 사랑의 파동이 공간에 흐르면 그 공간이 다시 나에게 그 본연의 힘으로 영향을 준다. 내가 있는 자리, 내 공간이 나와 하나가 되어 에너지 장이 만들어지면 그곳으로 오는 사람에게도 파동을 전한다.

혼자 있을 때 나를 위해 편안하고 아름다운 에너지 장을 만들고 또 누군가와 함께할 때 서로 좋은 에너지 파동을 전하거나 공유하면 함께 뜻하는 목적에 가까이 갈 수 있다.

내 생각과 몸에 담긴 에너지 파동은 나의 눈빛으로 나가고 몸의 냄새로 발산되며 피부와 얼굴 근육에서 뿜어져 나간다. 표정과 몸짓에서도 에너지의 파동은 전해진다. 무엇보다 목소리는 향기나 빛처럼 존재하는 것이다.

낯선 사람을 만났을 때, 처음 가는 장소에서 편안함이나 즐거움, 생기가 느껴진다면 그게 바로 에너지 파동이다. 그 파동이 나의 에너지 파동과 맞는 것이다. 각각은 좋은 파동인데도 함께하는 것이 불편한 경우는 주파수처럼 서로의 파동의 파고가 다르기 때문이다. 높낮이나 속도나 색깔이 어우러지지 않기 때문이다.

"그 사람이 훅 지나가는데 뭔가 쌔한 느낌이 들었어.", "바쁠 때 잠깐 만났는데 마치 낮잠 자는 것처럼 편안함에 빨려 들어가는 느낌이었어. 그 사람 에너지가 참 편안하고 자연스럽더라고!"처럼 일상에서 에너지 파동을 다양하게 경험하고 있다.

스스로를 변화시키고 관계력을 높이기 위해서 먼저 자신의 선한 파동을 만들어야 한다. 이는 학습이나 기술을 익히는 것처럼 노력을 필요로 한다기보다는 메커니즘을 이해하고 인정하면서 생활에서 즐겁게 시도하면 된다.

몸의 에너지가 변하는 것을 확인하고 알아차리면서 대인관계에서 적용해 보면 변화를 느낄 수 있을 것이다. 지금 저자의 에너지는 평화와 균형감이다.

"나는 편안합니다. 나는 즐겁습니다."

"나는 운이 좋은 사람입니다."

"고맙습니다. 사랑합니다."

이 에너지 파동을 글에 담는다. 글에 담긴 에너지를 느끼고 받아들여 당신이 있는 그곳에 에너지 장을 만들기 바란다.

말 잘하는 비법 한마디로

"다른 건 됐고 그래서 어떻게 하면 말을 잘할 수 있는데요?"

한마디로 말하길 원한다. 말이 마음의 소리이니 심리를 알아야 필요한 말을 할 수 있지만 말과 마음이 다르게 나타나는 것을 알아차리는 직관력이 있어야 한다. 상대가 원하는 것을 알아야 원하는 대화를 이끌 수 있다는 식의 이야기로 풀어 나가노라면 간단히 한마디로 말하란다.

그러면서 선수 친다. "아, 사랑하면 다 된다 그런 말 말고."

수학 공식처럼 딱 떨어지는 방법을 알려 달라는 요구를 받는다. 아닌 게 아니라 영어를 배울 때 그랬다. 정확한 발음 연습을 하라고 할 때 "아, 좀 쉽게 바로 말할 수 있는 방법 없나?" 하는 생각을 했다.

흥미로운 건 질문하는 사람이 답을 알고 있다는 것이다. 말 잘하는 최고의 비법은 사랑이라는 것을.

발성이니 발음이니 하는 기술적인 것에 앞서 인격적이면 말도 좋다. 대단한 기술을 부리지 않아도 말이 잘 통한 경험을 떠올려 보자. 말이 잘 통하는 사람은 누구인가? 말이 잘 통한다고 느낀 때는 언제인가?

단 한 번도 사랑받아 봤거나 사랑해 본 경험이 없는 사람은 없을 것이다. 사랑하는 사람과의 대화는 어떤가? 옳고 그름을 따질 필요 없고, 그가 하는 말은 다 맞고 의미 있다고 생각되고 얘기를 나눌수록 신뢰가 깊어지는 느낌을 받았던 기억.

사랑하는 사이에는 그렇다. 설령 상대의 얘기가 이해되지 않는다 하더라도 듣는 것만으로도 즐겁다. 납득되지 않는 말도 새롭거나 신선하다고 여길 정도다. 상대 입장에서 말하고 듣기 때문에 불편함이 없다. 이때의 말은 실상은 마음이다. 나를 위한 것이기보다는 그에게 향해 있다.

자녀가 어릴 때 그렇다. 뜻을 알 수 없는 아이의 옹알이에도 행복한 웃음이 난다. 유아어는 물론이고 발음이 틀리거나 엉뚱한 단어로 말해도 귀엽다. 무엇을 말하고 싶어 하는지 알아채려 하고 말 속에 담긴 아이의 마음을 알기 위해 애쓴다. 그러면 대체로 알 수 있게 된다. 말을 듣는 것이 아니라 마음을 듣기 때문이다.

사랑은 소통을 가능하게 하는 힘이 있다. 말이 이해되지 않을 때는 말 속에 담긴 마음이 궁금해진다. 그렇게 잘 통하던 사이에 답답함을 느끼게 되고 궁금하기보다 탓을 하게 된다면 마음이 달라진 것이다. 사랑이 식었거나 사랑하던 마음이 변한 것이다. 상대가 변했다거나 이상해졌다는 식으로 말하지만 정작은 자신의 마음이 변했을 것이다. 친구 사이에도 애정과 믿음이 깊으면 표정만으로도 감정을 느낄 수 있다. 평소와 조금만 달라도 "왜? 무슨 일 있구나!" 할 만큼.

그렇다고 의사소통이 잘 안 되는 것이 사랑이나 애정이 없기 때문이라고 단정할 수는 없다. 처음 만나는 사람, 낯선 관계에도 몇 마디 말로 상대를 알 수 있을 것 같고 생경한 주제로 얘기를 하는데 척척 통한다는 느낌을 받을 수 있다. 생각이 같아야만 소통이 가능한 것이 아니다. 다른 생각과 경험 심지어 언어나 문화가 달라도 통할 수 있다. 소통이나 공감이 언어의 범주를 넘는 영혼의 영역이기 때문이다.

사랑이 있으면 영적으로 상대에 대한 이해나 배려, 수용이 가능하다. 사랑은 다름에 대해 불편해하거나 거슬려 하지 않는다. 사랑이 있는 사람은 자신과 다른 사람, 다른 이야기에 대해 즐거워하고 궁금해하고 인정할 수 있다. 심지어 상대와 같은 방향에서 생각하려 노력하고 자신의 생각을 내려놓거나 접을 수도 있다. 사랑하는 사람은 상대를 존중한다. 그러니 상대의 어떤 말도 다 들을 수 있다. 그러면 누군가는 반문한다. 사랑한다는 게 그렇게 말처럼 쉽냐고? 저절로 마음에서 일어나야지 억지로 사랑하는 감정이 생기냐고?

사랑이 무엇인가? 사전적 의미를 보면 다른 사람을 애틋하게 그리워하고 열렬히 좋아하는 마음. 또는 그런 관계나 사람이라고 정의하고 있다. 또 다른 사람을 아끼고 위하며 소중히 여기는 마음, 또는 그런 마음을 베푸는 일, 그리고 어떤 대상을 매우 좋아해서 아끼고 즐기는 마음이라고 설명하고 있다. 기독교에서는 하나님이 사람을 불쌍히 여겨 구원과 행복을 베푸는 일이라 하기 때문에 사랑이 가장 숭고한 신적 영역이고 신의 뜻을 실천하는 것이라 말한다.

단어가 설명하고 있는 것처럼 다른 사람을 그리워하고 좋아하는 마음을 갖고 그런 마음을 베풀면 사랑이다. 누군가를 많이 좋아하고 아끼는 마음을 품는 것, 소중히 여기고 그런 마음을 표현하면 그게 사랑이다. 단어의 의미를 그대로 행한다면 그게 그리 어려운 일이겠는가만 왜 사랑하는 것이 어렵다고 하는가? 자기만의 방식으로 재해석하고 거기에 계산이 들어가기 때문이다. 있는 그대로를 받아들이지 않고 이기심을 작동하기 때문이다. 상대를 위해서 마음 쓰고 행동하면 내 사랑을 이루는 것인데 내 욕심을 채우려 하면서 사랑이라 말하는 것이 모순이다.

누군가와 얘기 나누는데 편안하고 잘 통한다 싶다면 사랑이 작동하고 있는 것이다. 누구와 얘기를 나누더라도 별 어려움이 없다면 사랑으로 소울 스피치를 하고 있는 경우다.

자녀가 자랄수록 대화가 안 된다고 말한다. 무조건적인 사랑이 있던 자리에 욕심과 이기심, 아집과 편견이 들어찼을 수 있다. 자녀를 있는 그대로 인정하기보다 내가 바라는 모습이 되어 주기를 기대하고 그에 미치지 못한다고 여기는 것은 아닌가.

말을 잘하고 싶다면 사랑하라. 내 안에 사랑이 있으면 좋은 말을 할 수 있고 메시지가 잘 전해진다. 사랑으로 말하면 나 역시 원하는 말을 들을 수 있다. 그런데 사랑을 가득 담고 아무리 좋은 말을 해도 안 통한다면 측은히 여겨야 할 것이다. 사랑을 듣고 느낄 수 없는 사람이라면 마음이 고장난 사람이니 어여삐 여기고 그를 위해 기도하라.

사랑은 스피치의 가장 좋은 방법이다. 스피치 비법, 한마디로 '사랑'이다. 수학 공식 만큼이나 정확한 방법이다. 사랑하는 사람과는 말을 잘하게 된다.

말을 잘 하는 것

미성에 코어로부터 울려 나오는 큰 소리로 정확한 발음을 구사하고 표준어를 쓰며 시와 때와 대상에 맞게 말한다면 완벽한 스피치다. 거기에 풍부한 어휘력으로 지식과 전문성을 갖춘 용어를 쓰면서 유머 감각까지 있다면 스피치를 위한 좋은 요건을 두루 갖춘 것인데 정작 그런 말을 듣는데 만족스럽지 않을 때가 있다. 이론상으로 완벽에 가까운 스피치를 하고 있는데 무엇이 문제일까? 말을 잘 한다는 느낌을 받지 못한다.

바로 그거였다. 느낌! 느낌이 없다. AI에게 완벽한 스피치 매뉴얼을 입력하면 모든 조건을 두루 충족하는 언어를 구사할 수 있다. 현재 방송에서 뉴스나 SB 등에 활용하는 AI 목소리는 제법 잘 구성되어 있다. 그러나 감정변화를 이끌어 내거나 감동을 받기 어렵다. AI에게 감정이 실리지 않고 듣는 사람도 감정이 열리지 않는다.

대화에서는 느낌을 듣고 감정을 말한다. 일방의 조건이 좋다고 해서 완벽한 스피치가 되지 않는다. 대화는 상호작용이다. "개떡 같이 말해도 찰떡 같이 알아듣는다."는 말이 있다. 설령 말하는 사람이 내용을 제대로 전하지 못해도 듣는 사람이 잘 이해하면 좋은 스피치가 될 수 있다.

아나운서가 스피치 교육을 할 경우 잘 전달되고 성과도 좋다. 좋은 방법을 알려 주는 효과도 있지만 강한 화술을 구사하는 사람을 모델링하는 언어의 영향력 때문이기도 하다. 유아기에 주 양육자의 말을 따라하는 것과 비슷한 현상이다. 그리고 말을 좋게 하다 보면 심성도 좋아지기 때문에 선한 영향력이 있다.

말하는 방법과 기술은 일정 기간의 학습으로 숙달되고 향상된다. 그래서 스피치 아카데미나 관련 학원에서 3개월부터 6개월, 1년 과정을 수료하면 변화를 실감할 수 있다.

그런데 아나운서나 앵커, 전문 MC, 언론인, 관련 학과 교수나 선생들의 스피치가 꼭 좋은 것은 아니다. 의사 전달력은 좋을 수 있지만 감정을 변화시키거나 소울에 울림을 주는 스피치는 다르다. 발음이나 목소리, 어휘력 어느 것 하나 좋은 조건이 아니어도 눈물을 흘리게 하거나 마음이 따뜻해지고 삶의 의욕이 샘솟게 하는 경우도 있지 않은가. 무엇 때문일까? 영혼!

"한 사람을 만나는 것은 일생을 만나는 것이고 한 사람을 만나는 것은 온 우주를 만나는 것이다."라는 말이 있다. 한 사람과 단 몇 마디의 말을 나누었을 뿐인데 살아온 모든 시간을 위로받기도 하고 살아갈 전부를 함께하겠다는 설계를 하기도 한다.

말은 그저 소리만 내는 것이 아니라 마음을 열어 놓는 것이고 생을 다 꺼내 보이는 것이다. 그리고 마음을 말하는 것을 넘어 영혼을 보여 주는 것이다.

'영혼 없는 대화'라는 말을 하는 것도 영혼의 언어가 있음을 알기 때문이다. 소리를 통해 전해지는 파동에 영혼이 담기지 않으면 느낌으로 안다. 목소리로 생각이나 무의식, 영혼의 에너지 파동이 전해진다. 미움이나 질시를 품고 사랑한다고 말하면 듣는 사람은 온전한 사랑이 느껴지지 않는다.

영혼을 열고 영혼으로부터 나오는 에너지를 소리 내라고 하면 "아니 그럼, 소울이 부정적이고 선하지 않을 때 그때도 소울과 같은 말을 하라는 건가?"라고 반문한다. 소울이 그렇지 않다면 말이라도 건강하고 아름다울 일이다. 말을 긍정적으로 사랑스러운 표현으로 하다 보면 마음이 따라간다. 그러니 말은 반드시 소울 스피치롭게 할 일이다.

소울 스피치는 많은 말을 하지 않아도 뜻이 통하고 구구절절 설명하지 않아도 관계를 연결시킨다. 소울 스피치의 에너지는 상생의 힘으로 무의식의 잠겨 있는 빙산을 녹여 퍼 올리게 하는 큰 힘이 있다. 절체절명의 위기에 "나를 따르라고!" 외치는 상관의 한마디가 적진을 향해 나아가게 하는 힘을 솟게 한다.

그것이 바로 소울 스피치다. 이미 소울 스피치의 강한 울림이나 영향력을 경험했거나 알고 있을 것이다. 바로 그 원리로 말하고 소통한다면 원하는 스피치가 될 것이다. 성공을 위한 최소한의 투자이며 최대의 효과인 소울 스피치!

말만 해도 효과가 있나?

말만 해도 효과가 있나? 있다.

"사랑한다고 말하는 게 무슨 의미가 있어요? 사랑하는 마음이 없는데?"

"그래도 해요. 사랑해. 너를 사랑해. 내가 너를 사랑해. 나는 너를 사랑해!"

"미안해요."

"당신을 사랑해요."

말만이라도 하라. 효과가 있다. 사랑한다고 말하면 사랑의 감정이 일어난다. 사랑하기 때문에 사랑한다고 말하는 것만이 아니라 사랑한다고 말하면서 사랑하게 된다.

마음속에 사랑이 가득차서 자연스럽게 말할 수 있다면 당연히 좋지만 마음 안에 사랑의 감정이 들어 있지 않은데 억지로 하는 말이어도 괜찮다. 하겠다는 생각을 하는 순간 그것이 생기는 것이다. 그래서 효과가 있다. 말에 에너지가 담겨 있어서다. 때문에 사랑이란 말은 무조건 말하는 게 좋다.

지금 저자의 마음에는 사랑이 가득하다. 사랑이라는 주제로 생각하고 사랑이라는 단어를 쓰면서 사랑이라고 소리 내고 있기 때문에 사랑의 감정이 샘솟는다.

"거짓이잖아요? 사랑하지 않으면서 사랑한다고 말하는 건?"

"거짓이면 안 되나요? 사랑인데?"

"네 네? 아니 저, 그 사랑하지도 않으면서 사랑한다고 하면 상대가 오해할 수도 있고 또 음, 암튼 사랑하지 않으면서 사랑한다고 말하는 건 아니라고 봐요."

"아 네, 그렇군요. 그럼 혹시 손해가 있을까요? 사랑한다고 말해서 불이익을 보게 될까요?"

"아니 물론 뭐 싫다는 것도 아니고 딱히 큰 손해야 있겠어요?"

"그럼 해 보면 어떨까요?"

"참 내. 아니 그럼 얼마나요? 언제까지요?"

"그 말이 불편하지 않을 때까지요. 뭐 술술 나오는?"

"나는 말이지요. 그거 참 가벼워 보이고 아니 내가 나이가 몇인데? 그리고 그거 텔레비전에서 보면 나이든 남자가 말이야 사랑 어쩌고 아주 상스러워 보여요."

그랬던 사람이 시간이 얼마만큼 지나고 나서 나를 전과 다르게 불렀다. "선생님의 깊은 뜻을 제가 그땐 몰랐어요." 이순(耳順)을 넘긴 어른이다. 그의 표현대로 배울 만큼 배우고 사회적 지위도 있는.

사정은 이랬다. 사람과의 갈등으로 힘들어 하는 분이었다. 평생 사랑한다는 말을 한 적이 없다고 마치 소신처럼 말했다. 그가 많은 말 중에 부득 사랑이라는 단어를 말하지 않는 것에 대해 강조하는 건 이유가 있을 터이다. 그런 그의 마음을 헤아려 주며 사랑에 대한 그의 갈증을 공감해 줬다.

먼저 사랑하라느니 사랑받을 수 있도록 노력해 보자고 하면 그는 아예 마음을 닫을 기세였다. 이제까지 안 했는데도 충분히 행복했으면 뭐 새삼 바꿀 필요가 있겠는가? 가족으로부터 인정받지 못하는 것이 힘들고 그러다 보니 세상으로부터 다 부정당하는 것 같은 외로움에 사로잡혀 있다고 했다.

그는 가족 모두라고 말했지만 아내에게 인정받지 못한다고 느끼는 것이고 세상이라고 했지만 일과 연관된 한정적인 사람에게서 느끼는 소외감이다.

"당신도 뭐 별수 없군. 나의 힘겨움을 해결해 줄 수 없어. 인간은 어차피 외로운 거야. 세상의 누가 나를 이해하겠어. 다 필요 없어!"

라는 주장을 굽히지 않았지만 집으로 돌아간 후 대화 중 들었던 사랑이라는 단어가 떠오르더란다. 특별한 능력을 발휘해서라기보다 그가 가장 갈증을 느끼던 단어임을 짚어 주고 사랑이라는 단어와 주제로 얘기했다.

사랑이라는 단어가 불편한 것인지 사랑하는 감정에 어색한 것인지 그는 알지 못했다. 이지에 밝은 사람이라 밑져야 본전이라는 식으로 '그래 까짓 거 한번 해 보지 뭐. 그래도 소용없으면 사람이 몇 마디 말로 변하는 게 아니라는 걸 알려 줄 테다.'라고 생각했단다. 그리고 아주 어색하고 억지스럽게 사랑이라는 단어를 소리 내 보기 시작했단다.

사랑에 관한 시를 낭송하고 사랑을 주제로 한 글을 소리 내 읽고 얼굴 마주하고 말하기 낯간지러워 다른 사람의 이야기인 양 또 술

주정처럼 그리고 혼잣말이나 실언처럼 그래도 어색할 때는 메모를 통해 표현하기 시작했다.

아내를 변화시키기 전에 자신이 변하는 걸 그는 놓치지 않았다. 불편함을 열심히 해소해 나가려는 자신의 태도를 알아차리고 그 사이 사랑이라는 단어가 자신의 욕구였다는 것도 인정했다. 어린 시절 심한 결핍과 왜곡에서 비롯된 사랑의 감정에 대해 솔직해지고 사랑이라 말하는 것이 흉이 되지 않는다는 것도 경험했다. 그러면서 그는 사랑꾼이 되었다.

단지 사랑한다는 말을 할 뿐인데 삶이 온통 바뀐 느낌이라고 했다. 사랑한다는 말을 하면서 사랑받지 못해 외롭다는 생각으로 괴롭지 않게 되었다고 했다. 아내의 태도가 더 이상 거슬리지 않는 것은 분명 자신의 생각이 바뀌었기 때문이라고도 했다.

"말은 그저 말일 뿐이 아니라."고 그는 힘주어 말한다.
그리고 "말하면 된다."고도 말한다.
사랑뿐이겠는가? 원하는 것을 알아차리고 그리고 말하라.
"사랑도 이루는데 까짓것!"

되지요? 하면 된다, 안 되지요? 하면

원하는 물건이 있느냐고 질문할 때 "이거 없지요?"라고 묻는다. 왜? 있기를 바라면 있느냐고 물으면 될 일이다. 돈을 빌릴 때 "빌려줄 돈 없지?" 없는 줄 알면서 왜 빌려 달라는가?

도움을 청하면서 "이렇게 해 줄 수 없지?" 내가 원하는 걸 명확히 하고 도움을 받고 싶다는 의사를 전해도 될까 말까인데 왜 안 되는 걸 전제로 하는가.

이유가 있다. 거절당할 걸 염려하여 자신에게 거절당해도 낙심하지 말자는 다짐을 하는 것이다. 그리고 상대에게는 없거나 안 되도 괜찮다는 안심을 시키려는 마음도 작동하는 것이다. 그러나 부정에너지를 전제하면 일이 원만하게 이루어지는데 방해가 된다. 일단 듣는 사람도 안 되도 되고, 없어도 상관없다 싶어진다. 성의껏 최선을 다하지 않게 된다.

내가 이걸 원한다, 나는 이렇게 되었으면 좋겠다, 그것이 가능하겠는가? 있는가? 도와주겠는가? 묻는 것이 좋다.

큰 사이즈의 옷이나 신발을 주문할 때 움츠러드는 마음으로 "빅 사이즈 없지요?" 한다. 판매할 만한 곳에서 내게 필요한 것을 주문하는데 왜 없는지를 묻는가? "없는 줄 알면서 왜 물어요?"라는 반문을 굳이 들을 필요가 있을까.

물건을 주문할 때나 도움을 요청할 때뿐만 아니라 생활에서 미리 부정적 결론을 내리고 얘기를 시작하는 경우가 있다. 아니면 말고 식의 전제라면 아예 말을 하지 말고 말할 거면 원하는 것을 말한다.

데이트를 청하면서 "혹시 저녁에 시간 좀 없나?" 실상은 그 사람의 성향이 그렇지 않음에도 그 말투 때문에 미적지근한 타입으로 비춰질 것이다. 또 꼭 내가 아니어도 상관없다는 건가, 한 번 던져 보는 건가 싶기도 해서 설령 호감이 있어도 선뜻 '좋다'는 대답이 나오지 않는다.

어느 시간이 가능한지 아니면 나와 함께 식사 시간을 갖는 게 괜찮은지를 잘 물어줘야 상대도 그에 맞게 답을 한다.

"저녁 식사 함께하고 싶은데? 나는 내일 저녁이면 좋겠다. 시간이 가능한가?"

질문이 좋아야 답도 좋다. 호감을 갖고 있는 남녀가 말투 때문에 헷갈리거나 잘 이루어지지 않는 수가 있다. 좋아하는 여성에게 "언제 밥 한 번 먹을까? 바쁘지?" 그 말을 들은 여성은 "저 사람 아무한테나 저러지요? 그냥 낚시지요? 던져서 물면 낚고 아니면 마는?" 실상은 어색하기도 하고 또 거절하면 민망해질까 봐 나름 자연스럽게 한다고 하는 말인데 말이다.

"맥주 한 잔해요. 바쁘지요?" 그건 영혼 없이 던지는 "안녕하세요." 정도의 형식적인 인사치레처럼 들린다. 요청인지 물음인지도 불분명하다. 바빠서 안 되겠느냐는 부정 전제를 하고 안 되면 할 수 없고 라는 결론까지 맺은 듯한 느낌의 말투. 안 되겠지? 라는 전제를 할 거면 왜 묻는가 싶어지는 어투다. 본인은 그런 뜻이 아니라는데 그걸 어찌 알겠는가?

"언제 한 번 봬요 많이 바쁘시지요?"라는 성의 없어 보이는 말에 "뭐 할 말씀 있으세요? 어려운 얘기인가요?"라고 하면 그제야 "아 그건 아니지만 혹시 귀찮으실까 봐 미안해서요."라고 한다.

그 분명치 않은 태도가 귀찮을 수 있다. 자기 마음대로 결론을 내려놓고 부정을 전제로 묻는다면 본인이 얻고자 하는 것을 얻겠는가. 어려운 얘기일수록 긍정적일 일이다. "어렵게 말씀드리는 것이니 들어주셨으면 한다."는 전제라면 일단 진중하게 들을 것이다.

질문을 할 때나 요청을 할 때 내가 원하는 것을 명확하게 긍정적적으로 표현하라. 부정 전제는 듣는 순간 답답하고 불편하다. 긍정 전제는 설령 부정적 상황이어도 방법을 찾아보게 만든다.

"제 말 뜻 이해하시지요?" 이렇게.

"이해가 안 되나 봐요."보다는.

기운이 느껴지는 말

기운(氣運)의 뜻은 생물의 살아 움직이는 힘, 만물이 나고 자라는 힘의 근원, 눈에는 보이지 않으나 분위기 따위로 알 수 있는 느낌, 어떤 일이 일어날 기미나 징후 등이다.

氣(힘)는 생명체가 활동하는 데 필요한 육체적, 정신적 힘이고 運(움직일)은 의지나 노력과는 상관없이 어쩔 수 없이 생기는 일을 말한다. 영어로는 energy(힘, 활동력), spirit(정신, 영혼, 마음), strength(힘, 강점 능력), vitality(활력, 생명력)으로 표현된다.

한자나 영어에서는 기와 운의 뜻이 나뉘어 표현되지만 기운이라는 우리말로 쓰일 때는 그야말로 이 한 단어에 특별한 기운이 느껴진다. 어떤 단어든 그것이 의미하는 뜻과 함께 그 같은 기운도 담겨 있다. 때문에 목소리로 그 단어나 문장을 이야기하면 기운, 에너지도 함께 작용한다. 힘들고 지칠 때 "기운내세요."라고 응원해 주면 단지 말만 듣는 것이 아니라 그 말에 담긴 힘이 전해진다.

청력으로 소리를 들을 때 그 소리 파동에 담긴 영혼의 에너지가 생각과 마음 그리고 소울로 전해진다. 어떤 말을 듣는가에 따라 기분이나 느낌, 감정이 달라지는 건 단순히 단어 그 이상의 에너지가 함께 움직이기 때문이다.

말을 하는 사람과 듣는 사람이 기운을 내보내거나 받아들이는 작용을 하는 것이다. 부정적인 기운이 담긴 말을 만들어 내면 자신에게 그 같은 기운이 작용하게 되고 그것을 상대에게 전했을 때 그로부터 다시 돌아오는 나쁜 기운 역시 받게 된다.

감정을 일으키는 말에는 기운이 깊게 작용한다. 미움이나 증오와 같은 말도 그러하거니와 사랑이나 아름다움을 담는 말도 그렇다.

부정의 에너지나 기운은 긍정보다 강하고 자극적으로 빠르게 작용한다. 그 감정이 날카롭고 예리하기 때문이다. 끝이 뾰족한 표창을 세게 던지면 바로 꽂히는 것처럼.

사람의 힘을 초월하는 운이 작용하려면 그것이 담길 수 있는 그릇이나 머물 수 있는 근거가 있어야 하는데 그것이 바로 기(氣)이다. 즉 생각이나 말은 운이 깃드는 그릇인 셈이다. 밝고 긍정적인 생각이나 말에는 같은 방향의 운이 따라오고 그렇지 않으면 또 그에 상응하는 운이 이어진다. 기운과 말은 당연히 같은 방향으로 움직인다.

사랑한다는 말이 사랑의 감정으로 움직이는 것은 당연한 이치고 미워한다는 말이 미움의 감정으로 작용하는 것 또한 그러하다.

말에는 그 말이 갖고 있는 힘과 말하는 사람의 영혼의 에너지가 함께 작용하고 듣는 사람 역시 같은 에너지로 받아들일 때 그 파동이 강력해진다.

좋은 생각과 말과 행동은 당연히 좋은 기운을 불러온다. 그리고 좋은 기운을 가진 사람끼리의 대화는 더 좋은 기운을 일으키고 확장시킨다.

선한 말을 하는 사람에게서 착한 기운이 느껴지는 건 당연한 이치다.

지금 내가 상상하는 기는 그것이 이루어지는 운을 불러들인다. 그 기운으로 말하면 상상하는 것이 이루어진다.

속마음을 듣는다

1986년 9월 이후 33년 만에 다시 세상을 떠들썩하게 한 화성연쇄살인사건, 미제사건으로 남아 있던 3건에 대해 수감 중인 유력 용의자와 DNA가 일치하면서 프로파일러들에 의해 자백을 받아냈다는 기사가 쏟아졌다. 그런데 스스로 자백한 14건의 사건 중 8차 사건이 논란이 되었다.

8차 사건도 본인이 저지른 것임을 자백하고 있지만 이 경우 윤모씨가 범인으로 지목되어 처벌을 받은 상태이기 때문이다. 8차 사건 범인으로 지목되어 수사과정에서 자백까지 했다는 윤모씨는 수감 중에도 억울함을 호소했다고 한다. 연쇄살인범 이씨는 자신의 범죄라 하고 윤씨는 자신은 무죄라고 주장하니 그 둘의 주장대로라면 윤씨는 너무나 억울한 옥살이를 했던 것이다.

영화 〈살인의 추억〉이 개봉되고 국민적 관심이 높을 즈음 신호철 기자는 15년 수감 생활 중인 윤모씨를 찾아갔다고 한다. 면회 전 경찰은 윤모씨에 대해 이상한 헛소리를 하는 또라이니 만나지 말라고 했다고 한다.

직접 만났을 때 윤씨는 무죄임을 강하게 호소했다. 그런데 신 기자가 왜 그동안 무죄를 주장하지 않고 옥살이를 했느냐고 물으니

"돈도 없고 백도 없는 놈이 하소연할 데가 어디 있겠나, 억울하다."
고 했다는 것이다.

선량하고 억울한 피해자의 절박함으로 전달되지 않고 빈정거리듯 툭툭 내뱉는 어투가 아마도 재판에서 불리했을 것이란 생각이 들었다고 신 기자의 기사는 전했다. 윤씨의 어투 때문에 설득력을 얻지 못했을 것이란 생각이 들더라는 것이다.

스피치를 배우지 않더라도 위기의 순간에 대체로 그 절실함을 호소하게 된다. 그런데 누구보다 억울하고 절박했을 윤씨는 왜 간절한 호소가 아닌 빈정거리는 듯한 느낌을 주는 말투였을까? 앞선 그의 말에서 심리를 엿볼 수 있다.

"돈도 없고 백도 없는 자신의 억울함을 하소연해 봤자 누가 들어주겠는가!"라는 마음으로 말했을 것이다. 그의 어투에는 강한 결백보다는 어쩔 수 없다는 포기 또는 누구도 나의 진심에 관심 없다는 절망이 내포돼 있었을 것이다. 그리고 세상에 대한 원망과 불신 등이 툭툭 던지는 듯한, 빈정거리는 어투로 표출되었을 것이다.

간절함이 왜 없었겠는가 만은 부정 에너지로 표현했기 때문에 진실이 제대로 가닿지 않았다.

아무리 억울하고 부당하더라도 또 미움과 분노에 휩싸여 있어도 진정으로 바라는 바를 놓치지 않아야 한다.

화를 내고 욕을 하고 상대를 공격하는 사람도 인정받고 존중받고 싶은 마음이 있다. 그 진심이 누군가에게 전해질 때 바라는 것을 얻을 기회가 생긴다. 진심을 다하고 최선을 다한다 해서 모두 가능한 것도 아니다. 그런데 자신의 진심에조차 충실하지 않는다면 타인에게 무엇을 바랄 것인가?

원하는 것을 진심을 다해 간절히 말해야 한다. 소울의 에너지를 제대로 말해야 한다. 그리고 누군가의 말을 들을 때는 그의 소울의 울림을 들어야 한다. 살인을 하지 않고도 자기가 죽였다고 말하는 사람의 절박한 진심은 소울을 열고 상대의 소울에 닿아야 알아차릴 수 있다.

소리가 아닌 영혼을 들어준다면 한 삶을 구하거나 살릴 수 있다. 말투에 가려진 진실을 들을 수 있는 영혼의 대화가 꼭 필요한 이유다.

콕 찍어야 매력

"보기 좋은 떡이 맛도 좋다."
"듣기 좋은 말이 기분도 좋다."
"기분 좋은 말이 관계력을 높인다."

모양, 색깔, 냄새, 플레이팅 등에 따라 맛있을 거라는 기대나 믿음을 갖고 먹으면 맛이 더하다.

음색, 톤, 어휘력, 표정, 동작, 스피치 스킬에 따라 말의 느낌과 전달력이 다른 것은 당연하다.

맛있게 말한다는 것은 말의 매력을 느끼는 것이다. 매력적인 스피치는 기분 좋고 호감도 높아 비즈니스나 관계 향상에 효과적이다.

"오늘 맛있는 거 대접하고 싶은데 뭐가 좋을까요?"
"뭐 아무거나요. 전, 아무거나 잘 먹어요."

나는 까다롭거나 예민한 사람이 아니다. 나는 관대하고 너그러운 사람이니 신경 쓰지 말고 편하게 생각하시라는 의미에서 하는 말이지만 원하는 결과로 이어지는 표현이 아니다.

여럿이 의견을 맞춰 식당이나 메뉴를 고르는 상황에서 웬만하면 내 취향이나 입맛을 좀 양보하는 게 좋을 상황이 있기는 하다. 다수가 한식집을 원해서 갔는데 부득불 거기까지 가서 나는 파스타 아니면 안 먹네 한식은 당기지 않네 어쩌네 하면 그야말로 민폐다.

그런데 위의 경우 전제가 있다. 상대가 음식을 대접하는 상황이다. 예의상 묻는 것인지 정말 나에게 맞춰 주고 싶은 것인지를 먼저 파악해야겠지만 일단 나의 의중을 존중해 주고 싶어할 때는 요구를 충족시키는 것이 낫다.

이럴 때는 선호하는 식당이나 메뉴를 구체적으로 밝히는 것이 호감을 높인다. 상대의 입장을 생각해 주고 싶다면 두 개 정도의 선택지를 주면 더 좋다. 그리고 매력을 발산하고 싶다면 스토리텔링까지 한다.

"고맙습니다. 당신과 함께 먹는다면 뭔들 맛있지 않겠습니까만 저보고 고르라시면 오늘같이 궂은 날에는 삼청동에서 손만두 곁들여 칼국수를 먹으면 행복할 겁니다. 거긴 사실 파김치가 예술이거든요. 아니면 인사동 소문 안 난 작은 한식집을 제가 아는데 거긴 어떨까요? 꼬막무침 맛보시면 앞으로 날 궂기만 바라실지 몰라요."

얘기만으로도 즐겁다. 메뉴 선정 정도로도 그 사람의 취향뿐 아니라 성향, 인간성까지를 짐작할 수 있다.

"뭐 이렇게 고집스러워!"라던가 "너무 이기적이야. 자기밖에 몰라!" 하기도 하고 "결정장애야? 자기 생각이 없어. 이래도 흥 저래도 흥이야."라고 생각할 수 있다.

기왕이면 내 생각을 알려 주면서 거기에 나의 매력적인 모습까지 보여 줄 수 있는 소소한 기회이다. 아예 작정하고 제안한 사람 마음에 쏙 들겠다는 심상이면 그가 좋아하는 메뉴를 원하는 것처럼 말하면 상대는 친근감이나 호감을 느낀다.

그가 삼각지의 어느 고기 집을 자주 간다거나 좋아하는 음식에 관한 정보가 있다면 "저는 삼각지 ○○고깃집 가고 싶은데요. 그 집 불맛이 예술이지요. 왠지 거기서 귀인을 만날 거 같네요.", "고기 맛 알고 인생을 아는 사람만 간다는 그 고깃집 어떨까요? 오늘 제대로 인생을 배울 것 같아 기대돼요."

어떤 이미지로 비춰지기를 원하는지에 따라 양식 메뉴를 선택할 때는 그 재료의 특별함이나 곁들이는 와인에 대한 스토리를 함께 언급하면 뭔가 있는 사람, 기대하게 되는 사람이란 느낌을 줄 수 있다.

"로즈마리가 적당히 뿌려진 어린 송아지 뒷다리 살을 발표버터로 살짝 익히고 즉석에서 그라인더로 후추를 갈아 향을 내주는데 고기가 푸딩보다 부드러워요. 그리고 딱 맞는 와인을 추천해 줘요."

거듭 말하지만 상대에 따라 달리 반응해야 한다. 전혀 그런 감성이 아닌 사람에게 섬세한 스토리텔링을 하면 까다롭고 같이하기 부담스러운 사람이 될 수도 있으니 말이다.

대개의 경우 식사 선택이나 받고 싶은 선물을 말할 때 명쾌하게 콕 찍되 의미 있는 스토리를 함께 표현하는 것이 매력적이다.

허름한 식당을 추천할 때도 그 식당의 유래나 식당 주인의 특별한 인생 스토리와 같은 이야기를 멋있게 소개하면 특별한 식사라는 인식을 갖게 된다.

분명한 자기 표현, 간결하지만 명쾌한 의사 전달, 돌려 말하거나 뜨뜨미지근하지 않은 따끈한 말, 듣기 좋은 말이 좋은 인상을 심어 주는 건 당연하다. 핵심, 정곡, 마음에 콕 찍히는 말로 강하고 매력적인 인상을 심어 줄 수 있다.

이게 좋아? 요게 좋아?

왜 묻는지를 알면 답은 의외로 간단하다. 어쨌거나 둘 중 하나는 택할 것이기에. 양손에 옷을 들고 "이게 좋아? 아님 요게 좋아?" 립스틱을 들고 "딥 핑크가 예뻐? 로맨틱 핑크가 예뻐?" 어떤 답을 하느냐가 많은 것을 좌우한다.

남편이나 남자친구 입장에서 그게 그거로 보여도 골라 줘야 한다. 그리고 센스 있는 멘트까지 덧붙여 주면 대접이 달라진다.

사실 어느 정도 더 마음이 가는 것이 은연중에 노출된다. 상대에게 집중하면 보인다. 때문에 센스 있게 상대가 마음 가는 쪽으로 힘을 실어 주면 자신의 마음을 잘 알아 준다거나 이해해 준다는 느낌 또는 서로 잘 통한다는 느낌을 준다.

상대와 견해가 다를 때는 평가나 비교를 삼가고 자신의 생각임을 나타내야 한다. 정이나 모르겠거든 "왼쪽 옷 입으면 귀엽겠고 오른쪽 거는 사랑스러워 보이는데.", "딥 핑크는 잘 어울릴 거 같고 로맨틱 핑크는 딱 당신 것이네." 거기에 "오호, 오늘 로맨틱 핑크 바르고 로맨틱한 데이트하는 건가? 기대되는데."라고 까지 해 주면 끝.

귀여운 옷이라고 이름 붙여 준 옷을 입은 그녀는 귀여운 표정과 귀여운 행동을 한다. "어, 왜케 귀여워?"로 마무리해 주면 능력자로 인정. 귀여워서 귀엽다기보다 귀엽게 만들어 주는 거다.

이 중요한 선택의 시간에 "거기서 거긴데." 이그 쯧쯧. 또 "둘 다 별로!" 이쯤 되면 싸우자는 거다. 케케묵은 눈치 없음을 다 들춰 내면서 온갖 짜증을 내도 할 말 없다. 사태를 그 지경으로 만들어 놓고도 "오늘 왜 이래? 뭣 땜에 화가 났어?" 여기까지 가는 건, 도저히 우리는 안 되는 사이니 그만두자는 것과 다를 바 없다.

그런데 거기까지 가는 경우에는 대부분 뭐가 어디서부터 잘못되었는지 모른다. 아니 뭐가 어려워? 이게 좋아? 이게 좋아? 왜 묻겠는가. 보통은 둘 다 맘에 드는데 하나를 선택해야 하나 싶은 거고. 적어도 하나는 고르고 싶은 것이니 무엇을 선택해 준들 나쁘지 않다.

만일 남자친구나 남편에게 묻는 거라면 둘 다 사 달라는 신호일 수도 있다. 평안하고 싶다면 어느 결정을 하든 참 대단한 선택을 했다는 확인만 시켜 줘도 만사가 형통이다.

"아, 나에게 그렇게 어려운 선택을 하라고? 딥 핑크 바르면 더 섹시해질 거고 로맨틱 핑크 바르면 분위기 끝내줄 것 같은데." 이 정도면 평생 백수여도 책임져 주고 싶어질 만큼 유능한 여성으로 만들어 주는 것임을. 이게 좋아? 저게 좋아? 이때 눈치 못챌 만큼 고민하는 듯 연기하며 진지하게 이건 이래서 당신에게 어울리고 저건 저래서 딱 당신 거고 그런데 나는 이런 당신이 좋으니 하면서 하나를 골라 주든 둘 다 사 주든 암튼 별것 아닌 듯하지만 중요한 순간임을 알아차려야 한다.

돈 없는 이성과는 만나도 센스 없는 사람과 만나는 것은 힘들다. 돈도 없고 센스도 없으면 척이라도 할 일이다. 질문 안에 답이 있다. 정답이 아니어도 정답 이상의 효과를 내는 명답. 말 한마디로 가화만사성이고 인류평화구현인데 그걸 안 하나?

지금 어떤 말을 하느냐, 어떤 선택을 하느냐가 바로 성공과 직결되는 것이라면 이게 좋아? 요게 좋아?

어떻게?

"아, 그게 딱 좋네!"

악을 숨긴 선한 말투

말하는 걸로 봐서 착한 사람인 줄 알았다. 검은 마음을 숨기고 선한 것처럼 위장하는 말투인 것도 그것도 소울 스피치냐? 착한 말투로 사람을 현혹하고 결국 자기 이익을 챙기면서 상대를 짓밟는 사람과 어떻게 대화해야 하는 것이냐?

있다. 심지어는 은밀하게 마치 나를 위한 어떤 배려나 혜택을 주는 것처럼 나의 약한 고리를 파고들어 온다. 그리하여 따뜻한 듯하다. 선한 말투와 극진히 위해 주는 듯한 어투. 그래서 표면적인 말투를 그대로 믿기로 하고 응대하니 등뒤에 칼을 꽂는다.

거짓과 위선의 말은 헛점이 있다. 그럼에도 보이지 않거나 느끼지 못하는 것은 그것보다 더 강한 다른 필요가 작용하기 때문이다. 달리 말하면 욕심이 있으면 분별이 어렵다.

말에는 에너지가 담기기 때문에 아무리 교활하게 위장을 해도 그 본질이 들어 있다. 가만히 내 자리에서 중심을 잡고 들어 보면 알 수 있다. 그러나 솔깃한 것은 그가 말하는 어떤 내용이 나의 필요를 자극하는 것이고 나의 중심이 상대 쪽으로 기우는 것이다.

그냐 나를 떼어 놓고 들여다보면 그가 하는 말에 "왜?"라는 반문이 일어난다. 그가 왜 나를 위해서 좋은 제안을 하지? 바로 그 지점에 상대의 의도가 있다.

그렇게 자신의 이익을 위해서 현혹시키는 말은 그나마 분별할 수 있지만 목적을 파악하지 못할 경우 거짓말에 대한 분간이 안 된다.
"나를 음해해서 무슨 이익이 있지?" 황당하고 억울한 상황을 만들며 "당신에게 불이익을 줄 마음이 없다."고 하는 말을 어떻게 받아들여야 하나?
오죽하면 전생의 악연, 카르마로 돌리겠는가. 겉으로는 좋은 표정을 하고 선한 말투로 나를 위하는 척하면서 뒤로는 나를 골탕 먹이고 손해를 끼치는 사람. 그런 사람과 어떻게 대화해야 할까?

대화는 에너지의 순환이니 중심을 잡고 직관으로 영혼에 와닿는 상대의 에너지를 알아차리라. 머리로는 간교한 꼬임에 넘어갈 수 있지만 가슴과 영혼은 진실을 느낀다. 말만 듣고 머리의 판단에 따라 행동하면 실수가 된다. 거짓이나 현혹하는 말은 가슴과 코어 즉 영혼까지 들여보내 영혼의 반응을 따라야 한다.
악한 에너지가 영혼까지 잠식할 수 있다. 한번 침해당한 영혼은 길들여지기 쉽다. 만일 자신의 영혼마저 흔들린다면 위험하다. 반드시 정화를 해야 한다.

불의에 속는 것도 나쁜 일이며 악한 꼬임에 말려드는 것도 악인과 다를 바 없다. 내면으로부터 부정적이고 악한 에너지가 올라온다면 말을 멈추라. 불안하고 마음이 편치 않으며 말과 행동으로 다른 사람과 부딪히는 일이 잦다면 영혼이 흔들리는 것이다.

가까웠던 사람마저 나를 피한다면 위험을 강하게 알려 주고 있다는 신호다. 자신의 중심으로 돌아가야 한다. 무의식에서 보내오는 반응을 놓치지 마라. 악한 에너지에 대한 영혼의 진동을 알아차릴 수 있어야 한다.

내가 어떻게 말해도 그는 변하지 않는다?

"내가 어떻게 말해도 상대가 변하지 않는다."고 말한다. "좋은 말을 해도 그는 결코 바뀌지 않는다."고. "내 생각을 바꾸고 말하는 방법을 바꿔도 상대는 똑같다."고 말한다. 그렇다. 나의 노력이나 변화로 상대를 다 바꿀 수 있다고 장담하지는 않는다. 그러나 전제부터 들여다볼까.

내가 상대를 꼭 바꿔야 하는가? 왜 바꾸려고 하는가? 어떻게 바뀌길 바라는가? 어떤 질문에도 사실 명쾌한 답이 들어 있지 않다. 왜냐하면 그건 나를 위한 또는 내가 바라는 것이지 그에게 이익이 되거나 그가 원하는 것과는 차이가 있을 것이기 때문이다.

내가 나를 위해 상대를 바꾸고 싶듯이 상대도 그 자신을 위해 말하고 행동하는 건 당연하다. 그러니 나와 그에게 유리한 방향으로 바뀌는 길을 제시하거나 이끌어야 하는데 그를 내가 원하는 대로 오라고 하는 것부터가 무리다.

설령 누가 봐도 좋을 일이라고 해서 상대가 그것을 선택하지는 않는다. 나 역시 그러하지 않은가. 분명 나에게 유리하고 심지어 득이 되는 일이라는 걸 안다고 해서 꼭 그 선택을 하던가. 공부 잘하면 좋다는 걸 몰라서 안 하는 건 아니듯이.

그리고 '나를 변화시키고 상대를 대해도'라는 부분을 보자. 진정으로 내가 변했다면 궁극적으로 상대를 바꾸지 않아도 되는 상태가 되기 때문에 상대의 태도는 문제되지 않는다. 나를 위해 내가 할 수 있는 것에 집중하는데 다른 사람이나 주변 환경의 변화를 전제할 필요는 없기 때문이다.

내가 변하면 나와 관계된 사람이나 환경도 변화될 수 있지만 반드시 그럴 것을 기대하지는 않을 일이다. 또 완벽하게 내가 원하는 대로 되지 않더라도 그 과정에서 성장하고 평정심을 유지할 수 있는 단계에 이르면 외부적 요인들에 대한 관점이 자유로워진다.

상대가 바뀌길 바랄 수는 있다. 하지만 상대를 있는 그대로 인정해 주고 진심으로 그를 위해 그가 변할 것을 바란다면 그 진심에 반응할 것이다. 시간의 문제일 뿐.

누군가의 변화를 바라고 말을 할 때 상대가 진정으로 원하는 것인지 또는 원하지 않지만 유익하거나 필요한 것인지도 살펴라. 설령 그나 내가 원치 않고 서로에게 유익하지 않더라도 정의나 공공의 이익 또는 시대정신 등에 필요하다면 그 같은 목적을 나와 그가 인정해야 한다. 그래야 내가 하는 말이 그에게 가닿는다.

"누가 변해야 되는가? 왜 변해야 하는가? 어떻게 변해야 하는가?"

내가 변해야 한다. 나만 바뀌면 된다. 내가 바뀌면 그가 바뀌지 않아도 상관없다. 나는 그가 바뀌는 것과 관계없이 내가 원하는 상태에 이를 것이기 때문이다.

불편해야 편한 사람

원망하고 미워하는 대상이 있어야 편한 사람이 있다. 다른 사람이나 외부적 요인으로 인해 불행하고 일이 뜻대로 되지 않는다는 생각 뒤에 숨어야 안심이 되는 사람. 나로 하여 일이 잘못되었거나 실패를 했다고 인정하면 그에 대해 책임을 지거나 바로잡아야 하는데 그럴 만한 힘이 없어 타의로 돌려야 편한 것이다.

약한 사람이다. 비겁한 사람이라고 하면 그 같은 성향의 사람은 반감이 있을 것이기에 약한 사람 정도로 한다(그런 사람은 대체로 자기는 그렇다고 인정하지 않는다). 그런 사람이 있다는 것도 알고 다른 사람에 대해서는 남을 원망하는 성향이라고 바라보면서도 정작 자신에 대해서는 부정한다.

회피하고 핑계대고 변명하는 사람은 치졸하고 나쁜 사람이라는 정의에 앞서 그의 나약함을 볼 일이다. 그 상황을 이겨 낼 자신이 없어서 또는 잘못된 상황을 번복할 것이기에 내 소인을 인정하기 어렵다. 인정해도 큰일나지 않는데 말이다.

잘못된 일에 요인이 다른 사람에게 있다고 여기거나 행복하지 않은 이유가 내가 아닌 다른 데 있다고 여겨진다면 우선 그러한 자신의 견해를 인정하라. 의식이 부정하더라도 무의식은 안다. 자기 책임이 있다는 것을.

인정하기 싫더라도 원치 않는 일이 일어난 데는 자신이 무관하지 않았음을 안다. 그런데도 다른 사람이나 나와 상관없는 이유 때문이고 자신은 어쩔 수 없었다고 자신을 설득하려 하고 그 같은 패턴이 굳어지면 객관적인 상황 인식이 어렵다.

남 탓하는 말투 때문에 주변에서 비호감으로 평가되는 사람에 대해 직면하도록 미러링(다른 사람의 제스처, 말투, 태도를 모방하는 무의식적인 모방행위)을 해 봤다. 그랬더니 크게 놀란다. 심지어 자신이 가장 싫어하는 사람이 남 탓하는 사람이라며. 그도 그럴 것이 스스로는 남 탓하지 말자고 다짐하며 살아왔다고 한다.

어린 시절 남편과 시댁 탓하는 엄마의 말이 몹시 싫었다고 했다. 그래서 자신은 그러지 말자고 마음먹었지만 정작 자신의 불행은 엄마 탓이라고 생각했던 것이다. 그러면서 일이 뜻대로 되지 않을 때마다 대상을 바꿔 가며 원망하고 미워했던 것인데 스스로는 그런 자신의 모습을 제대로 본 적이 없다. 그리고 본인이 그런 모습일 거라고는 의심하지 않았다. 의도적 회피.

아는 것, 인정하는 것이 시작이지만 사실에 직면하는 것조차 쉽지 않다. 이미 익숙해진 태도를 바꾸는 것이 힘들다는 걸 알기 때문에 방어기제를 동원해 바꾸지 않아도 될 이유나 명분을 내세운다.

"내가 이제껏 이렇게 살았는데 이제 와서 생각을 바꾼들 뭐가 얼마나 달라지겠어!"라거나 심지어는 운명이나 신의 영역까지 들먹인다. "내가 이렇게 살 팔자니까 그렇지, 달리 살 거였으면 벌써 바뀌었겠지. 아니 신이 계시다면 왜 나를 이렇게 내버려 뒀겠냐고, 이렇게 살 운명인 거지!"

엄마 때문에 불행하다고 생각하던 사람이 중년이 되고서 자신과 비슷한 자녀의 태도에 자극을 받고 변화를 시도한다. 그의 생각은 퀀텀 점프를 했다. 그러면서 엄마와 좋았던 것도 생각해 내고 원망과 미움으로 일관했던 생각과 스피치의 패턴을 바꾸었다. "때문에"나 "원망"이 "덕분에"로 바뀌었다.

생각과 말이 바뀌면서 태도도 변화되니 자녀들의 말투도 달라졌다고 했다. 점점 더 선한 영향력을 주고 싶어진다고 했다. 불행이 다른 사람이나 운명, 팔자 때문이 아닌 스스로의 선택이었다는 생각을 하니 억울함이 가라앉고 편안하다고 말한다. 더 이상 불행해야 편한 사람이 아니다.

"사람 절대 안 바뀌어!"에서
"사람은 언제든지 달라질 수 있어. 마음먹기만 하면!"

그 마음먹기까지 걸리는 시간이나 노력은 다 유효하다. 바뀔 수 있다는 사실만 인정한다면.

소리 내면 파동이 만들어진다

"사랑해, 고마워!"

사랑한다는 말, 고맙다는 말이 에너지가 되고 그 파동이 자신의 몸과 마음, 영혼에 작용한다. 그 파동이 파고가 되어 다른 생명에 변화를 일으킨다. 무조건 소리 내 말하라.

"사랑해, 사랑해, 사랑해, 사랑해!"

상유심생(相由心生), 외모는 마음에서 생겨난다. 사람은 각자의 얼굴에 세월의 흔적을 새기며 산다. 우리가 지나온 세월, 생각과 가치관, 심리 상태의 모든 변화 하나하나가 얼굴에 흔적을 남긴다. 여기에는 과학적 근거가 있다.

심리 변화는 신경전달물질의 농도 차이를 발생시키고 근육을 만들어 표정에 변화를 생성한다. 일정 기간 평균적으로 유지한 정서가 표정에 담기기 때문에 초조하고 우울한 감정에 빠진 시간이 긴 사람은 '불안한 얼굴'이 된다.

고마움을 아는 사람의 얼굴에는 정겹고 온화한 표정이 새겨지지만 상시 부정적 감정을 갖는 사람의 얼굴에는 불편한 에너지가 스며 있기 때문에 표정 역시 그러하다.

"그 사람 딱 보는 순간 기분이 좋지 않았어!"
"그 사람 얼굴만 잠깐 봤는데 뭔가 좋은 느낌이 들더라고!"

느낌은 작은 것 같지만 지속적이면 크게 작용한다. 그 소소한 느낌 때문에 일이 성사되기도 하고 틀어지기도 한다. 인간관계가 맺어지기도 하고 아주 멀어지기도 한다. 때문에 작은 차이가 큰 차이다. 작은 차이로 큰 결과를 만들기 때문이다.

나의 얼굴 세포에 나의 몸 냄새에 어떤 에너지가 담겨 있을까?
생각과 말과 행동으로 나의 에너지와 파동을 만들어 내는데 굳이 부정적인 에너지를 선택할 필요가 있을까?
사랑에 대해 생각하고 사랑이라 말하고 정중한 몸가짐을 한다면야 에너지가 선하지 않을 이유가 없고 파동이 곱지 않을 수 없고 그리고 그 파장은 상대를 즐겁고 유쾌하게 하지 않을 수 없으므로 원하는 일을 이루기 위한 가장 소소한 투자다.

"사랑해 고마워, 고맙고 사랑해!"라고 말하는 순간 이미 사랑의 파장이 나의 몸을 감싸고 상대에게 속삭인다. "믿을 만한 사람이네. 뭔지 좋은 예감이 들어!"라고. 사랑의 감정을 담고 바르고 선한 말과 반듯한 몸가짐을 한다면 믿음과 호감을 줄 것이다.
사랑을 품고 사랑이라고 말하면 사랑이라는 느낌의 파동이 일어 사랑의 감정을 자극하면서 사랑을 일으키고 키우게 된다.

소리 온도

목소리에 온도가 있다. 촉감으로 느끼는 차가움과 뜨거움의 차이처럼 소리에도 따뜻하거나 차가운 에너지가 담긴다. 소리의 온도는 상대의 체온을 변화시킬 수도 있다.

무서움과 두려움을 느끼면 체온이 내려가고 사랑을 하거나 가슴 뭉클한 감동을 받을 때 얼굴이 달아오르거나 몸이 따뜻해지는 건 단순한 느낌 정도가 아니라 실질적인 체온의 변화이다.

온기가 느껴지는 목소리는 성문이 부드러운 곡선을 나타내며 소리의 진동이 폭이 넓고 크다. 소리에서 느껴지는 감정이지만 그 소리에 담긴 소울에 대한 반응이다. 영혼의 상태에 따라 목소리에 온기나 냉기가 담기고 그 목소리는 상대에게 따뜻함이나 차가움을 전한다.

잔인하거나 공포를 일으키는 말 또는 공격적인 말에는 차가운 느낌을 받는다. 말하는 단어나 문장의 상태에 따른 것이기도 하고 화자의 심리, 영혼 에너지 온기에 따른 것이다.

톤이 높고 음폭이 좁으며 숨이 가쁘고 말이 빠르면서 어미를 날카롭게 끊는 투로 말하면 말의 내용과 관계없이 목소리만으로도 차가운 느낌을 받는다. 이때 성문은 뾰족뾰족하고 프레임이 짧게 끊기며 어미도 툭툭 끊기는 것을 볼 수 있다.

그러나 톤이 높거나 호흡이 짧아 끊기는 듯한 어투라 하더라도 사람을 존중하고 사랑하는 마음으로 말하면 느낌이 다르다. 물론 사랑하고 존중하는 여유로운 마음이라면 말투가 팍팍하지 않겠지만 말이다. 아무튼 타고난 음색 때문에 어쩔 수 없이 차가운 말투일 수밖에 없다는 건 핑계나 변명에 지나지 않는다.

소리의 온도! 그것은 소리를 내는 의지와 의도, 마음가짐 그리고 영혼의 에너지이다. '칼'이나 '얼음', '살인'과 같이 단어나 말이 가리키는 것 자체로 온도를 느끼게 하는 것도 있다.

그러나 내용이 없는 숫자를 세도 그 목소리에서 따뜻한 느낌이 전해 오는 것을 보면 말의 내용이나 취지 외의 것이 있음을 알 수 있다. 어떤 말을 해도 느낄 수 있는 따뜻한 기운이 바로 말과 함께 전해지는 소울 에너지이다.

"보고 싶지 않으니 그만 가라."는 냉정한 말을 하는데도 뭔가 뜨거움이 느껴질 때. 그것이 바로 말의 표현과는 다른 마음, 깊은 소울의 온도 때문이다. 이와 다르게 '사랑한다'거나 '당신을 위해서 하는 말'이라고 하는데 냉랭하고 차가운 느낌이 든다면 말과 다른 마음이 내재되어 있기 때문일 것이다.

말의 에너지로 의도나 진심을 다 알 수는 없지만 사랑이 담긴 선한 소울은 따뜻하다. 진심이 통하는 말의 온도도 따뜻함이다. 지식이나 어떤 사실을 전하고 그것을 알아들을 때도 소통이 되지만 감정을 일으키는 말, 서로의 마음이 전해지는 대화에서는 온기를 느낄 수 있다.

별다른 내용 없이 인사말 정도를 주고받는 데도 즐겁고 행복하다면 말의 온도가 있는 것이다. 이기적이지 않고 상대에 대한 배려와 이해심, 애정이 담긴 목소리가 온도를 전하는 것이다.

개인차는 있지만 일반적으로 물에 손을 담글 때 37℃에서 38℃ 정도에 따뜻하다고 느끼고, 음료를 마실 때는 65℃ 정도일 때 따뜻하다는 느낌을 받는다. 시원하다고 느끼는 기온도 같은 온도의 액체로 피부에 직접 접촉시키면 차갑다고 느낀다. 일상생활에서 적절한 기온은 18℃에서 24℃ 정도이고, 34℃ 이상은 따뜻함으로 인식한다. 36℃ 이상이면 뜨겁다, 45℃ 이상에서는 통증으로 느낀다.

이처럼 어떤 경로로 어떻게 전해지느냐에 따라 온도에 대한 느낌은 각기 다르다. 말을 통해 느껴지는 온도도 각자의 경험이나 감정 상태 등에 따라 다를 수 있음을 간과해서는 안 되겠지만 분명한 것은 말의 온도가 있어 자기 자신은 물론 다른 사람에게도 영향을 준다는 것이다. 사랑을 느낄 때 몸의 온도가 올라가는 것이 예가 될 것이다. 그래서 "뜨겁게 사랑한다."거나 "후끈 달아오른다."거나 "사랑으로 불타오른다." 등의 온도를 나타내는 말로 표현을 하는 것일 게다.

일반적인 인간관계에서 대화의 온도는 신뢰를 바탕으로 한 진솔한 대화의 온도 즉 친구 관계에서의 감정 온도 정도가 좋지 않겠는가. 알맞게 오르거나 내리기도 하는 자연스럽고 쾌적한 말의 온도. 원하는 온도에 맞춰 주는 것이 수고스럽게 느껴지지 않고 상대의 온도를 신경써 주는 것이 오히려 즐거울 수 있다면 이상적인 관계가 될 것이다.

물론 필요에 따라 차가워야 할 때도 있다. 냉정하고 이성적인 말이 필요한 상황에서 말이다. 그러나 그 같은 경우가 아니라면 따뜻하고 온화한 목소리, 평온하고 정감 어린 목소리로 소울을 전하는 것이 좋다. 목소리의 온기는 자신의 몸과 마음을 편안하게 건강하게 유지하면서 대화 상대를 행복하게 할 것이다.

"사랑한다."
"당신이 좋다."
"이해한다."
"존경한다."
"당신 훌륭하다!"

이런 말로 언어의 온도를 높여라. 상대를 높여 주는 말, 신뢰하고 인정하는 말, 희망을 담은 긍정의 말, 사람다운 품위가 느껴지는 말로 따뜻함을 만들라. 말의 온기는 대화를 즐겁게 한다.

에너지 장

여러 사람이 모여 있는데 왠지 그곳에 다가가고 싶어지고 쓱 끼어들었는데 어색하지 않고 편안한 경우가 있다. 이미 그들이 만들어 놓은 에너지 장이 자신과 맞는 것이다. 그곳에 형성된 에너지가 나에게 맞는지 아닌지 또는 내게 유익한지 그렇지 않은지 느낌으로 안다.

이는 영적 작용이기 때문에 의식하기 전에 먼저 반응한다. 그래서 쓱 피하게 되거나 아니면 다가가게 되는 것은 자신에게 필요한 또는 맞는 에너지인지 아닌지에 따른 자동반사작용이다. 물리학자 브래넌이 말하는 오라(aura) 즉 '사람이 육체 주위에 갖고 있는 고유의 정보장'이 확장된 것이 에너지 장이다.

인체 에너지 장 연구의 선구자로 불리는 발레리 헌트 박사(Dr. Valerie Hunt)는 인체로부터 방사되는 에너지 장을 영상촬영을 통해 입증한다. UCLA실험실에서 고주파 녹화기법으로 촬영하여 물체나 인체에서 열과 전자기파가 방출되는 것을 증명하였고 방사선 형태로 빛이 퍼져 나가는 것을 보여 줬다. 이 에너지 장은 물리적인 조건에 따라 역동적으로 변한다. 감정이 물체 또는 생물로부터 오는 에너지 방사와 상호작용한다고 설명하고 있다.

신체의 전자기장은 음전하를 띠거나 이온화되기도 한다. 자연현상이나 물체, 생명들과 만나면서 상호작용하여 인간의 에너지 장 즉 오라가 밝아지거나 변화되는 것을 영상을 통해 시각적으로 확인할 수 있다. 다양한 실험 중 엄마와 아기가 함께할 때의 에너지 장에서 신체 활동이 활달한 것과 비슷한 역동적이고 밝은 빛을 띄는 것도 알 수 있다. 엄마가 숨을 내쉴 때 에너지 장이 확대되면서 아이를 감싼다. 성가나 옴만트라, 흥얼거림, 휘파람을 불 때 확장된 에너지 장을 형성하는 모습도 실험에서 확인할 수 있다.

특별한 움직임이 없이도 사람 자체로 갖고 있는 에너지가 있지만 숨을 쉬고 말을 하고 그 주변 환경과 만나면서 그로부터 감정이 일어날 때 에너지가 확장되기도 하고 또 줄어들기도 하고 밝아지거나 어두워지기도 한다. 다른 사람 가까이 다가갈 때 느낌은 그가 갖고 있는 에너지 그리고 나와의 상호작용으로 형성되는 에너지를 동시에 감지하는 것이다.

누군가 잠든 옆에 가만히 누우면 잠이 잘 온다. 특히 아기가 잠든 옆은 편안한 잠을 자기에 더없이 좋다. 또 사랑하는 사람과 나란히 잠들고 싶다는 생각을 하는 것도 그것이 얼마나 안락하고 편안한지를 알기 때문이다. 에너지 장이 안전하고 평안하다는 생각에서다. 가까이 가면서 상대의 파동 안에 들어가기 때문에 편안한 잠에 이르는 것이다.

아이를 키울 때 아기 옆에서 달콤한 잠을 자는 것은 신의 무한한 축복을 받는 것이다. 모든 힘겨움에 대한 위로이고 어떤 고단함도 이겨 낼 수 있는 에너지가 충전된다.

바람피우고 늦게 귀가해 잠든 배우자 옆에 슬그머니 이불을 들추고 누우려는데 뭔가 강한 기운이 훅 몸을 치는 것 같아 '욱' 소리가 날 정도였다는 말을 들었다. 물론 도둑이 제 발 저린다는 말처럼 스스로 미안함이나 죄의식을 느낀 것일 수도 있지만 배우자의 무의식적 파동이 작용한 것이다. 소위 육감이라 표현하는 오감 이상의 감각작용이다.

마케팅과 자기계발 전문가 조 바이텔은 저서 「호오포노포노의 비밀」에서 우리 내부의 유독한 에너지를 방출해서 신성한 생각과 말, 업적, 행동이 효능을 발휘하도록 하는 과정 그리고 문제를 해결하는 과정을 설명하고 있다.

호오포노포노는 '바로잡다' 또는 '오류를 수정하다'의 의미로 고대 하와이안들은 생각이 과거의 고통스런 기억들로 오염될 때 오류가 발생한다고 믿었다. 불균형과 질병을 유발하는 고통스런 생각 즉 오류의 에너지를 방출함으로써 치유하고 원하는 것을 이루기도 한다.

유독한 에너지를 비우고 그 자리에 사랑을 채워 달라고 청원하면 사랑이 마음속으로 들어와 임무를 완수하게 된다고 한다. "사랑합니다!" 이 한마디가 치유와 성취, 이해를 가능하게 하고 정화를 시키는 유일하고 강력한 힘이라는 것이다.

의자와 같은 사물에도 에너지가 있는데 고통스런 사람이 앉아 있다가 일어나면 의자가 힘든 에너지를 갖고 있기 때문에 정화가 필요하다고 한다. 그래서 의자에 앉아도 되는지를 의자에게 묻고 사랑한다는 말로 고통의 에너지를 정화해야 한다는 것이다.

예전에 어른들은 오래된 물건에는 그 물건을 쓰던 사람의 영혼이 머문다고 생각했다. 뒤주에는 그 집 안주인의 오랜 한이 담겨 있고 항아리에도 그 집 사람들의 혼이 들어 있다고 여겼다. 그래서 남이 쓰던 물건을 함부로 가져다 사용하지 않고 만일 집에 들일 때는 그 혼을 달래거나 사라지게 하는 절차를 밟아야 한다고 믿었다. 이는 호오포노포노와 크게 다르지 않은 의식이다.

우리 집에는 물건이 많지 않다. 공간을 간소화하고 꼭 필요한 물건을 쓰겠다는 나름대로의 생활방식이기도 하지만 불필요한 물건을 쌓아 놓으면 생각이 물건에 치일 것 같기도 해서이다. 어쩌다 가전제품이나 생활용품을 새로 들여오면 아이들과 이름을 붙인다. 기계적인 명칭보다 친근하고 정다운 분위기를 만들기 위함인데 소소한 즐거움이 있다.

사랑이라는 이름의 강아지와 로봇청소기 브룩스의 신경전을 소재로 이야기를 나누노라면 무슨 영화 스토리를 풀어 놓는 것처럼 드라마틱하다. "브룩스가 자기는 열심히 일하는 데 사랑이는 놀면서 방해한다고 느끼는 것 같아!" 그렇게 말하고 보면 그런 듯하여 웃음을 터트린다.

이름을 부르고 의미를 부여하면 따뜻한 에너지가 흐르는 걸 느낀다. 이처럼 집에서 즐거운 에너지 장이 형성되면 밖에서 힘든 하루를 보내고 들어와도 이내 안락함에 젖는다. 웃음을 주던 경험이 있는 공간과 사물이 친근하고 정겹게 느껴지고 그 같은 에너지 파동이 집안을 감싼다.

어린아이들은 에너지 파동에 대해 가장 순수하고 민감하게 반응한다. 낯선 어른인데 뛰어와 풀썩 안기는가 하면 관심 가질 만한 물건으로 유인하고 부드러운 말씨로 자극해도 얼굴을 돌리기도 한다. 인상이나 이미지 같은 시각적 작용도 있지만 그 사람이 풍기는 에너지 파동 때문이다.

"왠지 품격 있어 보인다."거나 "사람을 끌어당기는 뭔가가 있다."는 생각을 불러일으키는 것은 그 사람의 에너지에 대한 감각적 수용이고 그것은 물리적인 요소 이상의 정신적, 영적 영역, 영혼의 파동을 느끼는 것이다. 선하고 아름다운 사람의 에너지 장은 사람을 끌어당기는 힘이 있다. 안전하고 아름답고자 하는 욕구와 상호작용하는 것이다.

내가 만드는 에너지 파동은 어떤 빛과 색과 온도일까?

강한 사랑의 에너지가 넘치는 말을 할 일이다. 그 에너지 장이 널리 퍼져 나가도록.

6

어른도 큰다

SOUL SPEECH

그때그때 달라요

같은 말도 대상과 때에 따라 전해지는 의미도 말의 효과도 다르다. 그럼에도 불구하고 누구에게나 무리 없고 좋은 말도 있다. 그것을 분별하여 말하는 것이 말 잘하는 비결이다.

나이든 사람들이 많이 하는 "옛날에는 다 그랬어!" 또는 "그땐 통했는데!" 하는 말이 있다. 맞다. 그 시절에는 그런 말을 하거나 그 같은 표현을 해도 문제가 되지 않았지만 이 시대에 해서 문제가 되는 말들이 있다. 특히 성과 관련한 표현이나 인권과 관련한 표현들이 그렇다. 그런데 한번 더 들여다보면 그땐 그 말이 다 통했다기보다는 그때의 문화에서 문제삼지 않았던 것이지 문제가 없던 것은 아니었을 것이다.

약자나 여성 또는 성과 관련한 말을 유머의 소재로 말하던 사람들이 있었던 것이지 그런 말이 모두에게 유쾌하거나 유익했던 건 아니다. 또 모멸감을 느끼는 말을 들었다고 해서 약자가 이를 공론화하거나 문제삼기 어려웠던 시절이었다.

인권존중에 대한 의식이 성장하기 시작한 게 오래지 않고 양성평등이란 말은 그보다도 후이고 보니 그 이전의 사고를 그대로 갖고 있는 사람(실상은 나이보다는 개인차이겠지만) 아무튼 예전이 좋았다고 말하는 이들 중에 주변 사람을 불쾌하게 하고 문제를 일으키는 말을 서슴없이 하는 경우가 있다. 예전에는 다 통했던 말이라고 우기면서.

말의 본질이 시대가 다르다고 전해지는 느낌이 변하는 것은 아니다. 표현상의 변화는 물론 있지만 그 안에 담긴 마음에 대한 느낌은 크게 다르지 않다. 과거에도 사람을 존중하고 사람에 관심을 갖고 하는 말은 그러한 마음대로 전해졌을 것이고 현재도 마찬가지다. 다만 사회통념상 용인되는 표현의 한계가 달라졌다. 그래서 예전에 익숙하게 들었거나 해 왔던 말을 그대로 해서 눈총을 받거나 물의를 일으키지 않으려는 노력이 필요하다.

평소 사람 됨됨이가 나쁘지 않은데 "여자는 말이야!" 하는 식의 표현이나 "옛날 같으면 어쩌고저쩌고…." 하는 식의 말 때문에 외면당하는 이들이 있다. 그렇다고 여성을 무시하거나 시대 변화를 따라가지 못하는 것도 아닌데 말 때문에 구태한 사람으로 전락하는 것은 안타깝다.

지금 와서 갑자기 전혀 다른 시대가 된 것은 아니다. 사회 흐름을 관찰하고 사람에 대해 관심을 기울이면 필요한 말과 불필요한 표현에 대한 분별이 된다. 자신이 살아온 패턴 안에 갇혀서 이제까지 해 왔으니 그대로 해도 된다는 생각으로부터 벗어나야 한다.

오늘은 누구도 살아 보지 않은 새날이다. 어제 세상에 없던 새로운 생명이 온 날이고 나의 경험을 모두 공유하는 사람들만 살고 있는 것은 아니다. 과거 경험이나 기억으로부터 그때의 언어 패턴을 그대로 끌고 오면 곤란하다. 메시지를 표현하는 어휘력이 달라야 한다는 말이다.

지금 만나는 사람은 그 순간에 맞는 즐거운 대화를 원한다. 지나온 과거가 긴 사람도 오늘을 사는 것이고 지금 이 순간을 이야기하는 것이다. 그러니 과거에 쓰던 단어 보따리를 끌고 다니지 말고 현재의 말로 바꿔서 살아 있는 대화를 해야 한다.

사실 사람에 대한 깊은 관심과 존중감에서 우러나오는 말이라면 투박하고 촌스러워도 괜찮지만 나이들었다고 해서 말이 구태할 필요가 없으니 하는 말이다.

꼰대 취급을 하는 것은 나이 때문이 아니라 언행 때문이다. 나이 들어서 자꾸 과거의 나를 내세우는 것은 실상 소외되지 않으려 억지를 부리는 것일 수 있는데 정작 그런 말투 때문에 소외된다.

과거의 나의 말은 그곳에 두고 현재의 언어를 말하라. 현재와 미래에 대한 이야기를 더 많이 하는 게 좋다. 그리고 나보다 상대에 대한 말을 더 많이 하는 게 유리하다. 그때와 지금은 다르다. 요즘 말로 지금 그리고 내일에 대해 말하라. 말이 젊어야 늙지 않고 소외되지 않는다.

중년에게

중년에게 위로와 경의를 표한다. 살아 내느라 수고하지 않은 이가 있을까. 생애 주기 중 현재의 나는 어느 때인가.

중년기에 중년이라는 구분을 달가와하지 않는 경우가 있다. '한창 젊은 시기가 지난 40대 안팎의 나이, 나이를 거듭 많이 먹음'이라는 중년의 사전적 정의에서 보듯 썩 매력적으로 느껴지지 않는다. 굳이 젊지 않음을 상기시켜 언짢게 할 일인가 할 수 있다. 나이가 들었다는 것이 기분 나쁠 일은 아니지만 본능이든 학습된 감정이든 즐겁지 않다면이야.

나이 많이 먹었다는 것도 받아들이기 싫은데 사전적 풀이에서처럼 거듭 많이 먹었다는 표현은 유쾌하지 않다. 내 의지나 선택과는 무관하게 인생의 어느 때가 되면 중년이다. 거부할 수 없고 비껴갈 수도 없는 생애 주기 중년을 있는 그대로 인정하고 누려 볼 일이다. 엄밀히 말하자면 누구나 중년을 맞는 것은 아니지 않은가. 그때까지 살아 냈거나 살아 있는 사람만이 중년이 된다.

얼마나 많은 사연이 있었던가 중년이 되기까지. 냇물 흐르듯 자연스럽게 흘러온 삶조차도 돌을 넘고 낭떠러지를 떨어지고, 좁은 길과 고여 있는 답답한 공간을 지나야 흘러올 수 있는 인생의 강이 중년이다.

중년에는 고독하고, 쓸쓸하고, 허무하고, 불안하고 등이 연관검색어처럼 따라다닌다. 돈이 많으면 많은 대로 지위가 높으면 높은 대로, 가진 것이 없으면 없는 대로 각자의 자리에서 느끼는 상실감 혹은 위태로움. 중년은 그렇다.

이만하면 됐다, 잘 살았고 충분하다, 모든 것에 만족하니 이제부터는 나누면서, 누리면서, 유유자적 살자는 삶은 흔치 않다.

중년의 당신은 지금 무엇을 원하는가? 당신은 누구이며 무엇을 하고 살아오셨는가? 이제 누구와 어디로 어떻게 갈 것인가?

돈을 더 벌겠다, 다음 지위에 오르거나 다른 직업을 갖고 싶다, 명예를 얻고 싶다, 새로운 것을 해 보겠다, 인정받고 싶다, 뜨겁게 사랑하고 싶다.

무엇이건 시작과 과정, 끝에 '말'이 좋아야 다 좋고 더 좋다.

중년에도 꿈을 꾸고 중년에도 사랑을 한다. 청년의 감정과 크게 다르지 않다. 그러나 청년 때처럼 꿈과 사랑을 말하면 어울리지 않는 것 같다. 중년의 언어가 따로 있을까. 중년은 주변을 의식하고 주변에서도 청년과는 다르게 바라본다. 책임이나 의미를 청년보다 크게 지워 준다. 중년에 하는 말은 가볍거나 쉽게 듣지 않는다.

"어떻게 해야 돼요? 평생 해 온 말인데 나이 들수록 말이 안 통해서 힘들어요. 방법이 있을까요?" 이렇게 말하는 이는 희망적이다. 최소한 말이 안 통해서 힘들다는 것을 인정하기 때문에.

정작 꽉 막힌 사람은 다른 사람들이 자신의 말 때문에 힘겨워하는 것을 인정하지 않는다.

중년의 스피치가 좋아야 하는 이유는 무엇보다 우선해 자신을 위한 것이다. 쟁취하거나 손에 쥐기 위해서가 아니라 자유롭고 편안하기 위해서다. 삶을 만들어 가기 위해서라기보다 삶을 완성하기 위해서다.

"아니 그럼, 이 나이에 들숨날숨 호흡하고 고마워요 사랑해요 그런 말, 그 소울 스피치를 해야 한다는 거예요?"

"네!"

지금 이같은 이야기를 알게 된 중년의 당신은 좋은 기회이다. 그리고 원하는 말을 하거나 들을 수 있게 될 것이다.

견디고 살아 내서 중년이 된 당신은 당신이 있어 세상이 이만할 수 있었다는 위로와 감사의 말을 들을 자격이 있다. 그래야 한다. 중년은 그런 자격을 인정받는 때이므로. 그래서 중년에는 꼭 들어야 할 말이 있다. 그 말은 내가 어떤 말을 하고 사느냐에 따라 들을 수도 그렇지 않을 수도 있다.

중년에는 더욱 자기가 하는 말이 되돌아온다. 그리고 누군가에게 영향을 준다. 그러니 정말 말을 잘해야 하는 때다. 위기나 좌절을 겪고 있는 누군가가 있다면 과거의 내가 그러할 때 필요했던 말을 해 줘야 한다. 오늘까지 살아 낼 수 있게 했던 힘을 돌려줘야 한다. 중년은 그런 시간이다.

나이를 거듭 많이 먹은 중년에게 중년이 해 주고 싶은 말, 당신이 있어 세상이 이만할 수 있었다고 수고하셨고 고맙다고 인사올린다. 이는 중년의 한가운데 들어선 내게 전하는 인사이기도 하니 정중하고 간곡하게 말씀 올린다.

"이 정도면 됐어, 지금이 딱 좋네, 완벽해!" 하는 말이 흘러나오는 중년이시길 바라며 "당신 참 멋지다! 존경한다! 따르고 싶다!"는 말을 들을 수 있기 바란다.

한국의 중년 남성

'한국의 중년 남성' 하면 '내 나이가 어때서'라는 유행가 가사가 떠오른다. 무엇이든 할 수 있는 때인데 나이가 무슨 문제인가 하는 반문이다. 삶을 제한하는 것이 나이라고 생각하기 때문이고.

중년은 중장년과 장년으로도 구분되며 생애 청년에서 노년 사이의 단계를 뜻한다. 즉 중년은 연령으로 본 구분이다. 생애 단계를 유년기, 청년기, 장년기, 중년기, 노년기의 5단계로 구분한다면 그 네 번째에 해당되는 때이고 나이로 구분해 보면 콜린스 사전에는 대략 40세에서 60세 사이 나이의 사람이라 되어 있고, 옥스퍼드 영어 사전에는 성인기 전반부터 노인 사이의 약 45세에서 65세 사이로 구분한다. 미국의 인구조사에서는 중년을 35세에서 44세 또는 45세에서 54세로 분류한다.

미국의 발달심리학자이자 정신분석학자인 에릭 에릭슨(Erik Erikson)은 40세에서 64세라 정의하고 있고 미국 정신의학회의 표준 진단 매뉴얼인 정신질환 진단 및 통계 편람(DSM)은 1994년 4차 개정판에서 최대 50~64세로 정의했다. 대한민국의 국어사전에서는 중년을 40~50대 안팎의 나이대로 간주하고 있으나 오래전 쓰인 것이어서 근래 들어서는 생애 네 번째 과정인 50세에서 64세의 연령대로 구분하는 추세다.

이 같은 주장들을 반영해 통산 40세에서 65세 사이의 사람이 될 테지만 사실 중년의 사람들은 그게 “뭣이 중하지?” 하고 반문하고 싶어진다. 그 저변에는 “그래, 나 나이 먹었다. 그게 뭐 어떻다는 거냐?”라고 하는 불편한 심기가 드러난다. 나이든 사람에게 뭔가 제한되거나 긍정적이지 않은 한계상황이 있는 것으로 회자되는 것에 대해 고까운 마음이 드는 것이다.

때문에 “내 나이가 어때서?” 하면서 사회적 편견이나 나이든 사람에 대한 불편한 시선에 반박하고 싶어진다. 그런데 보라. 스스로가 나이에 대한 어떤 제한이나 한계상황을 인정하고 있는 것이다. 그렇지 않다면 불편할 일도 반박할 이유도 없다.

그런 나이가 중년이다. 인생에 대해 알 것 같고 해야 할 것과 하지 않아야 할 일에 대한 분별이 생기는 때 그럼에도 불구하고 이제는 더 이상 젊은 패기로 도전하기에는 삼가야 할 것이 있다는 것을 인정하는 때다.

지나온 길을 돌아보고 가고 싶은 길과 가야 할 길에 대한 분별을 하는 때가 바로 중년이다. 이때 ‘나’는 누구이거나 무엇인지 새롭게 정립하고 싶다. ‘중년 남성’이라는 식상함으로 불리기 원치 않는 제2의 사춘기, 중춘기다.

“당신은 누굽니까?”라는 질문에 가장 먼저 떠오르는 단어는 무엇인가? 이름? 직함이나 직위? 학위? 전직, 또는 이전에 가졌던 타이틀, 누구 아빠나 누구의 남편? 타인에게 불리는 이름 말고 내가 내게 말하는 답은 무엇인가? “나는 ○○이다.”

딱 떨어지는 단어가 떠오르지 않을 수 있다. 꼭 답을 할 수 있어야 하냐고 물을 수도 있다. 이것이다 저것이다 답하기 어려워도 필요하다. 중년이라는 한계 말고 인간 '나'로 살기 위함이다.

충분하거나 확실하지 않고 만족하지 않은가? 허허롭고 지쳐 있는가? 이제까지 뭘 한 건가, 무엇을 위해 그리 고단한 시간을 지나왔나 싶고 분명 치열하고 지난한 세월을 살아왔는데 내가 원하는 만큼이 아닐 수 있다.

이쯤에서는 보람과 성과가 확실해야 할 것 같은데 갈 길은 멀고 자신감은 줄고 더는 고생하고 싶지 않을 수도 있다. 나만 이런가 싶으면 더 힘빠진다. 감정과 갈등에 직면하기 불편하고 솔직하게 말하는 것은 더더욱 힘들다.

"하느라고 했는데 내가 참 안됐단 말이지요!" 한국 중년 남성의 이 한마디. "나 잘못 산 건가요?"

자만에 취해 다른 사람 안중에도 없는 것도 난감하지만 자기 안에 갇히는 것도 좋지 않다. 이제는, 이제까지보다 즐겁고 평안하고 행복하게 웃고 싶은데 내 나이 중년에 그게 가능하겠냐고 한다면. 가능하다. 그걸 찾아보자고 말하면 '누가? 내가?' 한다.

아무리 좋은 논리와 결론이어도 내 것이 아니면 무슨 소용인가. 마지막 페이지를 미리 열지 말고 한 자 한 자 보면서 찾아낸다. 디테일을 놓치지 마시고. 한 단어 안에 담겨 있을 수 있고 한 문장에서 보일 수 있다. 이 책 안에서 당신이 찾아 낼 보물찾기이다.

지금 원하는 게 무엇인가?

지금 원하는 게 무엇인가?를 분명히 한다. 그리고 왜 잘 안 되는지 어떻게 하면 되는지 찾는다. 처지를 비관하고 불평하는 사람에게 "그래서 원하는 게 뭐냐?"고 하면 멈칫한다. 정말 원하는 게 무엇인지 그것도 확실하지 않은 상태에서 막연히 힘들고 고통스럽고 불만스럽다고 한다.

무작정 큰 틀의 한 가지 "행복하고 싶어요?" 사명감이나 신념으로 삶의 목표를 세운 분은 논외로 하고 일반적으로 원하는 거 쉽게 떠올려 보자. 행복을 원하지 않는가? 돈을 벌고 지위나 명성을 얻고자 하는 것도 그것으로 즐겁고 만족스럽기 위해 결국 행복하기 위해서다.

쉽고 평범한 얘긴데 이 두 가지를 같이 놓고 생각해 보자. 자필로 쓰면서 생각하는 게 도움이 될 것이다. 평온, 무탈, 안정, 건강, 인정, 신뢰. 한 단어로 써 본다. 내가 궁극적으로 얻고 싶은 건 무엇인지 썼다면 그다음 줄에 다시 써 본다. 어떤 때 그런 감정이 드는지. 예를 들어 궁극적으로 원하는 것 행복, 건강, 즐거움, 편안함. 안정.

어떤 때 그런 감정이 드는지 맛있는 음식 먹을 때, 사랑하는 사람과 함께 있을 때, 갖고 싶은 물건을 얻었을 때, 여행할 때, 가족과 이야기 나눌 때.

딱 한 단어로 정리하는 거, 딱 한 가지 경우만 찾아내는 것이 쉽지 않다. 우선순위를 선별해서 한두 가지 정도로 정리를 해 본다. '1. 행복, 2. 사랑' 쓰고 보면 간단해진다.

그러면 다시 역으로 풀어 볼까. 사랑하면 행복하고 그것이 내가 가장 원하는 삶이고 중요하게 여기는 것이다. 경우에 따라서는 원하지만 지금 충족되지 않은 것에 우선순위를 둔다.

그저 머릿속에 생각만 하는 것과 글로 써서 문자로 표현된 자신의 감정을 들여다보는 것은 다르다. 그러니 써 보시길 바란다. 사실 중년 남성 중에는 이래라저래라, 이게 좋다 저게 옳다 하는 얘기 자체가 불편할 수 있다.

써 보면 의외로 큰 문제가 있어서 원하는 것을 이루지 못한 것이 아니라는 것을 알게 된다. 작은 변화나 시도로도 원하는 것을 이룰 수 있다는 말이 된다.

지금 원하는 것을 이루고 그렇게 진정으로 원하는 일, 궁극적으로 바라는 것을 찾아간다. 중년에는 이제까지 안 해 본 것, 소소하고 간단한 시도, 유치해 보일만큼 원론적인 것을 직접 해 보는 것도 좋다. 거창하고 원대한 삶의 목표를 잠시 내려놓고 지금 내가 원하는 것에 눈길을 준다. 작은 것을 얻는 것이 큰 성취이다.

소통이 힘든 중년 남성

왜 소통이 잘 안 되는지 주변 사람들은 안다. CEO 대상 스피치 코칭을 하면서 사회적 성공과 내면의 만족감이 항상 일치하지 않는 경우를 보게 된다. 경제력을 갖게 되거나 지위나 직급이 올라간다고 해서 원하는 것을 이뤘다고 말하기는 어렵다. 돈은 벌었는데 만족감이 높지 않은 경우도 많고 그 돈을 버느라 비루하다는 평가를 받는 경우도 있다.

높은 지위에 오르고도 자존감이 낮고 존중받지 못하는 경우, 스스로는 만족스럽다고 말하는데 주위 사람들을 힘들게 하는 경우, 반면 돈도 명예도 없지만 심리적으로 풍요로운 삶을 사는 사람. 다양한 삶의 스피치를 살펴봤다.

말이 다는 아니지만 별것 아닌 것은 더더욱 아니다. 중년 남성은 스피치에서 성공적인 삶인지를 가늠하게 한다.

"에이, 돈만 많으면 뭐해 그 사람 말하는 거 들어봤어? 말투가 영 아니잖아. 오죽하면 가족들도 다 싫어하겠어."

어떤 기업 대표가 연말 행사에서 직원에게 하는 인사말을 봐 달라고 부탁한다. 직접 휴대전화에 메모한 것을 보내왔다. 글을 보며 생각했다. 이 사람을 그 자리에 이르도록 한 힘은 무엇이었을까? 어떻게 그런 말을 자판에서 찾아가며 찍었을까 싶을 만큼 적절하지 않은 표현에 직원들에 대한 존중감이라곤 느낄 수 없는 글이었다.

그와의 대화는 글보다 더 언짢다. 본인 동의 아래 대화를 녹음하고 그의 말투를 흉내냈다. 그는 질겁하며 나의 말을 중단시킨다.

"아니 내가 그럽니까? 내가 그렇게 말한다고요? 내가 여태껏 그따구로 떠들었단 말이오?"

녹취록을 듣다가 그가 껐다. 그리고 생각에 잠긴다. 물론 한두 번의 코칭으로 중년까지 쓰던 말투를 완전히 바꾸기가 쉽겠는가. 하지만 그는 소소한 것부터 실천하겠다는 약속을 했고 얼마 후 잘 지키고 있다는 말을 전해 왔다.

그의 능력은 바로 그것이었음을 뒤늦게 발견했다. 필요하다고 생각하면 열심히 노력하고 변화에 적극적이다. 그런 사람이 왜 그때까지 다른 사람을 무시하는 오만한 어투로 말해 왔을까? 그의 말대로 한번도 자신의 말투에 대해 생각해 본 적이 없다. 보통 그렇다. 하던 대로 말하면 된다고 여긴다. 하고 싶은 말을 하고 듣고 싶은 말을 듣고 싶지만 방법에 대해 배운 적이 없다.

"됐어요. 뜻만 통하면 되지 이제 와서 배운다고 평생 해 온 말투를 바꿀 수 있겠어요?"

"네, 바꿀 수 있어요. 바꾸셔야지요. 과연 뜻은 잘 통했을까요?"

일방적으로 자기 말만 한다. 자기 생각대로, 자기 주장대로, 자기 입장에서 말하고 상대 기분이나 의견은 상관하지 않는다.

중년쯤 되면 고집과 아집이 깊을 수 있다. 편견이 작용하고 자기가 경험한 것이 다라고 여긴다. 못 알아듣는 네가 문제라고 말한다. 언제 일일이 설명하고 가르치냐고도 한다. 말하면 그냥 들으라고 윽박지른다. 알아듣지 못하는 말은 시끄럽다고 느낀다. 설명하거나 납득시키려는 상대에게 쓸데없이 말이 많다고 한다. 감정을 솔직하게 표현하는 것이 어색하다. 필요한 말만 하자고 한다. 나도 다 해 봤다고 내가 더 잘 안다고. 말해 봤자 소용없다고.

"됐어, 관두자, 나중에 하자, 그래서 네가 원하는 게 뭔대? 원하는 걸 말해 봐. 시간없어. 짧게 말해. 도대체 왜 그 모양이냐…."

자기 말이 맞는 것 같은데 상대가 왜 싫다는지 알고 싶지도 않다. 그러니 점점 외롭다. 왜 이렇게 안 통하는 것일까? 주변 사람들이 다 문제일까? 문제라 한들 그들을 다 설득하거나 바꿀 수 있겠는가?

된다. 그들 다 말고 나만 바뀌면 된다. 내게 문제가 있어서라는 말이 아니라 내게 해결 방법이 있다는 뜻이다.

그럼 중년의 소통법은?

자신을 봐야 한다. 내가 어떻게 말하고 있는가? 내 말투를 상대는 어떻게 들을까? 내 말에서 어떤 느낌을 받을까? 상대의 마음으로 들어야 한다. 내가 듣고 싶은 얘기를 상대에게도 해 주는지, 나도 듣기 싫은 말을 하고 있지는 않은지. 그것을 어떻게 알 수 있을까?

말하고 있는 순간 자신의 감정을 느낄 수 있어야 한다. 즐겁고 편안하고 존중받거나 인정받는 느낌인지, 편안한지, 미소 지어지는지, 행복한지.

원점으로 가서 듣고 싶은 말, 듣기 좋은 말을 한다. 간단하고 쉽다. 왜 그래야 하는가. 거듭 말하지만 우선 나를 위해서다. 내가 좋은 말이라고 생각되는 말을 할 때 스스로 자신의 말에 대한 만족감이 생긴다. 그래서 말하는 게 즐겁고 좋다. 때문에 말하는 목적에 가까이 갈 수 있다. 인정하는 말, 품위 있는 표현, 아름다운 말, 즐겁고 유쾌한 언어, 상대에게 이롭거나 득이 되는 말.

시작은 지금 나의 말투에 들어 있는 감정을 알아차리는 것이다. 대화할 때 먼저 듣고 그다음 내 말을 하는 게 좋다. 특히 나이가 들었다면 더 많이 그리고 더 적극적으로 들어야 한다.

이해가 안 된다고 말하기보다 궁금하다고 말한다. 네 생각이 틀렸다고 말하고 싶을 때 내가 다르게 생각하고 있었다고 표현한다. 내 말을 따르라고 하고 싶다면 내 방법을 어떻게 생각하냐고 물으라. 상대의 말에 옳고 그름이나 좋고 나쁨을 판단해 주고 싶어진다면 차라리 침묵할 것을 권한다.

상대의 말을 분석하거나 아는 척하는 건 시도하지 않는 게 낫다. 부득이 내 방법이 옳다는 말이 하고 싶어지면 네 방법이 새롭거나 신선하다고 바꿔 말하라. 내 표현 방식이 상대가 듣고 싶은 말과 다르다는 걸 기억하면서.

중년, 당신이 살아온 세월 참 대단했을 것이다. 중년까지 살아낸 것만으로도 기적이니 얼마나 하고 싶은 말도 많겠는가? 수고하셨다.

"당신 대단하다, 훌륭하다, 멋있다, 애쓰셨다, 고맙다, 당신 덕이다, 당신 꼭 필요한 사람이다, 어찌 그렇게 잘 하시냐, 당신 아니면 아무도 못했을 거다. 능력 있다. 당신이 있으니 가족도 회사도 사회나 국가도 이만큼 발전하고 살 만해진 거 아니겠냐. 존경한다. 사랑한다."

듣고 싶은 말 많다. 나에 대한 제대로 된 평가가 아쉽다. 인정받지 못해 속상하고 화도 날 것이다. 아는 사람들이나 세상에게 야속한 마음도 왜 없겠는가. 그런대도 내가 더 해야 된다고? 그 정도면 되지 않았냐, 할 만큼 했다, 이제는 대접받고 싶을 것이다. 그래서 드리는 말씀이다. 잘 살아오셨다고 그러니 이제 존경받고 대접받으시라고.

중년이나 노년에 보상이 따르지 않는 것과 관련한 기사 댓글에 뭔 소리냐 그동안 누릴 거 다 누리고 살지 않았느냐고 쓰여 있다. 서운하다고만 할 게 아니라 듣고 싶은 얘기 들으려면 내 말이 바뀌어야 한다. 내가 달리 말하면 위안이 되는 기특한 소리를 해 준다. 젊은이들이 버릇이 없는 게 아니라 정직한 거라고 말해 주라. 내가 들을 소리를 먼저 상대에게 하면 그쪽에서도 돌려 준다.

말은 부메랑보다도 씨앗보다도 정직하고 정확하다. 내가 어떤 기운을 담았는지 상대는 기가 막히게 안다. 말을 분석하는 것이 아니라 영혼으로 흡수하는 것이다.

"내가 젊은 때는 말이야. 먹을 것도 없고 일자리도 없고 그래서 몸으로 다 부딪치며 힘들다고 불평할 새가 어딨냐 그냥 일만 했다. 그래서 이렇게 살기 좋은 세상 만들어 놨더니 요즘 젊은이들은 말이야…." 이렇게 말하는 중년에게 젊은이가 무슨 답을 하겠는가?

"요즘 젊은 사람들 고민이 많지, 무슨 일을 하고 살지, 내 집 마련은 어찌해야 할지, 세상은 빠르게 변한다고 하는데 어떻게 따라가야 할지 참 어려운 시대를 사느라 애쓰네."라고 말하면 오히려 "옛날은 옛날대로 힘드셨지요?"라는 말이 절로 나온다.

내게 필요한 위로를 내가 먼저 해 주라. 그러면 돌아온다. 자연스럽게. 나도 젊을 때는 잘 몰랐다. 열심히는 하지만 어설프고 부족하다. 확실한 게 없으니 망설이기도 하고 엉뚱할 수도 있다. "그렇지 젊을 때는 그렇더라, 그때 할 수 있는 최선을 다하는 걸 인정한다."

고 말해 주면 안다. 아, 내가 부족하구나 더 노력해야겠구나.

그런데 "그것밖에 못하냐?"고 말하면 인정하기보다 반발부터 하고 싶어진다. 젊음을, 미숙할 수 있음을, 그러나 노력하고 있음을 인정해 주시라. 노력도 하지 않는 청춘은 또 그 나름의 이유가 있다. 이유가 없어도 바라봐 주고 받아 주시라.

아내나 남편의 외로움을, 인간의 외로움을 인정하라. 그의 욕망을 그의 꿈과 좌절을 그의 온도로 공감하라. "당신 젊어서 패션 센스가 남달랐는데, 그런 당신이 자랑스러웠어. 그 일을 계속했으면 지금 세계적인 패션 전문가가 됐을 거야." 이렇게 말하면 패션 감각이 둔한 것을 언짢지 않게 눈치챌 뿐 아니라 그렇게 말해 주는 남편에게 고마움마저 느끼게 된다.

왜 나만 그래야 하느냐고 물으신다면 그래야 당신이 존중받고 인정받고 존경받을 수 있기 때문이다. 젊어서 가족 위해 사회를 위해 또 국가를 위해 애쓰신 당신 중년이 너무 쓸쓸하니 하는 말이다. 다 하시고도 까짓 말 하나 잘못해서 수고한 대가도 없이 '꼰대'로 취급되어서야 되겠는가 말이다.

아버지, 스승, 노인, 어른이 꼰대라는 은어로 통칭되는 시대, 왜 무시하냐고? 어따 대고 버르장머리 없이 그런 말을 하냐고 화내는 순간 '나 꼰대'를 외치는 꼴이다. 도무지 말이라고는 안 통하고 고집불통에다 시대에 뒤쳐진 언행을 하는 쓸모없는 늙은이라고 폄훼하는 말이니 하지도 듣지도 말아야 할 말이다. 그렇다고 발뺌하거나 야단칠 일은 더욱 아니다. 어른을 꼰대 취급하는 젊은이는 멋지지 않다. 그런 그를 야단칠 일인가 말이다. 어쩌면 미안할 일일지도.

청소년에게 물었다.

"어른들이 어떻게 하면 어른으로 비춰질까요?"

"아… 가만히 계시면요."

아이들이 이상한가? 아이들이 나쁜가? 소통의 기본에 충실하면 된다? 들어주고 인정해 주고 이해하고 북돋워 주며 칭찬하고 격려해 주면 된다. 중년에는 어른 대접받아야 지난한 삶의 가치를 느낄 수 있지 않겠는가.

청년은 안다. 세상도 안다. 중년이 스스로 어른다운 어른이어야 할 이유다.

아내와의 대화기술

아내와 이야기하기 전에 잠깐, 이제까지의 대화법은 다 버려라. 아내는 유시진, 김신, 허준재와의 대화를 꿈꾸고 있다. TV 인기 드라마 〈태양의 후예〉 유시진(송중기 역), 〈도깨비〉 김신(공유 역), 〈푸른 바다의 전설〉 허준재(이민호 역)의 무드, 센스, 매력 있는 대화를 기대한다.

당장 반문하고 싶으실 것이다. "아니 본인이 송혜교냐고? 김고은, 전지현이어야 그런 대화가 가능하지." 하지만 아내의 바람은 그렇다. 남편이 아내가 기대하는 사람으로 말한다면 그 상대역의 여인이 될 수 있다고 생각한다. 남편의 태도에 따라 변할 수 있고 그만한 사람이 될 수 있다고 생각한다.

중년의 남편에게 아내의 입장을 먼저 생각하라는 말이 편치는 않을 수 있다. "아내를 배려하라, 아내를 존중하라." 등의 얘기를 들으며 "맞아 그래야지!"라고 공감하기보다 왜? 또는 뭐 그렇게까지 하면서 살아야 하느냐고 반문할 수 있다.

먼저 왜에 대한 답을 드린다. "당신을 위해서다." 아내를 위해서보다 앞서 바로 자신을 위해서다. 지금 불편하지 않거나 괜찮다 싶다면 팔짱 끼고 들어도 좋다. 그렇다고 하더라도 별 문제 없는 단계를 넘어서 "good!" 하고 싶다면 기술이 필요하다. 그래서 드리는 말씀이다. 일단 '아는 게' 필요하고 다음으로 '하는 게' 좋다. 어떻게? 각각의 상황과 상대에 따라 다를 것이지만 우선 아내라는 존재에 대한 이해부터 시작한다.

아내가 누구인가보다 어떤 사람인가를 보자. 분명한 것은 남편이 생각하는 아내와 스스로 생각하는 아내는 존재 의미와 삶의 가치가 다르다. 고로 이제까지의 생각을 바꿔야 한다. 내 아내가 스스로를 어떻게 생각하는가? 그리고 어떤 존재로 인정받고 싶어 하는가를 봐야 한다. 그녀는 나의 아내, 내 처가 아니다. 그녀는 단지 누구의 여자 정도로 자신을 규정하지 않는다는 것이다. 남편 중에도 아내를 그저 내 여자 정도로만 생각하지는 않는다고 말하지만 실상은 간과한다. 솔직히 복잡하게 생각하기 싫다.

결혼해서 이만큼 살았으면 그냥 아내 남편이면 되지 뭐. 서로 한 집에서 살 섞고 산 지가 얼만데 뭘 얼마나 더 알아야 하고 이해해야 하고 맞춰 주기까지 해야 되느냐?는 생각에서부터 갈등과 불행이 시작되는 것이다. 누구의 불행? 그건 아내만의 불행이 아니라 바로 남편 즉 나의 불행이다. 그래서 그녀의 생각 모양대로 그녀를 이해해야 한다. 그게 되겠느냐 이제 새삼?

된다. 된다고 생각하는 순간부터 된다. 그런데 일단 알아야 면장을 해먹지. 장황하게 설명하지 말고 도대체 내 아내가 생각하는 상이라는 게 뭔데? 자기를 뭐라 생각하냐고? 아내의 생각의 방향은 아내의 말에서 나타난다. 아내의 말을 잘 들으면 알 수 있고 찾을 수 있다. 아내는 사람, 여자다. 그녀가 되고 싶었던 사람으로 대접해 주시라. 일단 호칭에서부터.

아내가 원하는 상징적인 이미지나 위치 또는 이루고 싶었던 전문적인 역할 등으로 부르면 좋다. 아내나 엄마 또는 며느리와 같은 역할이 나쁘거나 보잘것없어서가 아니다. 자신의 이름으로 온전하게 인정하고 대우해 주는 남편을 존중하고 공경하게 된다. 아내의 마음 방향에서 아내를 이해하고 아내의 언어로 말하고 대답해 주면 당연히 원하는 이상의 말을 돌려받는다.

고운 말은 더 깊고 좋은 말로 되돌아온다. 이해하고 공감하며 존중하고 사랑하는 마음으로 말하고 듣겠다는 마음이면 말에 그 에너지가 함께 담겨 전해진다. 그래서 상대도 알고 돌려 주려 한다. 그러니 아내와 말하기 전에 잠깐, 어떤 마음으로 말하려 하는지 스스로의 마음을 먼저 들여다본다.

선하고 좋은 마음이 아니라면 말하지 않는 것이 낫다. 이제까지의 말은 버리고 새로 유시진처럼, 김신같이, 허준재 투로 사랑을 담아 매력적으로 말하라. 분명 아내는 멋진 여배우로 다가올 것이다. 함께하고 싶은 그 매력적인 사람으로 대우해 주면 상대는 그 이상의 모습을 보여 준다. 더불어 한 편의 드라마처럼 로맨틱한 대화를 나눌 수 있게 된다.

말에 힘이 있으려면

"같은 말인데 누가 하면 명언이고 내 말은 왜 무시하는데?"
"아빠 말이 말 같지 않아? 왜 말을 안 들어?"
"여보, 내가 도대체 몇 번이나 말해야 돼?"

말에 힘이 실리려면 가장 간단한 것은 생각과 말과 행동이 일치하면 된다. 생각이 좋아야 하고. 말만으로 힘을 얻으려면 대단한 노력이 필요할 것이다. 하지만 생각과 말과 그리고 행동이 같으면 그것으로 큰 에너지가 된다.

훈장이 한자를 가르치며 "바담풍 하지 말고 바담풍 하라." 했다는 말이 있다. 혀 짧은 소리를 폄하하는 것이 아니라 자기는 제대로 하지 않으면서 남에게 똑바로 하라고 가르치려는 것을 꼬집는 말이다.

충고나 조언을 해도 시큰둥하다면 나를 신뢰하지 않는 것이다. 그렇다고 모든 면에서 다 모범이 되거나 항상 윤리적이고 도덕적이어서 성인군자처럼 행동하는 사람만이 조언이나 충고를 할 수 있는 것은 아니다.

적어도 말이 진실되고 의도가 순수해야 영향력이 생긴다. 모든 부모가 다 말하는 대로 살지는 않지만 그러나 대부분의 부모는 자녀가 바르게 살기를 바라는 마음으로 교훈적인 말을 한다. 그럼에도 따르지 않는다면 자녀를 나무라기 전에 나를 들여다볼 일이다.

자녀는 부모의 말을 들을 때 부모의 삶을 본다. 말이 삶에서 나온다는 걸 본능적으로 아는 때문이다.

"아빠의 삶이 그렇지 못해서 후회하기 때문에 너는 아빠의 과오를 경험하지 않기를 바라는 마음"에서 하는 말이라는 진심이 절박하게 전해져야 삶과 말이 달라도 힘이 실린다. '아빠나 똑바로 사시지 그랬어요?'라고 반박하는 마음을 설득하려면 강한 바람이 전해져야 한다. 올곧고 모범적인 삶을 산 사람이라면 사실 별말을 하지 않아도 설득력이 있다.

초등학교 때부터 웅변을 하고 중고등학교, 대학교까지 학생대표나 간부를 하면서 그리고 이후 방송과 강의를 할 때 스스로에게 계속 물었다. '다른 사람 앞에서 말할 자격이 있는가?' 스피치 강의는 더더욱 그랬다. '그래서 당신은 당신 말대로 했는가? 말 잘해서 원하는 걸 얻었는가?'에 대해 '그렇다'고 답할 수 있어야 내 말이 의미 있고 힘을 얻을 것이라는 생각이었다. 당당하지 못하면 공허한 메아리가 된다. 생각과 말과 행동이 같으려 애쓰고 생각하는 대로 말하고 말하는 대로 행동하려 노력한다.

누군가를 비난하는 말을 일삼으면서 소울 스피치를 강의할 수 있겠는가? 평정심을 유지하고 즐거움과 감사의 마음에서 우러나오는 말을 하지 않으면서 그렇게 해야 한다고 말하는 것이 무슨 의미가 있으며 좋은 스피치로 삶이 윤택한 경험을 하지 않고서 어떻게 강의를 하겠는가?

생각과 말과 행동이 같으면 작은 소리도 힘이 있다. 선한 관심과 말대로 살려는 노력을 딸과 아들이 알아주어 자신감이 생겼다. 어느 정도가 완성인지는 정의할 수 없지만 실천할 수 있을 만큼의 말을 하려 한다. 그리고 깊이 생각한다. 행동이 비뚤어지면 말을 삼가고 말이 어긋나면 사과하고 인정하며 냉철하게 자신을 들여다본다. 부끄러운 일을 하지 않으려 하고 했다면 반성한다. 같은 실수와 잘못을 번복하지 않으려 경계한다. 부끄러움을 알고 당당할 수 있을 말을 한다.

세상 사람에게 인정받는 것보다 가족에게, 아이들에게 신뢰를 얻는 것이 어렵다. 세상을 속일 수는 있을지 몰라도 자신과 가족을 속이는 것은 힘든 일이다. 그러니 굳이 속일 일을 만들지 않는 것이 쉽다.

"우리 엄마가 하면 좋을 텐데!" 중한 일이나 자리에 아이들이 엄마를 추천하고 싶다는 말을 하면 크게 기쁘다. 세상을 얻는 것보다 더 큰 것을 얻는 즐거움이다. 내가 그만한 인물이어서가 아니고 아이들이 나를 그런 사람으로 만들어 주고 있음이니 얼마나 큰 축복인가. 아이들은 엄마가 대우받기를 바라는 말을 하면서 실상은 스스로를 그렇게 성장시키고 있는 것이다.

성장하는 말을 나누며 우리는 함께 어른이 되어 간다.

강한 에너지 만들기

맹수와 맞닥뜨렸을 때 눈을 똑바로 쳐다보면 덤비지 않는다는 말이 있다. 사람의 에너지가 눈을 통해서 전해지기 때문에 강한 기운을 눈으로 쏘아내면 맹수가 공격 의지를 꺾게 된다는 것이다. 동물은 생존을 위해 힘의 우위를 본능적으로 가늠한다. 마음먹기에 따라 맹수를 제압할 정도의 강한 에너지를 만들어 낼 수 있는 능력이 인간에게는 있다. 그 에너지를 빛으로 내보내면 상대는 그 힘의 크기를 느낀다.

발표나 시험, 경연 등을 앞두고 있을 때 '나는 잘해 낼 수 있다.'는 생각을 강하게 한다.

"노래를 잘 부를 수 있다."
"말을 잘할 수 있다."
"호감을 만들 수 있다."

강한 생각, 자기 확신으로 원하는 에너지를 만들고 뿜어낸다. 눈빛으로 표정으로 목소리로 맹수를 제압할 정도의 강렬한 힘을 만든다.

경연에서 노래 실력보다는 뭔지 모를 힘에 압도돼 그에 손을 들어 줬다는 심사위원의 평을 들을 수 있다. '실력이나 실적은 A가 나은데 왠지 B가 이 일을 더 잘할 것 같더라.'는 건 그 B가 주는 파동이 평가자를 설득시킨 것이다. 강한 에너지의 효력이다.

좋은 스피치도 그러한 에너지 파동을 강하게 만드는 것이 기본이다. 상대와 나눌 얘기의 목적이나 내가 달성하고자 하는 목표를 강하게 생각하고 그 생각이 자신의 몸과 영혼에 넘쳐나도록 한다.

"안 넘어가야지 하다가도 녀석만 보면 주머니가 저절로 열려요. 첫째는 안 그런데 막내에게는 왜 그런지 모르겠어요." 막내의 강한 에너지가 용돈을 주지 않겠다던 의지를 무력화시키는 것이다. 돈을 달라고 조르는 것도 아닌데 스르륵 지갑을 열어 돈을 주게 하는 강한 에너지의 파동이 작용한 것이다.

생각이 강하다고 다 통하는 건 아니지만 강한 생각은 말과 행동을 통해 강하게 전달되기 때문에 영향이 커진다.

간절함과 강함은 다르다. 간절함은 결핍의 감정이고 강렬함은 긍정의 힘이다. 강렬함으로 힘을 만들고 모아서 표출하라. 두뇌에 들어 있는 생각이나 심상에 있는 것이 뭐 그리 크게 작용하겠는가 할지 모르지만 몸은 생각의 형태이고 의도적으로 또는 자연적으로 발산된다.

좋은 영향력을 끼칠 에너지를 만들기 위해서 마음 안에 그리고 영혼에 강한 생각을 담아야 한다. 선하고 아름다운 생각으로 강하게 파동치면 삶도 그러할 것이다.

생략과 연장

나이 들어가면서 매사 분명해질 것 같지만 오히려 분별력이 느슨해질 수 있다. 간단해야 할 때 구구절절 늘어지고 정작 진중하게 참고 기다려 줘야 할 때 단호하다. 자기만의 경험에 의존한 말과 행동이 어울리지 않고 적절치 않다. 눈치가 없는 것과는 좀 다르다. 나이는 핑계다. 귀찮거나 대수롭지 않게 여겨서 또는 조급함에서 오는 것을 나이 들면 다 그런 것이라 통칭한다. 그러다 보면 소외되거나 멀어지게 된다.

전 같지 않게 젊은 사람들의 줄임말이나 생략, 워프, 퀀텀 점프가 불편하거나 틀렸다고 여겨진다면 멈추고 점검할 때다. 신조어가 천박하거나 품위 없다고 생각된다면 꼰대로 취급될 것을 감수해야 한다. 이 시대에 통용되는 줄임말이나 유행어, 신조어들에 대해 외면하거나 터부시할 것까지 없다. 따라해야 한다는 말은 아니지만 무슨 말인지는 아는 게 좋다. 그리고 은어나 비속어를 바로잡고 싶다면 지혜로울 일이다.

나쁘다거나 잘못되었다 하지 말라는 직설적인 말은 효과를 보기 어렵다. 나무라고 화를 내서 꼰대를 자처할 필요도 없다. 꼰대는 나이가 아니고 의식이고 태도로 취급되는 것이니 배려나 이해가 부족하고 아집만 내세운다면 젊어도 꼰대다.

나이나 경험이 적은 사람의 언행이 거슬린다면 꼰대가 되지 않을 기회이다. 내가 옳고 그가 틀린 것이 아니니 말이다. 누구나 자기다울 권리가 있고 그에 따르는 책임은 스스로 지는 것이다. 품위 없는 언행에 따르는 결과는 자신의 몫이다. 그러니 비판하고 가르치려 하기보다 더 좋은 표현으로 좋은 영향력이 미칠 수 있도록 한다.

요즘 젊은 사람들이 욕설을 많이 하고 언어 파괴를 일삼는다고 말하고 싶다면 요즘 젊은 사람들에 대해 이해하고 있는지 먼저 생각한다. 부정적 평가에 앞서 헤아리고 인정할 일이다. 그러면 설령 부정적인 모습이 보여도 그에 대한 견해가 달라질 테니 말도 바뀔 것이다. 이해는 깊게 충고는 짧게 그리고 불필요한 말은 생략.

부정적인 말은 짧고 유연해야 한다. 내 생각보다 상대의 마음에서 칭찬과 공감의 말을 한다. 이래라저래라 이게 잘못되었다 저게 이상하다는 표현은 직접적으로 표현하지 않는 것이 효과적이다.

젊은 사람의 언어가 짧은 것은 생각이 짧기 때문이 아니다. 빠르고 멀리 가기 위함이다. 길고 깊이 있는 어른의 호흡을 이해시키기 위해서는 마음의 높이가 비슷해야 한다. 경험한 시기이기에 조금만 마음을 내어 주면 알 수 있는 높이다. 그 높이로 가서 그들의 언어로 말하면 통할 수 있다.

내 속도에 맞추라고 하면 실증을 느낄 것이다. 무조건 빠르고 간결한 것이 좋은 것이 아니라는 것도 상대에게 필요할 때 알려 줘야 한다. 내게 중요하다고 그에게도 중한 것은 아니니 웬만하면 나이든 사람의 조언은 조심할 일이다.

나이 들면서 줄일 것과 늘릴 것에 대한 판단이 명쾌해야 매력 있다. 젊은이가 멀리 보기를 원한다면 말보다 영혼의 파동으로 울림을 줘야 한다.

소외

누구나 누군가로부터 또는 무엇으로부터 거절당하고 수용되지 못한 경험이 있다. 내가 관심을 갖고 사랑을 느끼는 대상에게서 나의 존재를 거부당하기도 하고 나와 이해관계에 놓인 대상으로부터 내 의사가 받아들여지지 않거나 외면당하기도 한다. 사람에게서, 일에서, 돈이나 명예에서, 사회관계에서 수없이 많은 소외를 경험한다. 그 소외감은 내 존재가치를 초라하게 하고 삶의 의미를 통째로 잃게 만들기도 한다.

소외! 잔인하다. 그러나 일어난다. 그 소외로부터 아프고 고통스럽고 외롭고 고독한 사람의 마음을 안다. 살아 내느라, 참느라, 견디느라 애쓴 당신을 응원한다.

살아지는 것이 아니라 살아 내고 있는 것이니 당신은 대단한 사람이다. 어제의 힘든 시간을 살아 냈으니 오늘 이 순간은 영광의 순간이다. 오늘 살아 내야 내일 더 새로운 날을 만난다.

신의 계획이든 자연의 이치든 생존은 위대하다. 삶을 대수롭지 않게 여긴다면 인간의 존엄에 대해 너무나 미안하지 않겠는가. 그러니 절대적 사명이 있다는 믿음으로 삶의 주체가 되어야 한다.

절망 속에 헤맬 때 '살자, 살아 내자. 절망에도 이유가 있지 않을까?' 정말 힘겨울 때는 살려고 애쓰는 것이 아니라 죽지 않으려 몸부림치는 것이다. 힘겨운 상황으로 몰려갈 때는 지독한 소외에 삶이 시리다. 그것을 눈치채고도 방관하거나 묵인하면서 소외시킨다. 그래서 타인이다. 나 또한 다른 누군가를 소외시킨다. 게으름으로 이기심으로 무관심으로 욕심으로 그리고 무심함으로.

입장을 바꾼다는 것 딱 그 사람의 입장이 된다는 건 사실 가능하지 않다. 단지 해 보려 할 뿐이다. 인간소외는 늘 일어나고 당했다고 다른 사람을 소외시키지 않는 것이 아니다. 다행이 신은 인간을 소외시키지 않는다. 생존이 그 증거다. 그렇다고 죽음이 신의 소외는 아니지만. 그것은 신의 또 다른 뜻이다.

살아 있으니 소외 때문에 삶을 부정하지 않을 일이고 신이 소외시키지 않는 한 우린 살아 있을 이유가 충분하다. 그것도 어엿하게.

소외로 인해 소외되지 말라. 소외는 고요함이고 조용한 충고다. 거기에서 다른 길로 올라설 기회를 얻는 것이다. 소외는 절망이 아니다. 소외를 인정하고 소외 안에서 자신을 만나라. 소외로부터 편안함을 얻고 온전한 내가 될 수 있다.

꼭 그렇게 말해야겠어?

세련되지 않은 말다툼에서는 본질이 사라지고 엉뚱하게 시비가 넘어간다.

"아러 아러, 나 못난 거 나도 다 아러! 그렇다고 그렇게 대놓고 너 바닥이다 그렇게 말해야겠냐고 어? 그럼 나도 해 봐. 뭐 당신은 약점 없어? 당신 생긴 거 가지고 내가 막말하면 당신은 조아? 존냐고?"

논리나 어법도 다 필요 없다. 감정이 상하고 자존심에 상처를 입으면 그야말로 막말을 한다. 선을 넘어 자존감을 건드리면 역공을 감행한다. 더 예리한 말로 자극하고 마음을 상하게 할 말을 찾는다.

그런가 하면 시시비비를 따지다가 말이 툭 튄다. "어쭈 이것 봐라 당신 몇 살이야? 어? 위아래도 없어? 부모한테 뭘 배웠어?"까지 가면 거의 막바지다. 아무리 격한 싸움에도 건들지 말아야 할 게 있다. 가족 그중에도 부모다. 거기까지 가면 정말 끝장을 보자는 것으로 받아들인다. 부모에 대한 언급에 화가 나는 건 가장 근본적인 뿌리를 훼손하는 것이라 생각하기 때문이다.

감정이 상해서 홧김에 내뱉는 말은 상식도 없고 의미도 없다. 그저 자신의 분노를 토해 내는 것일 뿐. 거기에 자신의 마음을 상하게 한 것에 대한 보복으로 상대에게 더 상처를 입히겠다는 고약한 심사에서 나오는 뒤틀린 표현이니 언어라고 할 수도 없다. 무의식의 찌꺼기를 상대를 향해 던지는 것이다. 그런 상황이니 꼭 그렇게까지 말해야 하겠냐는 분통이 터질밖에.

화가 나거나 감정이 극단으로 치달을 때 얼른 자신의 감정을 알아차려야 한다. 그리고 그 감정을 참지 못하고 부득이 말을 해야 한다면 자신의 감정을 읽어 주는 게 좋다.

"나 지금 화났다." 당신의 말 때문이거나 당신의 어떤 태도 때문이라기보다는 지금 내가 화난 상태이니 알아들으라고 하면 덜 자극적으로 들린다. 감정이 상해서 한참 언성을 높이다가 한쪽에서 무슨 대단한 선언을 하듯이 "어 말야, 나 지금 화났다고!" 하면 상대는 그야말로 '띠용' 한다.

뭐라고 응대해야 할지 박자를 놓치게 된다. 거기에 내가 화났으니 당신이 이렇게 해 주면 좋겠다고까지 하면 싸움은 싱거워진다. 요구를 들어줄 것인지 아니면 다른 방식으로 다툼을 끌고 갈지를 선택해야 하니까.

말이 잘 통하지 않는다고 생각될 때, 인정해 주지 않을 때, 바라는 대로 해 주지 않을 때 언성이 높아지고 갈등이 심화된다. 그래서 답답하거나 속상한 마음, 화나는 마음을 다른 말로 표현한다. 네 탓이거나 네 잘못이라고. 그러니 말도 안 되는 말로 자극을 한다 싶어 "꼭 그렇게 말해야 하느냐?"고 하는데 그렇게까지 말할 필요가 없다는 것을 서로 안다. 그러니 그렇게까지 말하지 않으면 된다.

딱 한 숨 쉬면, 한 템포만 늦추면 그 틈에 자신의 마음을 바라볼 수 있다. "저 사람을 기분 나쁘게 하고 싶다."는 자신의 마음을 알아차린다. 그리고 "그렇게까지 할 필요가 있을까?" 하는 것도 생각한다. 우리 안에는 위험으로부터 자신을 지키고 중심을 잡으려는 감각이 들어 있다.

지혜로운 처세에 대해 알고 있으니 마음의 소리를 따르면 된다. 그 찰나에 보내오는 내면의 소리를 듣지 않거나 듣고도 무시하면 말이 엉뚱한 방향으로 내달린다. "몇 살이냐? 부모가 뭘 가르쳤냐? 형편이 있냐 없냐?" 등 하지 않아도 될 말잔치로 관계를 망친다.

또 말의 속도감이 달라도 큰 마찰은 피할 수 있다. 상대가 "나이나 경험, 성별, 가진 게 있네 없네?" 하는 치사한 차이를 들어가며 공격을 해 와도 그 말 자체에 비중을 두지 않으면 된다.

사무실에서 있었던 일이다. 고의적으로 팀장을 건너뛰고 윗선에 보고해서 무시당했다고 여긴 팀장이 그 직원에게 화를 내고 있었다. "당신 말이야 한두 번도 아니고 내가 모를 줄 알아? 나 무시하고 윗분들께 잘 보여서 뭘 어쩌겠다는 거야? 어?" 말하면서 감정이 점점 격해졌다.

목소리가 한껏 높아졌을 때 직원이 차분한 목소리로 낮게 또박또박 말한다. "제가 기도가 부족했습니다. 잠시 기도하고 오겠습니다." 띠용! 팀장은 "저 저, 뭐 뭐래는 거야?" 어이없어 하면서 붙잡아 세우지도 더 화를 내지도 못하고 나가는 뒤를 바라보는 코미디 같은 분위기였다.

기도를 하고 들어온 직원과 팀장은 어색하지만 더 이상의 충돌없이 감정이 사그라들었다. 꼭 그런 말을 해야 할까 싶으면 하지 않을 일이다. 상대가 했다면 내가 맥을 끊어 놓으면 된다. 다투고 싸워서 대단한 것을 얻을 게 아니라면 꼭 그렇게까지 말할 필요 없다.

잘한다 잘한다

"잘한다 잘한다!"라고 말해 주면 더 잘한다. 세상에 모든 부모는 자녀가 잘 살길 바란다. 영원을 꿈꾸는 인간 본성이랄까. 그런데 정작 그 바람과 다른 말로 자녀의 의욕을 꺾는다.

아내는 남편이 인정받는 사람이길 원한다. 그런데 남편의 자신감을 좌절시키는 말을 한다. 남편은 아내에 대한 애정이나 애틋함이 있음에도 마음과 다른 말로 상처를 주고 신뢰를 깨뜨린다. 무조건이다. 무조건 이렇게 하는 것이 좋다.

"당신 참 잘한다. 아들 딸 잘한다. 잘한다."

잘하길 바라는 희망을 담은 말인데 이 말을 들으면 그 말대로 해 주고 싶은 욕구가 샘솟는다. 정말 잘해서 잘한다 해도 자존감을 높여 주지만 잘하지 않는다 싶어도 잘하는 것도 있으니 찾아내서 잘한다고 말하면 정말 잘하려 하기 때문에 잘하게 된다.

꽃이라 부를 때 부르는 이름의 꽃이 되는 것처럼 명명하는 대로 되려고 한다. "참 사람 점잖네. 차분하고 품위가 있어서 좋네. 난 그런 사람이 좋더라고."라는 말을 들으면 품위 있는 모습에 대해 생각하게 되고 그런 모습이 되려 한다. 그래서 상대가 좋아하는 품위 있는 사람이 되어 간다. 부르는 대로 되어 간다.

그러니 "멋있네, 잘하네, 능력 있네!" 하는 표현대로 변해 간다. "왜 그것밖에 못하나?"고 하면 그 정도만 하는 사람이 되지만 "어쩜 그렇게 잘하냐!"고 하면 더 잘하는 사람이 된다.

바라는 것을 말하라. 미리 그렇다고 말하는 것인데 그런 사람이 된다. 물론 상대의 부름을 적극 받아들이고 스스로도 강하게 원해야 하지만 긍정과 희망은 가능성이 높다.

음식을 하면서 마음을 담는다. 그리고 좋은 재료와 특별 레시피로 정성을 다해 조리한 것에 대한 스토리텔링을 한다. "현지에서 직송한 싱싱한 재료로 유명 셰프의 조리법을 썼더니 제대로 요리됐네. 어때 맛있지?"라고 하면서 맛있게 먹으면 다른 사람들도 맛있다고 생각하게 된다. 반면 잘된 요리를 두고도 타박을 하면서 부정적인 평가를 늘어놓으면 왠지 맛이 덜하다는 생각이 든다.

환경이 불안하면 아이들은 어른 노릇을 하려고 한다. 인간은 균형감을 갖고 오기 때문에 본능적으로 가정과 삶의 균형을 맞추려는 것이다. 어린 조카가 어른스럽게 말하는 것이 마음쓰였는데 더 자세히 보니 이 아이에게는 큰 마음이 들어 있다.

어른을 위로하고 일깨워 주는 말을 하니 신통하다. 구체적으로 칭찬하고 인정해 주었더니 "제가요? 제가 잘해요 정말?" 하고 의아해하면서도 점차 "제가 이걸 잘하게 됐어요. 제가 생각해도 이런 부분은 괜찮네요." 하더니 학교 성적조차 오른다. "누나 아현이가 백점을 다 맞네!" 큰 변화다.

아직 어떤 사람인지 알기도 전에 어른들은 공부 잘하는 아이 또는 못하는 아이로 성급하게 규정지어 버린다. 아이는 무엇을 얼마나 할 수 있는지 아직 알지 못하고 해 보지도 않았는데 말이다. 정해진 것이 없으니 "잘한다 잘한다!" 하면서 찾아가는 것이다.

처음부터 다 잘할 수 있겠는가? 해 나가면서 차츰 잘하는 것이 있는가 하면 부족함에 대해 알게 되는 것이고 무엇을 발전시켜 갈지를 선택하는 것이다. 무엇을 잘해서 소중한 사람이 된 것이 아니라 소중한 존재이기 때문에 잘하는 것이 보이는 것이다.

"우리 아현이는 말이 참 매력 있다." 하니 다른 이도 "그 말 듣고 보니 정말 말에 묘한 매력이 있네!" 한다. 비교하거나 어떤 기준에 견주어 좋게 평가하는 것이 아닌 자기다움으로 빛난다.

딸이 "엄마가 예쁘다 예쁘다 해서 내가 정말 예쁜 줄 알았다."며 고슴도치 엄마 때문에 하마터면 현실감을 잃을 뻔했다고 웃는다. 웃는 모습이 예쁜 아이다. 칭찬하고 격려한다고 착각하거나 한쪽으로 치우치지 않는다. 오히려 독립적이고 건강하다.

세상의 모든 아이들은 예쁘다. 존중받고 사랑받으며 성장할 권리가 있다는 거창한 의미 부여를 하지 않더라도 예쁜 아이들에게 예쁘다고 말해 주는데 인색할 필요가 있을까?

내게는 그런 말을 해 주는 지혜로운 어른이 있었다. 때문에 좋은 싹을 틔웠다. 그리고 이처럼 소중한 이치를 전해 주고 나눠 줄 만큼 성장했다. 삶이 얼마나 고단하고 위험한지보다는 삶이 얼마나 아름답고 사랑하며 살 수 있는지 얘기해 주면 좋겠다.

내가 선한 말을 잘하는 건 할아버지 할머니, 어머니 아버지가 "잘

한다 잘한다!" 하셔서 잘하고 싶었던 덕분이다. 아들딸이 "엄마 잘한다!" 하니 아이들에게도 그리고 세상에도 잘하게 된다.

어른이 되어서도 성장한다. 누군가에게 뭔가 바라는 것이 있다면 먼저 잘하는 것을 잘한다고 말해 줄 일이다. 그러면 더 잘할 것이다.

83세 스피치도 변한다

즐겁고 행복한 말을 해 주는 것처럼 누군가로부터 기분 좋은 말을 듣기 바란다. 존중받고 있음을 느끼는 말, 예의와 품격을 갖춘 말로 삶을 풍요롭게 느끼고 싶다.

청년들은 취업이나 진급, 이직, 비전 실현 등에 필요로 스피치를 배우려 한다. 그런데 주위에 미치는 영향이 큰데 반해 중년은 "당신 말뜻은 알겠는데 에이, 이 나이에 달라지겠나? 그냥 이렇게 살지 뭐." 부귀영화를 안겨 준다 한들 싫다면 무슨 소용이겠는가. 본인의 선택이다.

그러나 아무렇게나 또는 자기 좋은 대로 말하는 무책임이야 그렇다 치더라도 정말 자신의 삶의 가치에 관심이 없을 수 있겠는가. 타인을 위한 배려 이전에 자기 자신을 위해 좋은 스피치는 선택이 아닌 필수라고 해도 지나치지 않다. 원하는 삶을 완성하려면 바르고 아름다운 말씨를 써야 하고 성공을 위해서는 당연히 성공적인 말을 해야 한다.

80년 넘게 사신 분의 말투도 변화가 가능할까. 말의 영향력과 효과에 대해 정리하면서 80을 넘기신 어머니에게 죄송스럽게도 이런 저런 시도를 해 보았다. 말투는 삶의 태도이니 80년 살아오면서 굳어진 패턴을 쉬이 바꾸려 하지 않으신다.

보청기를 사용하신 지 수년이 되었고 말을 잘 듣지 못하실 때도 있다. 그런데도 먼저 안부 전화를 주신다. 세세한 말이 통하는 것은 아니어도 "이렇게 얘기하니 참 좋구나." 하시고 나 또한 엄마의 목소리를 듣는 것만도 감사하다.

통화 말미에 "들어가세요." 하던 것을 "엄마 사랑해요."로 바꿨다. 마을회관에서 동네 어른들과 계실 때는 어색한 웃음으로 "그래 그래." 정도로 반응하시거나 "하이고 우리 셋째딸!"이라고 말을 돌리기도 하신다.

그런데 통화할 때마다 사랑한다고 말하니 어색함이 사그라지고 조금씩 자연스러워하신다. "나도. 엄마도."로 하시다가 어느 날엔가는 "엄마도 사랑한다."고 낮은 소리로 말씀하신다. "아! 되는구나. 된다."

전화니까 하지 얼굴 보고야 낯간지럽게 사랑한다는 말을 어찌하냐고 하신다. 경박스럽게 여겨져 아버지에게는 한 번도 안 해 본 말이라시며. 엄마의 사랑은 마음속으로 하는 것이었다. 사랑이 가득하지만 사랑한다고 말하는 것은 점잖지 않다고 여긴 것이다. 그런 엄마가 83세에 "네가 좋다는데 그거 못하겠냐. 그래, 사랑한다!"고 소리 내 말씀하신다.

한 번은 엄마의 지인들을 초대해 생신을 차려드렸다. 즐거운 잔치에 어르신들이 축하를 해 주셨다. "자식들 잘 키워서 모두 잘 됐으니 얼마나 좋으시오? 어려서 똘똘하더니 박사가 되고 복희 엄마는 복도 많으셔." 그런데 엄마 표정이 밝지 않으시다.

언짢은 일이 있으신가 염려하는 차에 한 아주머니가 "아니, 이렇게 좋은 날 왜 안 웃으셔? 딸 축하해 주셔야지?" 하니 "어떻게 축하를 해, 등록금 한 번 못해 주고 공부하는데 아무것도 해 준 게 없는데."

공부야 당연히 스스로 하는 것이고 어찌 도움도 없었을까 만은 내심 고단함과 섭섭한 마음이 있던 모양이다. 엄마의 그 한마디에 다 녹아내리는 걸 느낀다. 마음이 편안하고 위로와 축하를 충분히 받은 것 같다.

말은 그런 힘이 있다. 깊은 마음이 담긴 말 한마디가 긴 세월의 허허로움을 달래 줄 수 있다. 그리고 알게 되었다. 나의 삶이 부모님과 가족, 주위 사람들의 관심과 사랑 덕에 완성되어 가는 것을.

좋은 스피치에 관심을 갖고 노력하는 것은 엄마로부터 왔을 것이다. 그런데 내가 엄마를 변화시키겠다고 잔망을 떨었다. 그럼에도 기꺼이 변해 주신다. 당신 스스로는 쑥스럽고 경박스러워 소리 내 말하기 편치 않지만 딸이 좋아하니 당신 마음 내려놓고 표현하신다. 사랑한다고.

엄마의 큰 사랑을, 그 위대한 스피치를 발견하는 기쁨이 크고 또한 엄마가 되어 알 수 있다. 나도 내 아이들이 원한다면 그보다 더 부끄러운 말도 흔쾌히 할 수 있다. 역시 최상의 스피치, 위대한 스피치는 사랑이었다. 사랑을 사랑이라고 말하는 것이 가장 좋은 스피치다. 사랑하면 83세에도 다른 어떤 상황에서도 변할 수 있다.

여든셋인 엄마가 말씀하시는 '사랑'은 내가 아는 사랑 그 이상이기에 듣는 순간 세포가 보들보들해지며 몸과 영혼에 사랑이 가득 담기는 것을 느낀다. 원하는 것을 내어 주는 엄마의 스피치를 나도 큰 소리로 따라한다.

"참 좋은 엄마! 사랑하고 사랑합니다!"

최강의 언어

사랑보다 더 강한 언어는 없을까? 사랑이 가장 강한 힘을 가진 언어일까? 사랑이라는 단어를 쓸 수 없을 때 그때는 어떤 단어를 선택해야 하나? 아무리 마음을 갈고 닦아도 '사랑'이 일어나지 않는 때, 그런 사람 앞에서 어떤 말을 해야 할까?

사람으로 존중하기 힘든 사람이 있다. 이유나 논리나 상식 등으로 소통하기 어려운 사람. 그런 존재와 마주하면 묻게 된다. 내가 상식적인 사람인지, 내가 보통의 사람이 맞는지, 상대를 선하게 생각하지 못하는 나는 선한 사람인지, 어떤 말을 해야 되는지.

그럴 때 탄식처럼 기도가 흘러나온다. 비껴가지 못하고 맞닥뜨려 악한 상대의 기운에 압도되고 무기력해질 때 그래도 할 수 있는 것이 있어 다행이다. 기도.

이유나 설명 따위에 관심조차 없는 상대는 단지 상처 주고 주저앉는 꼴을 원하는 듯하다. 내가 아닌 누구여도 그는 그렇게 할 기세다. 그래도 사람인데, 사람이 어떻게 그러냐고 스스로를 설득하고 무슨 말이라도 통해 보려 하지만 속수무책이다.

상대는 말이 필요 없다. 이해나 설득의 보잘것없음을 확인시켜 준다. 그렇다고 똑같이 맞서거나 그가 한 만큼 돌려줄 수는 없지 않느냐는 항변을 하면서 인간의 언어가 얼마나 무력한지 느낄 뿐이다. 그럼에도 불구하고 소울 스피치면 되느냐고 외친다.

그때 대답 대신 침묵과 기도가 떠오른다. "우주의 기운이여, 신이시여! 계시다면 버티고 이겨 낼 지혜와 힘을 주소서. 악한 이야기에 솔깃하는 자가 있거든 그들까지 용서하시고 더 이상 나쁜 기운이 선한 의지를 꺾지 않도록 도와주소서." 간청하고 기도하는 가운데 나를 벗어난 나의 영혼이 나를 가엾게 안으며 말한다. "괜찮다고, 지나갈 것이라."고.

살아 있는 한 삶은 이어진다. 삶이 있는 한 다음도 있다. 사람의 말로 신에게 통할 수 있을까만 사람으로 할 수 있는 절실함으로 절대적 힘을 간청하면 어떤 에너지가 일어난다. 그 순간을 넘어갈 수 있는 힘이, 좌절하고 주저앉아 한탄하는 것 말고 다른 게 있지 않겠냐고 알려 주는 힘이 올라온다.

그것이 신으로부터의 대답이든 무의식의 배려든 간절히 원하면 선한 답이 돌아온다.

악을 악으로 대하지 않아야 함이다. 반드시 선하고 기필코 정의로울 때에 일어나는 일이다. 아무리 악하고 큰 시련을 주는 이라도 결국 지나가고 말 것이다.

가장 강한 소울 스피치는 침묵과 기도다. 어떠한 악도 그 앞에는 반드시 무너진다. 무너질 때까지 기도하면.

절대적 존재와 소통할 수 있는 언어도 기도다. 기도가 깊어지면 나를 위한 것을 넘어 악인을 위해서도 기도할 수 있다. 그때가 되면 신과 통하는 것이 아닐까. 더 이상 말하지 않아도 통하는 자비롭고 아름다운 언어. 신이 인간에게 선물한 최고의 언어는 침묵 그리고 기도다.

새벽에 잠이 깨는 지혜

중년이 되면 새벽잠이 없다는 말을 한다. 이는 신의 뜻이고 자연의 순리이다. 신영길의 「기억의 숲을 거닐다」 중에 새벽은 우리의 몸과 마음이 한 바퀴 도는 시작점이니 혁명의 시간이라는 표현이 있다. 혁명의 영어식 표현 '레볼루션(revolution)'은 변혁, 순환이라는 의미와 함께 시계 바늘이 한 바퀴 원을 도는 것이라는 뜻이 있다.

이 단어 한마디에 얼마나 큰 지혜가 담겨 있는가? 의미와 방향이 담긴 말이다. 새벽에 잠을 깨 혁명을 하는 때가 바로 중년이다. 다시 말하면 중년에는 그러해야 한다. 자연의 순리가 우리 몸에 이미 프로그래밍되어 있는 것이다. 중년에는 스스로 그리고 매일 자기 혁명을 이루어야 한다.

말 뜻 그대로 새벽잠을 깨고 몸과 정신의 순환을 통해 변혁 즉 급격하게 바뀌어 달라져야 한다. 호흡이 몸을 한 바퀴 돌아 에너지가 순환되도록 하고 생각을 비우고 맑은 정신으로 가다듬어 이전과 다른 새로운 기운으로 자기 혁신, 혼자만의 혁명을 이룬다.

기운, 에너지가 순환하지 않으면 막히거나 정체되어 몸의 질병을 일으키거나 마음의 응어리가 맺힌다. 젊어서는 그래도 넘어가고 표가 덜 날 수 있지만 중년에는 그럴 여유가 없다. 중년에 신호를 보내오는 것은 그래도 기회를 준다는 의미다. 다행이다.

중년에 새벽잠이 없어져서 힘든 게 아니라 중년이 돼서 새벽에 참나와 만나고 자연과 신의 뜻을 접하고 그리고 삶을 완성하는 시간을 갖게 되니 이처럼 다행스럽고 고마운 일이 어디 있는가? 중년까지 살아왔으니 중년에 기회를 준 것에 감사하며 새벽에 눈을 뜨자.

눈이 떠지는 게 아니고 스스로 눈을 뜨는 것이다. 그리고 편안하고 자연스러운 자세로 호흡하자. 숨을 깊이 들이마셔서 코어까지 내려 보내면서 숨이 몸을 타고 내려가는 것을 느낀다.

내 중심, 코어에 도달한 숨을 다시 끌어올려 입으로 후 뱉으면서 내 안에 쌓이거나 남아 있는 찌꺼기를 태운다. 머리와 가슴에 아무것도 쌓아 두지 않고 매일 새로운 기운과 에너지를 몸과 마음에 불어넣는다.

이렇게 비우고 순환하고 새로움을 받아들이면서 혁명한다. 이제까지 갖고 있던 것이 다 좋거나 옳은지 의심하고 다시 새롭게 생각한다. 혁신이나 혁명이 없다면 젊은이에게 외면당해도 할 말 없다. 혁신과 혁명을 도모하는 새벽을 보내고 나면 그날의 언어가 달라진다. 소울이 말을 한다.

"중년은 자기 혁명의 가장 좋은 때다."

중년의 자문자답

중년에 질문은 간결해야 좋다. 스스로에게 무엇을 물어야 할지 분명하고 명쾌하게 답할 수 있어야 한다. 주로 나의 이익이나 욕심을 채우기 위한 질문보다는 타인과 사회 그 이상의 의미나 유익함이 있었는지 또 앞으로 그러할 것인지 묻는다. 결과적으로 나를 위한 일이 될 것이지만.

중년에도 여전히 이제까지 해 왔던 이기심을 채우기 위한 질문이 떠오른다면 더 묻고 더 물어서 의미 있고 가치 있는 물음을 불러와야 한다. 정말로 원하는 것이 무엇인지, 왜, 어떻게 그것을 이루려 하는지.

중년에는 스스로에게 궁금한 것이 없어야 한다는 말에 동의하지 않는다. 여전히 확실하지 않고 분명하지 않을 수 있다. 나 자신과 타인, 세상에 대해서 충분한가? 그 이상은 없는가?

중년에는 부끄러움이 없어야 한다는 말도 불편하다. 없으면 좋겠지만 중년에도 실수한다. 실수에 부끄러움을 알고 책임질 수 있어야 한다. 그리고 솔직해야 하고 사과하고 중심을 잡을 수 있도록 최선을 다해야 한다.

그래서 중년에도 내게 묻는다.

"나는 지금 바르게 살고 있는가?"
"나의 삶이 나와 세상에 유의미한가?"
"내가 어디로 어떻게 왜 가는지 알고 있는가?"
"나의 말은 향기로운가?"

명쾌한 답이 올라오지 않는다면, 헛갈리고 모르겠다면 묻고 또 묻는다. 때론 내가 나에게 거짓되거나 허황된 답을 주기도 한다. 속지 말고 더 진솔한 답을 할 때까지 질문하라.

진정으로 그렇게 생각하는지, 진실로 그것을 원하는지, 반드시 그렇게 해야 하는지, 내가 원하는 것이 나와 세상에 유익한지?

나의 입과 나의 두뇌와 나의 심장의 소리에 현혹되지 말고 나의 소울에 묻고 소울로 답해야 한다. 소울은 무엇을 원하고 어떻게 해야 하는지 안다.

신이 내 소울에 남긴 메시지가 있기 때문이다.

마무리 말

공부하고 관찰하고 만나고 이야기 나누며 말을 잘하는 방법, 좋은 말에 대해 연구했다.

책을 마무리할 때 깨달음처럼 한 문장이 일었다.

"인간의 말은 신의 뜻이다."

말을 한다는 건 신의 뜻을 펴는 것이다. 신은 말에 인간의 존재 이유와 삶의 목적을 담았다. 말을 잘하는 것이 신의 뜻을 따르고 실천하는 것이다.

이 책은 이 한마디를 전하기 위해 씌여졌다.

나는 누구인가에 대한 긴 물음에 '메신저'라는 답을 들었다.

나는 이 말을 전하는 존재다.

"인간의 말은 신의 뜻이다."

SOUL SPEECH

소울 스피치

운명을 바꾸는 말, 세상을 바꾸는 말

소울 스피치가 이루어지면

새롭고 즐거운 감정이 일어나고

온전한 평화가 이루어진다.

상생의 에너지가 샘솟고 선한 의욕이 생긴다.

그래서 가득 채워지는 느낌을 받는다.